LA VERITÀ SUI NUOVI INIZI

Primo libro della serie Star Gazer Inn

DEBRA CLOPTON

La Verità Sui Nuovi Inizi
Copyright © 2023 Debra Clopton Parks
Traduzione dall'inglese a cura di Well Read
Translations

Questo libro è un'opera di finzione. Nomi e personaggi provengono dall'immaginario dell'autrice e sono utilizzati in maniera fittizia. Ogni riferimento a persone reali, in vita o decedute, è puramente casuale.

CAPITOLO UNO

Alice McIntyre era sulla spiaggia assolata dell'isola di Star Gazer. Fece un respiro profondo, inalando l'aria salmastra, e affondò le dita dei piedi nella sabbia soffice come lo zucchero. I sentori e le sensazioni la riequilibrarono e, per un momento, allontanarono la solitudine che la attanagliava.

"Mi manchi, William," sussurrò lei nel vento, mentre si avvolgeva le braccia attorno e respingeva le lacrime minacciose. Erano passati quindici mesi dalla tragica morte del marito e il dolore continuava a colpirla duramente nei momenti più inaspettati; la lasciava senza fiato, in lacrime e addolorata dalla sua mancanza.

Il suono calmante delle onde in arrivo spazzava via i pensieri confusi. In giornate come quella, Alice lasciava il ranch e si recava su quella bellissima spiaggia, dove aveva conosciuto William e si sentiva ancora vicina a lui.

Cercava in tutti i modi di non far preoccupare i figli.

Sebbene fossero uomini adulti, non voleva che stessero in pensiero per lei. Tuttavia, loro continuavano imperterriti, pensando che fosse compito loro proteggerla e coccolarla. Lo facevano bene, quasi troppo bene. A volte Alice si sentiva soffocare. Così, con la scusa di andare a pranzo con le amiche, prendeva la macchina e andava sull'isola di Star Gazer, affacciata sulla baia di Corpus Christi, e camminava lungo la riva accompagnata dai pensieri. Oppure si sedeva sulla sabbia e abbracciava le ginocchia. Ascoltava il suono dell'acqua e guardava le onde andare e venire con la marea. Il mare le infondeva una tale pace. La calmava e attenuava il macigno della perdita che la sopraffaceva.

Era una donna forte, lo era sempre stata. Per sposare William McIntyre bisognava essere forti. Suo marito aveva una personalità dinamica, talvolta dispotica, ma era sempre gentile, coinvolgente e straordinario, più di chiunque altro Alice avesse mai conosciuto. Tutti lo amavano, ma lei l'aveva fatto con tutto il cuore. E la loro storia d'amore era cominciata lì.

Diede le spalle all'oceano per osservare la vecchia locanda. All'epoca, trentacinque anni prima, quando era al primo anno di college e lavorava alla Star Gazer Inn, quel posto era una meta fiorente per i turisti. Si riversavano tutti nella pittoresca pensione da dieci stanze. La sua acclamata cucina veniva servita nella bella veranda che di giorno dava sulle splendide acque cristalline, mentre di notte si affacciava sullo scintillio della luce lunare sul mare e sulla baia illuminata dalle luci di Corpus Christi. Era stato un posto incantevole.

La locanda aveva chiuso circa cinque anni prima e per qualche misteriosa ragione nessuno l'aveva riaperta. Il cuore di Alice sprofondava nel vederla lì abbandonata, quando lei sentiva un legame forte e felice con essa.

Era rimasta lì, con la vernice grigio pallido, desolata e perduta. Alice si rese conto che era proprio così che si sentiva. La locanda sorgeva su una generosa porzione di terra, con un giardino di fiori incolto e un'area aperta dove prima c'era un gazebo. Si ricordò di quando avevano eretto una grande tenda per un matrimonio.

Aveva conosciuto William quando era venuto in vacanza con la famiglia. Dal momento in cui si era seduto nella veranda per cenare e lei gli aveva offerto un menù, tra loro era scattata subito la chimica. L'aveva cercata per tutto il fine settimana. Quando William vedeva qualcosa che gli piaceva, perseguiva quello scopo con grande determinazione. E lei gli piaceva tantissimo. I McIntyre erano proprietari di un ranch. Molto benestanti, come le aveva detto una delle cameriere. Possedevano una tenuta a soli trenta minuti dall'isola di Star Gazer, ed entro il fine settimana, Alice aveva ricevuto un invito da lui e dalla famiglia al ranch

McIntyre.

Dal primo istante in cui aveva visto il ranch, Alice se n'era innamorata. Proprio come aveva capito subito di amare William. Come si faceva a non amarlo? Era un uomo fantastico. Era aspro come quel ranch del Texas meridionale e molto presto si sposarono. Lui aveva attraversato l'uscio della loro casa al ranch, uno dei più grandi del Texas, portandola in braccio. Per una giovane donna cresciuta in una famiglia di estrazione modesta, era stato strabiliante.

Nel corso degli anni, quando la casa piena di uomini la soverchiava, era tornata alla locanda con le amiche per godersi qualche momento tra donne. Andavano anche in altri posti, ma quello era sempre stato il suo preferito.

Stare lì, in quel momento, a guardare la grande locanda con le sedie Adirondack che erano state di un giallo acceso, ma che il tempo aveva sbiadito, le scatenò l'idea folle che la ossessionava da mesi. All'improvviso, una fiamma tremolante prese fuoco e bruciò intensamente nella sua mente.

Fu colta da un sussurro di speranza, di determinazione.

Spinta da una forza diversa dalla sua volontà, Alice attraversò la spiaggia. La sabbia faceva ciaf ciaf tra le dita dei piedi e il suo calore a quell'ora del giorno non era tanto intenso da non poterci camminare a piedi nudi.

Arrivata alla staccionata segnata dalle intemperie, fece cadere le infradito sul sentiero e le indossò, poi entrò nel giardino tra la pensione e l'acqua. Fissò la locanda. Da vicino non sembrava essersi deteriorata troppo col tempo. Sembrava perfino che qualcuno vi avesse fatto dei lavori. A quel punto Alice era curiosa, così aggirò l'edificio, certa che dall'ultima volta che era stata lì qualcuno avesse pulito il posto. Attraversò il cancello laterale sul vialetto di cemento e andò in strada. Lì, c'era un recentissimo cartello "IN VENDITA" che spuntava dall'erba.

Si avvicinò, mise la mano sul cartello di legno e lo esaminò. Quasi non credeva che forse, dopo tutti quegli anni, i proprietari si fossero curati di venderla. Si voltò e guardò la struttura, una combinazione tra un edificio in stile vittoriano e una casa al mare accogliente. Era meravigliosa, con le enormi finestre e gli ampi portici. Accanto c'era un carinissimo cottage rosso dai rivestimenti bianchi e dalla spiaggia sabbiosa aveva visto le sedie Adirondack gialle anche sul portico. Era un posto accogliente e delizioso e quando la locanda era in attività, quando apparteneva al proprietario originario, ed era chiaro che qualcuno vi avesse lasciato delle tracce e lo amasse.

Per sfizio, Alice tirò fuori il telefono e fece una foto al cartello "IN VENDITA". Poi, non sapendo esattamente cosa stesse pensando o contemplando, tornò sulla spiaggia attraverso il cortile posteriore. Un'ondata di entusiasmo la pervase mentre camminava sulla spiaggia. I pensieri non erano più rivolti al dolore soffocante, ma a qualcosa di nuovo... Un'idea che aveva preso piede, come il sole che spunta tra le nuvole dopo una tempesta.

Si voltò, guardò la Star Gazer Inn da sopra la spalla e sorrise.

* * *

Un mese dopo

Jackson McIntyre aveva appena ricevuto una notizia bomba dalla madre.

"Scusa, puoi ripetere?" Fissò la donna, che era in piedi vicino alla finestra dell'enorme ufficio del ranch McIntyre. Era sicuro di aver sentito bene, ma aveva bisogno che lei gli confermasse la dichiarazione, perché era davvero insolita da parte della madre.

Il ranch McIntyre non era grande quanto il King, ma i duecento acri di terreno nel Texas meridionale su cui si estendeva lo rendevano uno dei ranch di bestiame più grandi nello Stato della stella solitaria. Con la loro attività, il programma di allevamento di cavalli di razza Quarter Horse e il petrolio che scorreva sotto i pascoli, Jackson e i tre fratelli erano degli uomini molto abbienti.

Così la madre, che non aveva bisogno di fare una cosa del genere. Era quella la cosa più sconcertante.

Dopo la morte del padre, lo straordinario William McIntyre II, avrebbero potuto assumere un responsabile del ranch e non lavorare più per tutta la vita, se avessero voluto. Tuttavia, i figli volevano continuare. La madre, però, non ne aveva affatto la necessità.

Come i nonni prima di loro e il padre, Jackson, Riley, Tucker e Dallas prosperavano con il lavoro al ranch e portando avanti l'impero dei McIntyre. Avevano imparato a cavalcare quasi prima di imparare a camminare dritti, e a radunare il bestiame prima di perdere i denti da latte. Nel diciannovesimo secolo, il loro trisavolo era stato capitano di una nave a vapore e loro erano cresciuti ascoltando le storie delle sue avventure. Così, nel loro sangue scorreva un profondo amore per la terra e l'acqua. A quanto pareva, lo stesso valeva per la loro madre.

Seduto alla grande scrivania di noce che era stata del nonno, poi del padre e infine sua, all'età di trentacinque anni, Jackson sentiva il peso della responsabilità gravare sulle spalle mentre scrutava sua madre.

Come sempre, Alice McIntyre aveva uno stile perfetto, con i jeans alla moda, la camicetta di lino bianca e i sandali neri aperti. Credeva nell'eleganza, ma anche nella comodità, sia nel vestire che nella vita. La donna ricambiò lo sguardo del figlio inclinando la testa di lato, e i suoi occhi azzurri si addolcirono, come se avesse capito che era una notizia difficile da digerire, per lui.

Una notizia venuta fuori dal nulla.

Fece un respiro profondo e si raccolse i capelli biondi all'altezza della mascella, dietro l'orecchio, mentre Jackson aspettava che parlasse. Amava moltissimo la madre ed era preoccupato per lei sin dalla morte del padre. Jackson ignorò la lama che gli trafiggeva il cuore al pensiero di quel giorno. Si trattava di Alice, non di lui, e del buco che aveva nel cuore. Del senso di colpa che lo avviluppava come le sabbie mobili e che talvolta lo risucchiava giù. Il senso di colpa era un'altra buona ragione per cui aveva promesso che si sarebbe occupato della madre a qualsiasi posto, qualora il padre fosse scomparso.

"So che è uno shock, Jackson, ma hai capito bene. Ho acquistato una pittoresca e deliziosa locanda sull'isola di Star Gazer. È la pensione in cui lavoravo ai tempi del college e dove ho conosciuto tuo padre. Voglio darle una rinfrescata e riaprirla. Mi trasferirò lì e la gestirò..."

Aveva capito bene. "Ma mamma, la tua vita è qui al ranch. Non puoi semplicemente fare le valigie e andartene. Qui hai tutto ciò di cui hai bisogno… e sicuramente non hai bisogno di lavorare."

Gli occhi della donna lampeggiarono, poi lei alzò il mento con tenacia, come faceva sempre. "E perché no? Sappiamo entrambi che voi ragazzi non avete più bisogno di me, qui. E, a essere sincera, vivo qui da quando avevo diciannove anni e mi sono sposata con vostro padre. Vivo in questa casa da quando ho varcato quella porta in braccio a William. È parecchio tempo. E per quanto mi rattristi, lui non è più qui e voi non siete più dei bambini. Inoltre, ti ricordo, non ci sono nipoti a trattenermi. Ti ho partorito poco più di un anno dopo il mio trasferimento e ho amato ogni momento. Sono stata una moglie, una madre, e spero che un giorno sarò una nonna felice, ma ho deciso che non posso più stare ad aspettare. Non voglio stare a girarmi i pollici e a guardar crescere i fiori nel mio giardino. Ho solo cinquantacinque anni e ora voglio qualcosa di diverso. Ho bisogno di qualcosa di più del giardinaggio e di guardare voi lavorare al ranch."

Le sue parole lo colpirono decise. Il senso di colpa lo trafisse ancora. Lui era il maggiore e a quel punto avrebbe dovuto essere sposato. Sua madre non aveva nipoti, e anche in quel caso era colpa sua. Jackson si alzò e si spostò dalla scrivania. Misurò le parole. "Mamma, abbiamo bisogno di te. Noi... Questo posto non sarà lo stesso senza di te."

Gli si strinse il cuore al pensiero di non avere più il padre al ranch, ma non avere neanche la madre sarebbe stato un brutto colpo. Jackson si rese conto che era un pensiero egoista, da parte sua.

Lei si avvicinò e gli appoggiò la piccola mano sul cuore mentre alzava lo sguardo verso di lui. Una donna minuta, con il viso dai lineamenti delicati e gli occhi color zaffiro, in netto contrasto con gli occhi dai toni castani e i lineamenti marcati che lui e i fratelli avevano ereditato dal padre. Sembrava più fragile in tutto e per tutto, al ranch. Aveva addolcito i bordi di quella terra aspra che li circondava.

"Figliolo, sei tu il capo di questa famiglia, ora. E un giorno spero che ti sposerai. Poi tua moglie sarà la donna di casa, e del ranch. Io lo sono stata per gran parte della mia vita e, a essere onesta, ora, be'... ho bisogno d'altro. E poi ho già acquistato la locanda. Mi ha aiutata Burt... Non ti arrabbiare con lui," aggiunse velocemente, alzando la mano quando lui avrebbe voluto dire qualcosa. "L'ha fatto sotto minaccia. Praticamente ho dovuto forzare la mano per farcela, ma l'ha fatto per rispetto nei confronti miei e di tuo padre."

Jackson avrebbe voluto dirgliene quattro. Burt Dobbs era un avvocato e anche il migliore amico del padre di Jackson. Lo studio legale di Burt si occupava di tutte le questioni legali della McIntyre Enterprises e l'uomo aveva fatto tutto ciò senza parlargliene. Ma d'altra parte, Jackson non era sorpreso, perché Burt era leale nei confronti di Alice e del padre. Almeno Jackson poteva essere sicuro che, dal momento che Burt era coinvolto, la faccenda fosse stata gestita correttamente. "Avrebbe dovuto dirmelo."

"No, non avrebbe dovuto. Dunque, mi trasferisco tra tre giorni. Volevo solo che lo sapessi da me, prima di sentirlo da qualcun altro. Stasera a cena lo dirò ai tuoi fratelli."

Jackson percepì la tensione, così si voltò e guardò fuori dalla stessa finestra da cui sua madre osservava i meravigliosi giardini, curati meticolosamente, per lo più dalle sue stesse mani. Lavorava senza sosta in quei giardini e in quella campagna arida. Far crescere dei fiori (fatta eccezione per le varietà che reggevano bene il sole) non era un'impresa semplicissima. Ma Alice aveva il pollice verde. Li persuadeva a fiorire e li curava passando ore lì fuori a occuparsi di loro.

Forse la madre aveva davvero bisogno di qualcos'altro nella sua vita. Jackson non riusciva a immaginare come fosse passare tutto quel tempo a scavare nella terra. Lui amava il bestiame. Amava tutto ciò che riguardava l'industria petrolifera, il bestiame e il settore ippico. Ma piantare e innaffiare fiori... Non molto.

Da quando aveva perso il compagno di vita, la madre gli era sembrata persa. Forse aveva davvero bisogno di un cambiamento e Jackson aveva giurato di fare tutto ciò che era in suo potere per aiutarla a superare quel momento.

"Va bene, allora, credo di capire." Avrebbe almeno *cercato* di capire e di supportarla. "Cosa posso fare per aiutarti? Dimmelo e farò del mio meglio."

Sapeva che era quello che il padre si sarebbe aspettato da lui. Nonostante avessero vissuto la vita senza di lui, erano ancora tutti addolorati, nessuno di loro poteva credere che fosse morto.

Jackson e i fratelli affrontavano il dolore attraverso il lavoro della terra e il bestiame che William aveva amato alla follia. Lavoravano più duramente di prima. Ognuno cercava la propria via d'uscita mentre portavano avanti l'eredità fondata dal nonno e ampliata dal padre. L'idea di farlo senza la mamma non era il massimo, ma se era ciò che lei voleva, allora Jackson avrebbe smosso mari e monti per aiutarla a perseguire quel progetto e ad andare avanti. Perché, allo stesso modo, anche lui annaspava. Aveva perso il più grande uomo che avesse mai conosciuto e stava ancora lottando per superare quel momento. Tuttavia, la vita doveva andare avanti. E sembrava anche che fosse cambiata.

"Grazie, Jackson. Procederemo come abbiamo fatto finora. Ho solo aggiunto una svolta. Puoi aiutarmi col trasferimento."

Di sicuro era una svolta. Jackson pregava solo che fosse la svolta giusta *per lei*.

CAPITOLO DUE

Nina Hanson tirò fuori il trasportino dal sedile posteriore della sua Mini Cooper decappottabile e lo mise a terra. Le batteva forte il cuore mentre si abbassava, apriva la cerniera e liberava la cucciola dal folto pelo dorato. Era bellissima. Aveva circa tre mesi e un'energia inesauribile.

"Benvenuta nella tua nuova casa, Ranuncolo. Sono molto contenta di averti qui." Nina sorrise felice mentre il nuovo membro della famiglia saltava dal trasportino e si alzava sulle zampe posteriori, appoggiando quelle anteriori sulle gambe di Nina, muovendosi esaltata e scuotendosi dalla testa ai piedi.

Da un po' di tempo era indecisa sulla questione di prendere un cagnolino e finalmente era andata al canile. Ranuncolo, la Goldendoodle dal pelo riccio più carino del mondo, l'aveva conquistata all'istante.

Non era come portare un bambino a casa, ma a quel punto e momento della sua vita, era il massimo che Nina avrebbe fatto. Desiderava un bambino, ma considerando la fortuna che aveva con le relazioni, le sembrava impossibile. A meno che non ne adottasse uno da sola… e Nina non era ancora pronta per prendersi quell'impegno. Non quando la sua vita era in continuo mutamento a causa dell'ultimo disastro amoroso.

Non voleva rovinare quel momento perfetto, così prese Ranuncolo tra le mani e la sollevò per guardarla negli occhi dolci. "Ho avuto una sfortuna terribile con gli uomini, piccolina, ma io e te staremo bene. E poi, chi ha bisogno degli uomini?" chiese con un cenno pragmatico. Ce la stava facendo da sola e avrebbe semplicemente continuato in quel modo.

Lei e Ranuncolo contro il mondo.

Coccolò la cagnolina scodinzolante per scacciare via la rinnovata solitudine. Poi lasciò il trasportino sull'erba e si incamminò verso il cottage. Salì i tre gradini e sprofondò su una delle sedie Adirondack giallo acceso dai cuscini variopinti. Poteva estendere lo sguardo dalla strada alle dune che bloccavano gran parte della vista da quel punto di osservazione. Ma le dune erano selvagge e aspre e lei amava guardarle. Amava dipingerle. Tuttavia, era la vista dalla veranda sul retro che l'aveva convinta a prendere in affitto la proprietà. Tra la casa e l'acqua c'era un panorama spettacolare sulla baia color topazio brillante, con un solo tratto di spiaggia sabbiosa e bianca. Nina amava camminare sulla spiaggia di mattina presto e poi bere il caffè sul ponte prima di cominciare a lavorare al progetto artistico del giorno.

L'isolamento che caratterizzava il piccolo cottage rosso all'estremità dell'isola era perfetto per lei per svariate ragioni: per il suo lavoro e per il bisogno di mantenere un profilo basso. Aveva notato che il cartello "IN VENDITA" alla locanda vuota accanto era sparito di recente, ed era curiosa di sapere se fosse stata venduta. Se così fosse stato, allora avrebbe perso un po' di privacy, ma dopo tutto quel tempo di sicuro non doveva preoccuparsi.

Strinse Ranuncolo a sé, fece scorrere la mano sul pelo riccio e dorato della cucciola e cominciò ad alzarsi per andare sul retro, ma si fermò quando un'auto passò sulla strada silenziosa. Si sarebbero resi conto che in quel punto non c'era posto per parcheggiare l'auto vicino alla spiaggia e si sarebbero girati al vicolo cieco per tornare indietro.

Il cucciolo ancheggiò e Nina si ricordò che l'aveva portata sul retro per proteggerla dalla strada. Di colpo Ranuncolo le saltò via dalle braccia e corse giù per i gradini.

"Aspetta!" Nina si affrettò dietro di lei. Agitata, la guardò percorrere il cortile di corsa e in un baleno attraversare quello della vecchia locanda, sparendo dietro l'angolo.

Aggirò l'angolo della veranda e si fermò alla vista di un pick-up nero a quattro porte fermo nel vialetto. Sentendosi ancora più motivata a prendere la cucciola, Nina si affrettò oltre l'auto, implorando Ranuncolo di fermarsi. Tuttavia, la cagnolina la ignorò e scorrazzò oltre il cancello di legno aperto che portava sul retro della locanda.

"Non infilarti da nessuna parte," mormorò lei mentre la seguiva attraverso il cancello; poi andò a sbattere contro il muro solido di un torace possente.

Sconvolta e imbarazzata, Nina rimbalzò all'indietro e guardò un paio di occhi castani. Erano di una tonalità color caffè al cioccolato, con una sfumatura dorata che risplendeva nonostante l'ombra dello Stetson nero sulla testa del bell'uomo. Da sotto il cappello sporgevano dei capelli scuri ben tagliati, complementari alla pelle bronzea che sapeva di Texas meridionale e giornate all'aria aperta.

Lei fremette involontariamente.

"Ehi, attenta. Stai bene?"

"Sì," riuscì a dire Nina, lottando per riprendere il respiro e non andare nel panico. Prima di rendersi ridicola, ricordò a se stessa che quel tipo era bello e non minaccioso. L'uomo si mise Ranuncolo sottobraccio e la guardò con apprensione.

"I… io stavo solo inseguendo questa piccola peste. Fortuna che l'hai presa."

Ci volle un secondo prima che il cowboy le togliesse gli occhi di dosso, come se avesse percepito il suo tumulto, e abbassasse lo sguardo verso la cagnolina agitata. Sollevò Ranuncolo verso il proprio viso e fissò gli occhi azzurri della cagnolina, mentre si apriva in un sorriso caloroso e sensuale.

Una moltitudine sbalorditiva di farfalle sfrenate colmò lo stomaco di Nina alla vista di quel sorriso. La reazione a quell'uomo fu intensa quanto lo erano stati i suoi occhi.

Era difficile da ignorare, ma Nina ci provò comunque.

L'uomo si portò di nuovo Ranuncolo al petto e concentrò di nuovo lo sguardo su Nina, che cercò di nascondere il miscuglio di emozioni che le imperversavano nel profondo.

"Ti ho sentita chiamare il suo nome e sono venuto a vedere, poi è arrivata saltellando per casa e mi ha sbattuto contro i piedi. L'ho presa, sperando che non si fosse fatta male. Anche perché la strada è piuttosto trafficata, stamattina, con la gente che arriva fino al vicolo cieco per guardare il mare."

Che si trattasse o meno di una frecciatina alla condotta pericolosa del cane, Nina la prese come tale. "Si è allontanata da me solo per un momento. Sono ben consapevole della strada e onestamente non è che sia come Main Street o qualcosa di simile." Si sentì in colpa per quello che aveva detto, perché sarebbe bastata una macchina per colpire Ranuncolo e farle del male. Eppure, l'irritazione per quel commento le fece rizzare i capelli in testa. Inoltre, lui era... be', molto attraente, e lei lo stava notando, seppur controvoglia.

"Non intendevo offenderti."

Il tono calmo di lui fece sembrare quello di Nina più sulla difensiva del dovuto. Tuttavia, per come continuava ad accelerarle il battito, non poteva farne a meno. Aveva creduto di essere immune agli uomini dai capelli scuri con dell'interesse negli occhi. E non le faceva piacere che con un singolo sorriso, quello sconosciuto avesse violato le barriere che lei aveva eretto.

Lei alzò il mento, a dispetto della propria reazione all'uomo e di qualunque cosa avesse detto lui. "Ho adottato Ranuncolo un'ora fa, al canile. Sono un po' nervosa per la rapidità con cui è scappata dalle mie braccia ed è corsa qui." A quel punto era ancora più nervosa, perché guardava quell'uomo e si sentiva in dovere di giustificarsi. "Si è liberata ed è corsa fin qui, ma ti posso assicurare che non l'ha fatto apposta," disse sillabando l'ultima frase. Era frustrata a causa di lui e anche perché continuava a parlare a raffica.

"Mi fa piacere che tu l'abbia salvata. Io sono abituato a un ranch dove un cane può correre libero, giocare e lavorare a piacimento, senza limiti. Doversi preoccupare che venga messo sotto dalle macchine… è altamente improbabile. Quindi, mi dispiace se ti sono sembrato insensibile."

Con le sue scuse pacate, lei si rilassò, ma non sapeva bene cosa rispondergli.

"Dovrò assicurarmi che mia madre lo capisca, se decide di prendere un animale," continuò lui accarezzando il pelo dorato di Ranuncolo, che gli riposava sul petto. Era un gesto che esprimeva benessere e Ranuncolo se la stava godendo, a giudicare dall'espressione del musetto.

Nina si concentrò sulle parole e non su quanto fosse fortunato il cane in quel momento. "Tua madre... Sarà la mia vicina? Oppure lo sarai tu?"

"Mia madre ha comprato la locanda e io ho saputo del suo acquisto solo ieri. Si trasferirà nel fine settimana. Io sono venuto a controllare la struttura e il vicinato. Mi ha detto che ha bisogno di ristrutturazioni. E, da quanto vedo, ha ragione. Ma non è niente di considerevole."

Nina si rilassò a sapere che fosse il figlio della futura nuova vicina e non il vicino stesso. "È rimasta vuota per tutti i tre anni che sono stata qui." *Perché gli aveva detto da quanto tempo viveva lì?*

"Vivi qui da tre anni? Com'è?"

Lei si irrigidì, non essendo abituata a fornire dettagli della propria vita in quel periodo, ma ormai il danno era fatto. "In questa parte della penisola è per lo più tranquillo, ma nei mesi estivi la spiaggia può essere piuttosto affollata. La città tiene un basso profilo, è sicura."

"Buono a sapersi. Mia madre ha vissuto al nostro ranch di famiglia per gran parte della sua vita adulta, da quando ha sposato il mio defunto padre. Sarà una cosa nuova, per lei, e una preoccupazione per me."

Il padre era morto e la madre stava lasciando il ranch di famiglia per trasferirsi lì… e ciò lo allarmava. Erano molte informazioni e, mentre lo guardava, Nina capì che lui si sentiva responsabile per la madre.

"Se ti può far stare tranquillo, qui non ho mai avuto problemi con nessuno. "

"Sì. Sono sicuro che tu e mia madre andrete d'accordo. A proposito, lei ama gli animali, quindi non dovrai preoccuparti. Le farà piacere avere la tua cagnolina in giro."

"Ottimo."

Le ripassò Ranuncolo e le loro mani si sfiorarono durante lo scambio. Non le piacque quel fremito di consapevolezza che le si irradiò attraverso il braccio e poi in tutto il corpo, ma con grande sorpresa, quel contatto non la fece sobbalzare.

"Grazie. Sembra che anche a te piacciano i cani."
Perché l'aveva detto?

"Ne ho due. Dei pastori, sono dei buoni lavoratori."

"È questo che rende un cane bravo? Essere un buon

lavoratore?" Sentì l'irritazione pungolarla sia per la sua stessa affermazione, sia per il fatto di aver abbassato la guardia con lui.

"Al ranch un cane da pastore si guadagna da vivere. I miei riescono a portare un gregge da soli, in caso di bisogno… E lo fanno spesso. Sono dei bravissimi lavoratori. Per il resto sono inutili."

Lei lo guardò in cagnesco. "Allora si può dire che Ranuncolo sia inutile. Non si guadagna da vivere; lei sarà la mia compagna e la amerò semplicemente per la sua dolcezza e volontà di ricambiare il mio amore." Era ora di porre fine a quella conversazione. "Grazie per averla fermata per me, non vedo l'ora di conoscere tua madre."

Più che pronta ad allontanarsi, Nina si voltò per andare via. Ranuncolo si divincolò finché non riuscì a guardare il cowboy oltre la spalla di Nina. Nonostante non volesse, prima di aggirare l'angolo, anche lei gettò lo sguardo all'indietro sopra la spalla.

Lui la stava guardando e abbassò il cappello verso di lei.

Solo allora Nina si rese conto che non gli aveva chiesto il nome, né lui glielo aveva detto.

Andava bene così. Neanche lei gli aveva rivelato il proprio.

CAPITOLO TRE

Sul ponte, durante il viaggio di ritorno a casa, Jackson aveva i finestrini abbassati, così da tenere il profumo del mare con sé il più possibile, prima che venisse sostituito dalla polverosa aria calda del ranch. Amava quel posto, ma anche l'oceano aveva i suoi vantaggi e non si poteva negarne il profumo e la bellezza. Scrutò le acque azzurre cristalline della baia di Corpus Christi. Rimaneva sempre estasiato da quel paesaggio e si sentiva sempre grato di vivere tra due mondi: uno fatto di spiagge, tramonti e soffice sabbia bianca, e l'altro composto dal ranch, con le sue sterpaglie, i cactus, il bestiame e i cavalli.

Capiva perché la madre avesse bisogno di un cambiamento. La terra del ranch sapeva essere aspra, soprattutto in piena estate, ed era ben lontana da tutto. La città sulla baia aveva una bellezza che a lui piaceva e l'isola di Star Gazer era piccola e, a detta della nuova vicina, sicura. Il fatto che Alice stesse in quella zona, invece che in città, lo faceva sentire meglio. Più di tutto sperava che, alla locanda, la madre trovasse ciò che cercava.

Che il suo cuore trovasse il sollievo di cui, come lui sapeva, la madre aveva ancora bisogno.

Dopo aver dato un'occhiata, Jackson sapeva che sarebbe stato necessario fare dei cambiamenti. Voleva assicurarsi che la madre avesse il massimo della protezione, con dei sistemi d'allarme e tutto il necessario per essere al sicuro. Aveva fatto qualche telefonata e aveva trovato un professionista rispettabile, disposto ad andare a vedere la proprietà e a conoscere Alice. Poi sarebbe toccato a lei decidere chi avrebbe eseguito il lavoro. Jackson aveva solo fatto la chiamata iniziale su richiesta della madre. Alice capiva il bisogno del figlio di assicurarsi che lei fosse al sicuro, considerando che avrebbe vissuto alla locanda con degli sconosciuti.

Anche Burt aveva ricevuto una chiamata, in cui aveva espresso all'avvocato il malcontento per non essere stato preso in considerazione prima di procedere all'acquisto. Burt comprendeva la rabbia di Jackson, ma aveva precisato che quando Alice si fissava su una cosa, nessuno poteva dissuaderla. Alice lo aveva persino minacciato, intimandogli di non rivelare il segreto prima che lo facesse lei.

Sapeva che Jackson avrebbe cercato di fermarla, se

l'avesse saputo prima.

Le sue mani si strinsero sul volante mentre la tensione gli attanagliava le scapole. Sarebbe stata bene. Perché si sentiva come un genitore con un figlio che stava per andare al college? Alice era sua madre, una donna adulta e pienamente capace di prendersi cura di se stessa. Forse la stava ostacolando, con tutta quell'apprensione.

I suoi fratelli gli dicevano che stava invecchiando prima del tempo e che doveva rilassarsi. Forse avevano ragione. Si sforzò di allentare la presa sul volante, poi alzò la mano sinistra e la sporse dal finestrino, come faceva da bambino quando viaggiava nel pick-up con il padre. Lasciò che l'aria gli filtrasse tra le dita, allentando la tensione nelle spalle mentre ricordava tempi più felici.

Gli mancava il padre, ma stavano tutti imparando a convivere con la sua assenza. *'Affrontare' era il verbo giusto*. Scacciò via quel pensiero e si concentrò sul vento che gli passava tra le dita.

Burt aveva detto che loro avrebbero dovuto fare tutto il necessario per aiutare la madre a superare quel processo doloroso dopo la perdita dell'amore della sua vita. Ciò significava lasciarla andare.

Jackson si sarebbe assicurato che lei fosse al sicuro e l'avrebbe controllata troppo, ma lei avrebbe dovuto sopportare tutto ciò finché il figlio non avesse avuto la conferma che la madre stava bene. *Sempre che Alice glielo avesse lasciato fare...* Jackson lo diceva con leggerezza, perché la madre era piccolina, ma lei gliene avrebbe dette quattro se solo lui avesse anche solo accennato a qualcosa di simile. Alice poteva anche aver vissuto al ranch tutti quegli anni, lasciando che il marito l'avesse vinta gran parte delle volte (anche se in realtà lo lasciava fare, perché quando lei voleva davvero qualcosa, se la prendeva), ma significava puntare i piedi numero trentasei finché la persona che la ostacolava desisteva.

Incluso il marito.

Quando si metteva in testa qualcosa, Alice era una potenza con cui dover fare i conti. Non si fermava finché non otteneva ciò che voleva. Quella persona che avevano tutti amato profondamente era diventata un'ombra, sembrava aver perso se stessa. Passava gran parte del tempo a lavoricchiare nei giardini con i fiori. L'atto di fare tutto da sola, comprare quella locanda, era un assaggio della madre vivace. Forse quell'avventura l'avrebbe aiutata a trovare ciò che stava cercando, qualsiasi cosa fosse.

A Jackson piaceva il fatto che Alice avesse una vicina. C'erano alcune case in strada, ma non molte, quindi era felice che la ragazza della porta accanto sembrasse carina e responsabile. Non gli aveva detto il suo nome, ma lui l'avrebbe trovato. Vivendo tanto vicino, avrebbe potuto essere una grande risorsa, casomai la madre avesse avuto qualche problema.

Inoltre, la vicina senza nome era bella. Non la classica bellezza. Bella in quel modo sano che gli scatenava l'istinto protettivo. Jackson non era certo del perché, ma era così, e mentre risaliva il vialetto del ranch e parcheggiava vicino alla scuderia, si aspettò di rivederla.

Saltò fuori dal pick-up e vide Shep e Socks andargli incontro correndo e agitando la coda. Tucker e Riley li seguirono, uscendo dalla scuderia, anche loro diretti verso di lui. A giudicare dalle loro facce, avevano qualcosa di grosso in mente. Molto probabilmente si trattava della madre.

"Ehi, belli." Jackson smise di accarezzare entrambi i cani dietro le orecchie. "Mi fa piacere che siate più contenti di vedermi di quei due." I cani si scuotevano dalla testa ai piedi e il loro entusiasmo lo fece ridere. Pensò immediatamente alla vicina di sua madre e alla frecciatina sul fatto che amasse il proprio cane anche se l'animale non si guadagnava da vivere. "Voi due vi guadagnate la pagnotta… e non solo."

Si raddrizzò mentre i suoi fratelli lo raggiungevano. Sapeva esattamente perché avevano quell'aspetto così scontroso. "Allora, avete parlato con mamma?"

"Non mi piace." Riley incrociò le braccia e lanciò a Jackson un'occhiataccia che sembrava dire: "Hai capito bene?"

Riley, il più giovane della famiglia, tendeva a non amare le sorprese, a meno che non ne fosse lui l'artefice.

"Neanche a me." Tucker incrociò le braccia e si corrucciò.

"Calmatevi. So che non vi piace… e vale lo stesso per me. Ma ciò che piace a noi è irrilevante. Mamma si è comprata una locanda sull'isola di Star Gazer. Che lo vogliamo o no, domani si trasferirà nella sua nuova casa."

"E tu ce lo dici solo ora?" Tucker aveva un'espressione feroce sul viso.

"Quindi, stai dicendo che ha fatto tutto da sola? È uscita, ha trovato questo posto e l'ha acquistato, dicendoci solo che deve farlo perché ne sente il bisogno."

"È più o meno così, Tuck. Sono andato lì, ho visto il posto stamattina. È un po' malandato, ma mamma lo renderà stupendo, ne sono sicuro. Sai come riesce a fare le cose, quando si fissa. E sappiate che ho detto a Burt che avrebbe dovuto informarci su ciò che stava succedendo, ma lui mi ha risposto che al momento si fida di mamma, che papà avrebbe voluto che lei facesse ciò che vuole. Mi ha assicurato di essersi accertato che fosse un buon affare e che, se non lo fosse stato, l'avrebbe convinta a non proseguire o ce lo avrebbe detto. Ma mi ha anche ricordato che lei l'avrebbe comprato comunque, se era quello che voleva davvero. E in realtà è così, quindi sono appena andato a dargli un'occhiata. Come ho detto, ha bisogno di una rinfrescata, ma dal punto di vista strutturale è messo bene. Prima dell'acquisto è stata fatta un'ispezione da cui è venuto fuori che la struttura è solida, quindi dobbiamo fidarci delle parole dei professionisti. Quanto ai restauri, sta a lei decidere, ma io ho intenzione di aiutarla in ogni modo possibile."

"Anch'io," disse Riley. "Se è questo che vuole, allora dovrebbe averlo."

"Concordo," disse Tucker, anche se sembrava meno che entusiasta.

"La sua vicina sembra a posto." Jackson pensò alla bella ragazza. "Una donna con un cane che dice che è sicuro, da quelle parti. Credo che sarà una buona vicina per mamma."

"Buono a sapersi," disse Tucker. "Ha l'età di mamma?"

"Più giovane. Probabilmente sui trent'anni."

"Va bene, allora," disse Riley. "Magari possiamo convincerla a chiamarci, se vede qualcosa di strano alla locanda. Sapete, tipi furtivi o turbolenti."

"Forse, ma farò installare un sistema di sicurezza all'avanguardia. Ci aiuterà a dormire meglio la notte. Sapete, Burt ha detto una cosa che mi ha colpito. Ha detto che dobbiamo sostenere mamma in qualunque cosa debba fare per andare avanti. Quindi è ciò che farò. Il camion dei traslochi arriverà qui domattina presto e lei prenderà ciò che vuole. Le ho detto che va bene, sono le sue cose. E lei ha ribattuto che non prenderà molto, che la locanda avrà un aspetto diverso dal ranch."

"Probabilmente la renderà confortevole." Riley sogghignò.

Tucker sembrava scettico. "Che significa?"

"Sai, femminile. Tipo con dei cuscini rosa e le sedie bianche. Probabilmente non ci sarà un pizzico di pelle in quel posto. Alle donne piacciono gli ambienti che sembrano richiedere un completo elegante. O almeno questa è l'impressione che ho quando vado a prendere le ragazze con cui esco ai loro appartamenti. Se andassi lì dopo aver finito di lavorare col bestiame, non mi farebbero entrare."

Lavorare col bestiame li riempiva di polvere e sudore. "Credo sia per questo che la tua vita amorosa è un continuo viavai."

Riley fece spallucce. "Fa parte del gioco. Io sto cercando quella giusta, sai, e mi dovrà accettare in tutto e per tutto… Compresa la mia versione polverosa che ama lavorare col bestiame. Come mamma ha fatto con papà. Comunque, farò il possibile per aiutare mamma ad andare avanti. Ho un gruppo a ovest che sta lavorando al bestiame. Ci spostiamo sulla costa questo fine settimana e devo dare loro una controllata. Ci vediamo dopo."

Tucker cambiò espressione. "Jack, io voglio il meglio per mamma, quindi farò il possibile per aiutare." Cominciò ad avviarsi verso la scuderia. "Ma ora devo andare dai puledri. A breve arriveranno i compratori e hanno bisogno di muoversi di più."

Jackson guardò il fratello andare via. Lui doveva sistemare delle scartoffie, che da quando era morto suo padre sembravano aumentare a dismisura. Aveva bisogno di cavalcare di più e decise in quel momento preciso di ricominciare a uscire più spesso. Voleva avere a che fare con la parte del ranch che amava. Ma doveva anche aiutare la madre.

Il fatto che lei sembrasse decisa a non prendere molto dalla casa, a lasciarsi alle spalle gli oggetti che le ricordavano la sua vita lì, un po' lo infastidiva. Era turbato all'idea che Alice avrebbe potuto provare a dimenticare la vita al ranch con tutti loro. Non espresse quella preoccupazione. In cuor suo, sapeva che non era giusto. La locanda era sulla costa, ed era ovvio che rappresentasse una svolta, una sensazione più leggera... più spensierata. E probabilmente era proprio quello che la madre cercava, nella propria vita.

Jackson aveva provato quella sensazione il giorno in cui era stato sull'isola di Star Gazer. Anche per lui era stata una sensazione rinfrescante.

La verità era che era prigioniero della routine e

doveva uscirne, un atto che Alice stava provando a fare.

Jackson avrebbe dovuto prenderne nota.

* * *

Alice era sulla veranda posteriore della locanda. Il camion dei traslochi sarebbe arrivato l'indomani con le poche cose che lei aveva deciso di portare con sé, ma quel giorno era voluta passare di lì per fare una lista di ciò che c'era da fare. Lo fece solo perché era più forte di lei, l'emozione le ribolliva dentro.

Guardando il cortile incolto che la separava dalla distesa di sabbia bianca e poi dalla spettacolare acqua color topazio, inspirò il profumo di madreselva che riempiva l'atmosfera, misto a quelli di sale e aria oceanica fresca, pulita. Essere lì le riempiva il cuore… Sapeva di essere la proprietaria di quella locanda, era consapevole che stava cominciare un nuovo capitolo della sua vita.

Ce l'aveva fatta.

Aveva compiuto i passi necessari e a quel punto gli inevitabili cambiamenti della vita si stavano dispiegando di fronte a lei, impegnativi ma anche graditi.

Una parte di lei soffriva terribilmente per ciò che si stava lasciando alle spalle. Da un lato avrebbe voluto voltarsi e tornare di corsa a casa, al ranch, con tutti i suoi amati ragazzi, i ricordi del passato con William e la vita fortunata che aveva vissuto con lui. Le foto sparse in tutta la casa, che le ricordavano di tutto ciò che aveva e ciò che aveva perduto...

Chiuse gli occhi quando un'ondata di rimpianto la assalì così forte che minacciò di scatenare un pianto che l'avrebbe consumata e messa in ginocchio. Aveva pianto un mare di lacrime da quando aveva perso William. Non c'era stato bisogno di innaffiare le piante. Le sue lacrime sembravano bastare. Non si aspettava di non piangere più, ma almeno c'era quella novità e quella scintilla di speranza che non sentiva da un po'. La scintilla della vita che continuava. Non che la sua pienezza si limitasse a William. Oh, come le mancava... Eppure, avrebbe dovuto superare ciò che era stato e andare verso la luce del presente... del futuro e dell'oltre.

Da lì sarebbe andata avanti senza sentirsi in colpa per il cambiamento che stava apportando nella propria vita. Per tutti quegli anni, la gente aveva avuto bisogno di lei. Sentiva di avere uno scopo come moglie di William e madre dei loro figli. Ma ormai loro erano impegnati, non erano più bambini... e Alice era spaesata. Irrequieta. Era tempo di cambiare.

Fortunatamente, i suoi dolci ragazzi (a quel punto uomini, proprio come il padre) la sostenevano in quello. Dopo aver parlato con Jackson, aveva chiamato Dallas, che era nel circuito dei rodei e per un po' non sarebbe riuscito a tornare a casa. Le aveva detto di fare ciò che avrebbe dovuto. Riley e Tucker le avevano espresso il loro supporto quella mattina, dopo lo shock iniziale della sera prima, quando aveva raccontato loro ciò che aveva fatto. Sapeva che si sarebbero convinti e avrebbero fatto ciò di cui lei aveva bisogno. Anche Jackson era stata una roccia di supporto, dopo la prima reazione sconvolta. Si era convinto quella mattina, prima che lei partisse, e aveva controllato la situazione. Il padre sarebbe stato fiero di quei ragazzi. Lei era fiera di loro per la loro comprensione, nonostante la loro iniziale riluttanza. Le sarebbe dispiaciuto dire loro che sarebbe andata avanti con i propri piani con o senza il loro supporto, ma loro avevano scelto di sostenerla, qualunque fosse stata la sua scelta, per qualunque cosa le fosse servita.

William aveva sempre saputo che lei voleva una casa sulla spiaggia e le aveva promesso che ne avrebbero comprata una, oppure che l'avrebbero costruita sul territorio costiero di proprietà della famiglia. Ma il tempo era volato e il sogno della casa sulla spiaggia non era diventato una realtà. Alice amava la spiaggia, amava quella vista sul mare e in quel momento ce l'aveva. Il tempo non le stava più scivolando via dalle mani. Il tempo era essenziale... Glielo aveva insegnato la morte di William.

Sentì un nodo al petto. In qualche modo, stava facendo la ribelle. Le lacrime le pizzicarono gli occhi al solo pensiero. Aveva amato moltissimo il marito, ma il suo bisogno di qualcosa di più del ranch non era mai stata una priorità. Il ranch, il bestiame, gli affari erano sempre venuti prima. Ma arrivata a quel punto, avrebbe preso il proprio futuro tra le mani. Allora perché acquistare la pensione e i pensieri che di tanto in tanto le venivano in mente la facevano sentire come se stesse commettendo un errore?

Si scrollò di dosso quelle preoccupazioni improvvise e pressanti, poi afferrò il cappello da sole giallo e la borsa di tela leggera e percorse il tragitto sul lato della locanda, verso il vialetto. Quando raggiunse il cortile anteriore, alzò lo sguardo verso le nuvole di zucchero filato che punteggiavano il cielo azzurro. Una giornata perfetta per percorrere la breve distanza fino alla città. Doveva fare acquisti e voleva cominciare facendo spese nei negozi del posto. Il resto delle sue cose sarebbe arrivato l'indomani, giorno in cui il trasferimento sarebbe stato ufficiale e il suo lavoro sarebbe cominciato.

Alice s'incamminò verso la città con un sorriso sulla bocca. I suoi passi erano leggeri come le nuvole sopra di lei.

CAPITOLO QUATTRO

Nina era sulla veranda posteriore a sistemare le pitture, quando sentì un rumore venire dalla porta accanto. Era un *bip*. Si ricordò che il cowboy di qualche giorno prima aveva detto che la madre si sarebbe trasferita di lì a poco, così mise il pennello nella trementina, poi scese dalla veranda e oltrepassò le ortensie, fino al cancello di legno che si apriva sul cortile laterale tra la casa e la locanda. Ranuncolo dormiva nell'angolo della cucina, così Nina non dovette preoccuparsi che la cagnolina scappasse via. Percorse il sentiero fino al cortile frontale e vide il camion dei traslochi che aveva appena fatto retromarcia nel vialetto. Doveva essere stato quello il *bip* che aveva sentito prima, durante la manovra. C'era una Mercedes parcheggiata accanto al bordo del marciapiede e in piedi sull'erba vide una donnina minuta bionda. Sembrava essere sulla cinquantina. Guardava la pensione con un misto di sbalordimento ed entusiasmo.

La donna sorrise quando vide Nina e attraversò il cortile. "Ciao, sono Alice McIntyre. La nuova vicina."

Nina sorrise. "Io sono Nina Hanson. Lieta di fare la sua conoscenza… Benvenuta nel quartiere. La stavo aspettando, non vedevo l'ora di conoscerla…"

"Anch'io, ma diamoci del tu! Jackson, mio figlio, mi ha detto di averti incontrata l'altro giorno. Era un po' sollevato del fatto che non mi stessi trasferendo accanto a un assassino con l'ascia o a un serial killer. Ti sono debitrice per avergli provato subito che sbaglia a preoccuparsi in quel modo. Grazie per averlo rassicurato." Il sorriso di Alice era sincero e caloroso.

Nina capì che Alice adorava il figlio, sebbene ci fosse sicuramente un accenno di tensione nel modo in cui Jackson si preoccupava. Nina rievocò subito l'immagine di un corpo tonico e profondi occhi castani. Aveva l'impressione che Jackson, come l'aveva chiamato Alice, potesse essere impegnativo. Jackson. Quel nome gli si addiceva.

"Sono felice che non abbia pensato che sono un'assassina con l'ascia. Però non mi ha fatto domande personali, quindi in realtà non lo sa per certo. Ho la sensazione che presto se ne renderà conto e verrà a farmi un interrogatorio dettagliato."

Alice sorrise e i suoi occhi azzurri brillarono. "L'hai conosciuto solo per poco e hai già capito che tipo è. Mio figlio maggiore sa essere iperprotettivo. Dire che al momento non è esageratamente in allarme sarebbe un eufemismo. Non gli ho neanche detto che stavo comprando una proprietà, finché non ho avuto l'atto d'acquisto a mio nome. Come avrai capito dal vostro primo incontro, è un po' nervoso."

"Ho avuto quell'esatta impressione. Continuava a parlare di traffico e di sicurezza. Questa è per lo più una zona tranquilla. La polizia isolana è molto presente, sebbene sia una cittadina piuttosto pacifica. È sicura, come scoprirai presto. Io cammino quasi dappertutto, quando sono in città."

"Ieri sono andata a fare un giro. È una delle attività che mi piace di più. Jackson ha detto che sei qui da tre anni, quindi lo saprai meglio di me. Non vedo l'ora. Il mio avvocato ha effettuato un sopralluogo prima dell'acquisto: la struttura è proprio come la ricordavo, quando lavoravo qui d'estate, molti anni fa. Sono emozionata di essere qui, di godermi di nuovo questa atmosfera e dedicarmi alle ristrutturazioni."

A Nina fece piacere che Jackson si fosse ricordato tutti i dettagli della loro breve conversazione. Non sapeva esattamente perché, ma era così. Dalle parole di Alice e dal modo in cui la donna guardava la locanda trapelava nostalgia. "Credo che riaprire la pensione sia un'idea meravigliosa. In città ci sono vari bed and breakfast e hotel, anche se non molti, per il semplice fatto che non c'è abbastanza spazio. Questo contribuisce al suo fascino, vero?"

"Questa è un'altra ragione per cui sono felicissima di essere qui. La spiaggia è meravigliosa, e mi piace potervi accedere. Per non parlare della veranda posteriore affacciata sulla spiaggia… è spettacolare. Una volta era un posto glorioso, pieno di ospitalità e fascino. Voglio riportare in auge tutto ciò. Mi farà bene… Ho perso mio marito l'anno scorso e da allora mi sento molto persa, come una barca a vela senza vela: mi sento ferma." Alice fece un cenno della mano verso la locanda. "La Star Gazer Inn è un nuovo inizio per me."

Nina sentì il cuore stringersi per Alice e di colpo capì un po' dell'istinto iperprotettivo di Jackson. La madre era in lutto e stava cercando di ricostruire le proprie fondamenta. Probabilmente anche lui stava facendo la stessa cosa, soprattutto in quanto figlio maggiore. Il pensiero di Nina andò a Jackson e al senso di responsabilità che doveva provare.

"È ancora bellissima. Sarò molto felice qui. Vivo al ranch da quando, a diciannove anni, ho sposato William, l'amore della mia vita, e ho attraversato quella porta in braccio a lui. Ho vissuto una vita meravigliosa lì, a crescere i miei ragazzi, ma era tempo di cambiare e poi loro non hanno bisogno di me, al ranch. A volte noi ragazze abbiamo solo bisogno di una spiaggia."

Nina sentì una profonda fitta di rimpianto per la

vicina vedova. Stava male al pensiero che qualcuno perdesse l'amore della propria vita e si trovasse nella situazione di dover ricominciare tutto daccapo senza la persona amata. Era un pensiero tutt'altro che piacevole. Alice aveva ragione. Nina sapeva fin troppo bene quanto, a volte, le ragazze in un certo momento della propria vita, avessero solo bisogno di una spiaggia.

Sembrava che per Alice fosse arrivato quel momento.

Proprio come era arrivato per lei.

"Hai trovato qualcosa di interessante mentre facevi spese?" chiese Nina. Era una chiacchierona ed era sinceramente interessata a ciò che avrebbe fatto Alice alla pensione.

"Ho trovato degli elementi decorativi. Assumerò un impresario edile per cominciare a pitturare e rimodernare i bagni. Poi tinteggerò e decorerò qualche stanza. Quali sono i tuoi negozi preferiti in città per qualche pezzo d'ispirazione?"

Nina non esitò. "Quello di Mary Lou è fantastico. Cerchi qualcosa di specifico?"

"Sai, dei classici articoli da Bed & Breakfast da mettere in giro, ma vorrei trovare dei quadri di artisti locali per le stanze. Ho visto varie gallerie. Ho dato un'occhiata ad alcune di esse, ma sai, finora non ho visto niente che mi dicesse qualcosa. Continuerò a cercare. Troverò ciò che cerco in un'opera nuova."

Nina si morse il labbro.

Alice colse l'eccitazione della donna. "Sembra che tu abbia qualcosa in mente."

"Se non trovi niente, fammi sapere. Ho dei dipinti che potrei mostrarti."

Alice spalancò gli occhi a quell'offerta. "Sei un'artista? Splendido. Mi piacerebbe vedere i tuoi lavori. Sono alla ricerca di uno stile specifico, quindi potrebbe non adattarsi a ciò che spero di trovare, ma vorrei dare un'occhiata."

Per Nina sarebbe stato un problema, se ad Alice fossero piaciuti i quadri. *Ma perché si era offerta? A quel punto era troppo tardi.* "Te ne porterò alcuni per farteli vedere. Posso tirarli fuori io, oppure puoi venirli a vedere al cottage dopo…"

"Perfetto. Dimmi a che ora e sarò lì."

"D'accordo." Nina non avrebbe dovuto mostrare i dipinti a nessuno… Non mostrava i suoi lavori da oltre tre anni. Quindi perché si era offerta, quando c'era la possibilità che fosse un errore?

* * *

Jackson arrivò in ritardo e accostò al bordo del marciapiede, parcheggiando dietro la Mercedes della madre. Il camion dei traslochi era ancora lì. Meno male. Jackson aveva passato una notte in bianco. Gli incubi ricorrenti, che lo assillavano da quando il padre era affogato nel fiume Frio mentre trasportavano il bestiame sul territorio del ranch vicino Bandera, avevano colpito senza sosta, la notte prima. Quella mattina si muoveva lentamente e ci era voluta una caffettiera intera per mettere in moto il cervello fiacco. Poi aveva ricevuto una chiamata per l'imminente vendita di bestiame e l'evento di beneficenza alla fine del mese successivo, così aveva impiegato più tempo del previsto.

A quel punto saltò giù dal pick-up e accorse verso il retro della pensione, lanciando un'occhiata alla casa accanto. Si chiese se la madre avesse già conosciuto la nuova vicina. Negli ultimi due giorni aveva pensato a lei varie volte, ricordandosi della loro chiacchierata. Si chiese se le fosse parso brusco, troppo duro. Quella possibilità lo infastidì. Aveva avuto tante cose per la testa, ma non era una scusa per qualsiasi asprezza fosse trapelata dal suo tono.

Era solo nervoso per quello che aveva fatto la madre, ma neanche quella era una scusa. Risalendo il vialetto oltre il camion, vide due tipi che portavano dentro un divano attraverso l'entrata secondaria. Durante la visita del giorno prima, aveva visto che la veranda sul retro aveva vari ingressi. Infatti, una serie di porte finestre si aprivano su un salotto ampio, luminoso e allegro, con una vista completa della spiaggia e della baia. Camminò in quella direzione. L'azzurro dell'acqua brillò mentre aggirava il bordo e saliva sulla pedana.

Sull'ampia veranda c'erano le vivaci sedie Adirondack, scolorite ma accoglienti. Attraversò le enormi porte finestra di vetro spalancate verso il salotto, dove i traslocatori stavano sistemando il divano.

Si allarmò quando vide la bella vicina parlare con la madre. Erano concentrate su dove posizionare il divano e all'inizio non fecero caso a lui, così Jackson aspettò sull'uscio.

Appena lo vide, Alice si illuminò, poi rivolse di nuovo lo sguardo al divano che gli uomini avevano riposizionato secondo le sue indicazioni. "È perfetto, ragazzi. Ora passiamo alle due poltrone." Gli uomini andarono a prendere le poltrone dal camion, e Alice si rivolse al figlio. "Jackson, che bello che tu sia qui. Sono così entusiasta! Nina, lui è Jackson, il mio figlio maggiore. So che voi due vi siete già conosciuti, ma non mi pare vi siate presentati ufficialmente. Lei è un'artista e i suoi lavori sono strabilianti."

Un'artista. "Ciao, è un piacere rivederti." Si tolse il cappello, un gesto che non aveva fatto due giorni prima. D'altronde, allora aveva una cagnolina tra le braccia. Jackson tese la mano e Nina gliela strinse. Di colpo si interessò al trasferimento della madre molto più di quanto non lo fosse stato in precedenza. L'interesse di Jackson si accentuò ancor di più quando i dolci occhi color nocciola di Nina incontrarono i suoi. Quel giorno era ancora più bella di quanto la ricordasse due giorni prima.

"Anche per me. È un piacere conoscerti ufficialmente." Nina sorrise.

Sulla guancia sinistra si vedeva una strisciata di pittura bianca; Jackson pensò che avesse senso, dal momento che era un'artista. Di colpo, Jackson sentì partire dal dito un desiderio di toglierle la pittura dalla guancia e sentire la sua pelle soffice sotto il polpastrello ruvido del pollice. Ricambiò il sorriso e le lasciò la mano con riluttanza. "Non riesco a capire come qualcuno possa prendere un pennello e creare qualcosa di bello su una tela. Non è la mia specialità, ma il talento delle altre persone mi lascia di stucco."

"Tua madre renderà questo posto bellissimo."

"Ho già cominciato, con la tua bellissima vista sul mare. Guarda il dipinto." La madre si spostò per mettersi accanto a una grande tela coperta appoggiata al muro. "Non è stupendo?" Alice guardò Jackson mentre alzava il lenzuolo che la nascondeva.

Il figlio fissò il dipinto di un magnifico tramonto, la vista da una veranda con una bouganville rosa che pendeva da un graticcio. I colori erano spettacolari. "Caspita. L'hai dipinto tu?"

"Sì."

Lo sguardo di Jackson passò dal disegno a Nina. La

sorprese a scrutarlo. "Come ho detto, le persone talentuose mi lasciano di stucco. Amo i colori, anche se tendo a preferire quelli più tenui…"

"Io amo il colore. La mia casa è decorata con colori vibranti. I colori illuminano il mondo. Quindi il tuo preferito è il marrone?" Dagli occhi di Nina trapelava dell'ironia e le labbra le fremettero.

Aveva letto Jackson come un libro aperto. "Sì, ma mi piace il colore dell'erba verde e gli oceani azzurri. Poi adoro il colore del fieno e della buona vecchia terra marrone. Il legno scuro e i marroncini. Sono fatto così, ma credo di potermi abituare a un po' di colore."

La madre ridacchiò. "Quando verrai qui, dovrai, Jackson. In questo posto sto dando libero sfogo alla mia vena sgargiante."

Alice lo guardò felice, e il cuore di Jackson fu scosso dall'amore per quella donna che lui teneva in alto, su un piedistallo. "Buon per te, mamma. Sembri felice."

"Lo sono." Alice guardò Nina. "Jackson tiene insieme la nostra famiglia. È accomodante, e credo che forse gli piacerà venire qui e vedere come mi adatto. Dovrai venire spesso, Nina, e portare quel bel cagnolino."

"Lo farò. A proposito di Ranuncolo, meglio che vada a controllarla. Stava dormendo nella sua cuccia, ma è ora di uscire fuori a giocare. Passate una buona giornata. Davvero, Alice, se hai bisogno di qualcosa, chiedi pure."

Detto ciò, uscì fuori, oltrepassando i traslocatori che tornavano dentro, ognuno con una poltrona azzurra tra le braccia. Jackson la guardò finché Nina non sparì dal campo visivo, per poi trovarsi la madre a guardarlo con spiccato interesse.

"Mettetele alle estremità del divano. Grazie." Alice coordinò gli uomini, poi rivolse uno sguardo curioso al figlio. "È una ragazza fantastica. Magari ti va di passare del tempo con lei."

"Mamma, non cominciare a cercare di mettermi insieme alla tua vicina."

Alice rise e lo prese a braccetto appoggiandogli la testa sulla spalla e stringendolo forte. Il cuore di Jackson si strinse altrettanto forte.

"Ti voglio bene, Jackson. Però, figliolo, è ora che tu ti alleggerisca. Te lo dico onestamente, hai bisogno di un po' di colore nella tua vita, tanto quanto ne ho bisogno io, ma nel tuo caso non parlo di un dipinto."

CAPITOLO CINQUE

Nina si affrettò fuori dalla Star Gazer Inn. Il cuore le martellava in petto. Quando entrò in casa e chiuse la porta con fermezza dietro di sé, l'incalzante rullo di tamburi non si arrestò. Riusciva ancora a sentire la ruvidità della mano di Jackson che stringeva la sua. La mano di quell'uomo aveva racchiuso quella di Nina e lei non l'aveva allontanata, non era trasalita, non si era ritratta.

Bensì, si era persa nel richiamo di quegli occhi magnetici che la scrutavano con un interesse intrigante.

Lei, tuttavia, non avrebbe potuto avere niente di tutto ciò.

Fece un respiro profondo. Era determinata ad assumere il controllo del battito cardiaco impazzito. Contò fino a dieci, poi si staccò dal muro e si incamminò verso la lavanderia. Jackson era più ricco di quanto lei potesse immaginare. Poteva essere quella la ragione per cui Nina non aveva reagito negativamente? Quell'uomo aveva abbastanza soldi, quindi lei non avrebbe dovuto preoccuparsi che fosse un truffatore doppiogiochista con l'intento di prenderla in giro.

Sarebbe mai riuscita a superare il passato e a non essere diffidente nei confronti di tutti gli uomini?

Aprì la porta della lavanderia dove dormiva Ranuncolo. Avrebbe portato la cagnolina a fare una passeggiata sulla spiaggia. Jackson era ancora un chiodo fisso. Era difficile toglierselo dalla testa, considerando l'innegabile affetto che c'era tra lui e la madre. Anche quello era rassicurante. Il fatto che si preoccupasse per la madre lo rendeva di sicuro una brava persona.

A Nina piaceva quella donna. Quando Alice era andata a vedere le sue opere, si erano sedute sulla veranda a bere una tazza di caffè. Avevano parlato dei progetti per la pensione e l'entusiasmo di Alice l'aveva contagiata. Poi aveva scoperto che era la moglie del noto e ricco mandriano William McIntyre. Da quelle parti era un nome conosciuto. Persino una come lei, che viveva lì solo da tre anni, sapeva quanto i McIntyre fossero generosi con le loro ricchezze. Di fatto, tutti gli enti benefici, le onlus e le scuole superiori beneficiavano delle donazioni e delle borse di studio offerte dalla famiglia.

Alice stava diventando una locandiera. Era incredibile. Non capitava tutti i giorni che Nina diventasse la vicina di un'ereditiera miliardaria e proprietaria di uno dei più grandi ranch dello stato del Texas, e probabilmente era anche uno dei più ricchi di petrolio. A quel punto era anche la padrona della pittoresca locanda che probabilmente non reggeva nemmeno il confronto con la casa che Nina sapeva esistere alla tenuta McIntyre. Una casa mastodontica, che per anni era stata menzionata in molte riviste. Una volta era stata persino usata come scenografia per un film. Sebbene Nina trascurasse tutto ciò, chiunque in zona aveva sentito parlare di quella famiglia. Proprio come avevano sentito parlare del King e di molti altri ranch nella zona tra Corpus Christi e San Antonio; ognuno di essi era immenso e di proprietà di uomini come Jackson McIntyre.

Ranuncolo si alzò sulle zampe e scosse da capo a coda il corpo riccioluto color caramello.

"Ehi, bella, andiamo a fare una passeggiata." Nina entrò in cucina mentre la cagnolina le girava intorno smaniosa. Aprì il frigo e tirò fuori la caraffa di vetro di limonata fatta in casa. Prese una tazza termica rossa dalla credenza superiore, ci versò della limonata, chiuse il coperchio con uno scatto e si incamminò verso le porte di vetro che conducevano al terrazzo. Alzò il braccio, afferrò il guinzaglio appeso al gancio e poi si chinò per allacciarlo al collare di Ranuncolo. Aprì la porta ed entrambe uscirono fuori alla luce del sole. Nina amava passeggiare sulla spiaggia e, mentre lei e la cagnetta attraversavano la sabbia per avvicinarsi al mare, Ranuncolo tirava all'estremità del guinzaglio. Sopra le loro teste un gabbiano ne inseguiva un altro e Ranuncolo balzò in aria, abbaiando. Nina rise e si sentì felicissima di avere la cagnolina.

Aveva condotto un'esistenza piuttosto solitaria, nei precedenti tre anni passati sull'isola. Una brama inaspettata la pervase al pensiero della mano di Jackson sulla sua. Mentre percorreva la bellissima e ventilata costa azzurra, si chiese cosa sarebbe potuto succedere negli incontri futuri. Non dovette aspettare a lungo. Sulla via del ritorno, vide una figura alta e snella in piedi vicino all'acqua. Aveva un cappello da cowboy in mano, appoggiato alla coscia. Nina sentì nello stomaco delle farfalle agitare le ali e le represse come se fossero delle zanzare succhiasangue. Così non andava bene. Invece di continuare lungo la riva che l'avrebbe portata dritta da lui, pensò di tornare in casa passando per la spiaggia. In quel momento Jackson si voltò e guardò dritto verso di lei. Ranuncolo gli corse incontro. Per lo spavento, Nina lasciò andare il guinzaglio.

"Ranuncolo!" la chiamò lei, e poi si affrettò dietro la dorata palla di pelo che cresceva sempre più. La cucciola si dimenò gioiosa, saltando e salutando Jackson, che si chinò e afferrò il guinzaglio accarezzando la cagnolina.

"Grazie," disse Nina quando lo raggiunse. "Ormai

la catturi sempre tu."

"È un onore contribuire a tenere questa ragazzaccia fuori dai guai." Jackson le passò il guinzaglio e continuò ad accarezzare la testa di Ranuncolo, che gli teneva le zampe appoggiate sulla coscia.

"Ancora non me la sento di lasciarla libera, nel caso in cui scappi e si perda. È molto curiosa."

"È un'ottima idea."

Poi si guardarono negli occhi e nessuno dei due aprì bocca. Lei stava cercando di capire cosa dire e lui sembrava semplicemente a suo agio nel fissarla. Era sconcertante.

"Senti, stavo salutando mia madre e ho pensato che magari potremmo scambiarci i numeri di telefono." Era evidente che lo sguardo di Nina comunicasse quanto il suggerimento di Jackson l'avesse spaventata, perché lui si affrettò ad aggiungere: "In caso succedesse qualcosa e mamma avesse bisogno di me. Potresti contattarmi. Oppure se magari avessi bisogno di contattarti per sapere come sta… Se non ti dispiace."

Nonostante la fitta di dolore per il fatto che lui non le avesse chiesto il numero per ragioni più personali, Nina si rilassò. Seppellì di nuovo quel pensiero assieme ad altre migliaia di ragioni per cui non avrebbe dovuto volere che lui desiderasse conoscerla sul piano personale.

"Certo, è una bella pensata. Comunque, non so se

l'hai notato, ma tua madre non è così anziana… e sembra perfettamente in grado di badare a se stessa." Jackson era molto protettivo nei confronti di Alice e Nina pensava fosse bello che un figlio si preoccupasse per la madre, ma lui era un po' esagerato. D'altra parte, però, non era affar suo.

"Hai ragione, ma la prudenza non è mai troppa. Lo faccio perché le voglio bene, ma anche perché mio padre avrebbe voluto che lo facessi."

Nini capì e tese la mano. "Dammi il telefono."

Jackson glielo porse. Lei aprì l'applicazione dei contatti, selezionò "nuovo contatto" e digitò nome e numero. "Non darlo a nessuno," disse lei ripassandogli il telefono. "Ora chiamami, così memorizzo il tuo."

"Non lo darei mai a nessuno." Lui selezionò il nuovo numero e il telefono di Nina squillò.

Lei accettò la chiamata, poi attaccò immediatamente. Selezionò "nuovo contatto" e scrisse il nome di Jackson. Fissò quelle informazioni e si rese conto che era il primo nuovo contatto che inseriva nella rubrica da oltre tre anni. Alzò lo sguardo e Jackson le sorrise. Nina non ricambiò; l'ultima persona a cui aveva dato il numero era stata Joe e farlo di nuovo, soprattutto dopo ciò che era successo, era l'ultima cosa che si sarebbe aspettata di fare.

"Devo andare, ma ti prometto che se per qualsiasi ragione dovrò contattarti riguardo a tua madre, lo farò."

"Grazie."

"Vieni, Ranuncolo." Nina si incamminò verso casa. Tirò dolcemente la cagnolina e la incoraggiò a lasciarsi Jackson alle spalle. Capiva fin troppo bene la riluttanza a lasciarlo.

"Nina," la chiamò lui. La voce profonda risuonò nella brezza oceanica.

Lei si voltò e lo trovò esattamente dove l'aveva lasciato. "Sì?"

"Tutto bene?"

"Sì, perché me lo chiedi?"

"Non lo so, a volte sembri spaventata da me, o diffidente. Mi sbaglio?"

Nina sentì il cuore sussultare, perché chiaramente lui era riuscito a interpretare le sue reazioni. Be', *gran parte* di esse. Per fortuna sembrava non aver dedotto l'inquietante attrazione che lei provava nei suoi confronti. "No. Semplicemente non sono brava con le nuove conoscenze. Buona giornata." Lei si girò e si affrettò sulla sabbia, sperando che Jackson non facesse altre domande.

* * *

Una settimana dopo la partenza della madre dal ranch, Jackson era sulla chiatta che traghettava il bestiame sul canale verso Whisper Cove, un'isoletta antistante alla loro proprietà continentale, dove pascolavano il bestiame. Quella era una delle poche zone a cui non si poteva accedere con un veicolo, ma la chiatta andava benissimo. I McIntyre la usavano da decenni.

Guardò la terra avvicinarsi e in quel momento i suoi pensieri vagarono verso Nina, come avevano fatto per tutta la settimana. Quella donna lo intrigava.

Quando erano nella stessa stanza qualcosa ronzava nell'aria, ma lei ignorava tutto ciò. Il giorno del trasloco aveva avuto l'impressione che controllare il cane fosse una scusa per allontanarsi da lui. Non era proprio abituato al fatto che le donne gli rivolgessero una scrollata di spalle quasi indifferente. Non era un segnale lampante, ma velato, e ciò lo infastidiva. Forse Nina era attratta da lui, come sospettava Jackson, e non voleva esserlo?

Forse lei voleva semplicemente *non* provare attrazione per qualcuno. Jackson si disse di non prenderla sul personale, ma non ci riusciva e non poteva negare che gli desse fastidio. Non gli faceva particolarmente piacere essere interessato alla donna che sarebbe stata la vicina della madre. Ciò complicava la faccenda e in quel momento era tutto già abbastanza complicato. La madre aveva già sottinteso che lui e Nina avrebbero potuto mettersi insieme. Jackson non aveva bisogno che la madre giocasse a fare Cupido. Lei voleva dei nipoti, e lui si sentiva sotto pressione. Non aveva bisogno che la madre convincesse la povera vicina a uscire con lui. Forse era quello il problema. In quel momento gli si accese una lampadina. Forse la madre aveva già cominciato a spingerlo verso Nina ed era quello il motivo per cui lei era praticamente fuggita dopo averlo visto.

Perciò, nei due giorni successivi, quando era passato per assicurarsi che si stessero occupando del sistema d'allarme, Nina non si era vista da nessuna parte. Jackson aveva ingaggiato la migliore azienda di sistemi di sicurezza di Corpus Christi. Si era già affidato a loro in passato e sapeva che non c'era bisogno di supervisionare quello che stavano facendo. Era solo una scusa per andare alla locanda, nella speranza di vedere Nina. La macchina della ragazza, però, non si era vista per niente e lui non se la sentiva di chiedere alla madre se l'avesse vista. Avrebbe fatto drizzare le antenne ad Alice. D'altra parte, la madre era assorbita da elenchi di colori e vernice, e c'erano pezzi di diversi materiali variopinti sparsi su tutta l'isola della cucina. Lei diceva che presto avrebbe approntato la palette di colori e avrebbe avuto bisogno di un professionista.

Invece di parlare di Nina, Jackson aveva fatto delle telefonate per trovarne uno.

La madre aveva appuntamento con alcuni imbianchini, quel giorno, pensò lui, e ne avrebbe scelto uno. Jackson aveva selezionato solo i migliori, quindi sperava che qualcuno le sarebbe andato a genio.

Tucker arrivò a prua e si mise accanto a Jackson. Appena il fratello appoggiò le mani sulla ringhiera, il bestiame si spostò e muggì. Tucker posò lo sguardo su Jackson.

"A cosa stai pensando? Eri con la testa da un'altra parte." Gli chiese reggendosi alla sbarra.

"Perché dici così?"

"Perché ti ho chiamato due volte e non mi hai sentito."

"Siamo su una chiatta piena di bestie urlanti."

"Ma ciò non ti ha impedito di sentirmi prima. Che succede?"

Era vero. Jackson aveva un udito sbalorditivo. Lo prendevano sempre in giro, dicevano che i suoi figli non sarebbero riusciti a tenere un segreto, perché lui li avrebbe sentiti comunque. Jackson rivolse uno sguardo torvo al fratello. "Credo tu abbia ragione. Ero assorto nei miei pensieri."

"Allora? A cosa pensavi? È successo spesso, negli ultimi due giorni. Questa storia del trasferimento di mamma ti ha davvero lasciato perplesso, eh?"

"Sì, ma mi ci sto abituando. Solo che sono preoccupato per lei. Quando andrai a vedere la struttura? Sarà bella, una volta finita. Le ho parlato stamattina e ha detto che ne aveva fin sopra i capelli di campioni di colori e di vernici. Ha detto che si chiamano tonalità gioiello. Arancioni, rosa, viola, blu di ogni sfumatura possibile. Sono colori brillanti, nessuna traccia di marrone scuro o chiaro."

Tucker lo guardò come se stesse parlando una lingua sconosciuta. "Intendi i colori accesi?"

Jackson rise. Riusciva a comprendere il tormento del fratello. "Sì, molto accesi. È l'alba di un nuovo giorno. Quella locanda non assomiglierà affatto al ranch, con tutte le sfumature di marrone tipiche della campagna texana."

"Niente cuoio e quel granito nero della cucina che è sempre piaciuto a papà. Diceva che stava benissimo con il legno di noce, vero?"

"La cucina è bianca e rimarrà di quel colore. È bella e luminosa. Ha delle finestre enormi affacciate sull'oceano e il bell'azzurro della baia di Corpus Christi ti colpisce dritto in faccia. Il solo fatto di stare lì sembra renderla più felice."

Rimasero entrambi silenziosi e guardarono la terra avvicinarsi mentre la chiatta si faceva strada verso il molo.

A un certo punto, Jackson parlò di nuovo. "È ciò di cui ha bisogno. Per la prima volta i suoi occhi sono di nuovo vivi, da quando..." Non ebbe bisogno di finire la frase. Da quel momento in poi, le loro vite sarebbero state definite da un *prima* della morte del padre e un *dopo* la sua morte.

"È un bene," disse Tucker sommessamente, mentre i loro sguardi si incrociavano. "Mi sta bene qualunque cosa mamma voglia fare, purché sia felice. È semplicemente un'esperienza diversa."

"Sì." Jackson sapeva esattamente cosa stava pensando Tucker. Avrebbero solo dovuto abituarsi al fatto che la madre spiccasse il volo e facesse nuove esperienze. "Sai, ci ho pensato. Mamma ha sposato papà quando aveva a malapena vent'anni. Lui era, tipo, sei anni più grande di lei. Si sono trasferiti al ranch ed è qui che lei ha vissuto per tutti questi anni. Sarà un po' spaventata, suppongo, ma non lo dà a vedere. Potrei sbagliarmi, ma un nuovo inizio richiede coraggio... e credo sia così che si sente ora."

Tucker aveva lo sguardo fisso davanti a sé. Il suo viso era di pietra. Alla fine rilassò le spalle. "Sì, mi sa che andrò a vedere questa nuova avventura con i miei occhi. A darle il mio supporto. Ovviamente all'inizio mi sono offerto di aiutare con la ristrutturazione, ma lei mi ha detto che avrebbe ingaggiato un impresario edile per le esigenze di riqualificazione, che avrebbe acquistato dei mobili e che poteva farlo da sola. Ho avuto l'impressione che non mi volesse lì."

Jackson aveva avuto la stessa sensazione. "Mamma sa quanto siamo impegnati alla tenuta e in questo momento sta spiegando le ali. Lei vuole che le facciamo visita, ma comincio a pensare che per questo nuovo capitolo della sua vita non abbia bisogno che le guardiamo le spalle. Io domani ci vado comunque. Che lo voglia o no, le farò visita almeno una volta a settimana. Se anche voi altri andrete, di tanto in tanto, potremo assicurarci che tutto vada liscio."

"Magari ci dirà di smammare, se cominciamo a infastidirla." Tucker sembrava scettico.

"Dovrà abituarsi alle nostre visite, perché sarà così e basta."

CAPITOLO SEI

R iley si trovava sulla costa, nella sezione del ranch
con una distesa deserta da tempo che dava accesso
a una bellissima spiaggia. Pensava a quel posto da
settimane, ormai. Tutto per via dell'incontro fortuito a
una pompa di benzina. Stava viaggiando per trasportare
il bestiame nel Texas centrale e si era fermato a fare
benzina. Il serbatoio gli stava risucchiando i soldi alla
velocità della luce, quando una Jeep Cherokee rosso
ciliegia si fermò alla pompa davanti a lui. Parcheggiata
dietro, c'era la più bella roulotte che avesse mai visto.
Era stata modificata in stile vintage, come uno di quei
camper a goccia decentrati. Era verniciata di un rosa
tenue, con una scritta turchese sul lato che diceva "Vivi,
ridi, ama e goditi la vita... È così dannatamente breve."

Non fu quello ad attirare la sua attenzione, bensì la
rossa vivace che saltò giù dalla Jeep. Aveva delle gambe
chilometriche e indossava pantaloncini e stivali da
cowboy. Lei gli sorrise, poi andò dall'altra parte del

veicolo e infilò la carta di credito nella macchinetta. I suoi capelli rossi e voluminosi rimbalzavano a ogni passo deciso.

Riley era rimasto lì, in un silenzio stupefatto, anche se non per molto. "Bella macchina."

La donna lo guardò mentre infilava la bocchetta dell'erogatore nel serbatoio. "Grazie. Io e il mio piccolo bolide siamo compagni di avventure. Amiamo i viaggi on the road."

Riley rise, aggirò il veicolo e si appoggiò al parafango del pick-up per starle più vicino. "Scommetto che avete delle belle storie da raccontare." Incrociò le braccia e si godette la vista di quel bellissimo sorriso e quegli occhi, verdi come due smeraldi alla luce del sole.

La donna lo guardò dalla cima della propria macchina, poi afferrò la spazzola lavavetri e iniziò a ripulire il parabrezza dagli insetti. "Certo. Decisamente."

Anche Riley si scostò dalla macchina e camminò a grandi passi fino al lato opposto della Jeep, per mettersi di fronte a lei. Tese la mano. "Questo lato lo faccio io, se vuoi."

Gli occhi intelligenti della donna lo scrutarono con sospetto.

Lui alzò le mani. "Ti giuro che non sono uno stalker, né un serial killer. Solo un cowboy che fa benzina e cerca di aiutare una bella signorina a pulire i finestrini pieni di insetti, così che lei e il suo 'bolide' possano partire per un'altra avventura."

Lei rise di gusto e gli passò la spazzola. "Grazie. Fa' pure."

"Pensavo non l'avresti mai detto." Riley strofinò sul parabrezza. "Allora, cosa fai con questo tuo bel compagno di avventure on the road?"

"Glamping. Ho passato un fine settimana fantastico con un gruppo di amiche."

Riley smise di strofinare. "Hai detto 'glamping' con la G?"

"Sì, hai capito bene. Scegliamo un posto sulla mappa ogni mese o trimestre. Non sempre riusciamo a partecipare a ogni avventura, ma siamo in tante, quindi organizziamo una gita e chi può si presenta."

"Quindi qual è la differenza tra 'glamping' e 'camping'?"

"Be', la G è cruciale." Gli occhi della donna scintillarono e quando rise fu come se le nuvole si fossero diradate e un raggio di sole brillasse su di loro.

Riley era completamente cotto. Non gli era mai capitato di essere attratto da qualcuno all'istante, ma quella donna era incredibile.

"Glamping con la G è una fusione tra glamour e camping. Sai, agli uomini piace andare in campeggio, buttarsi a capofitto nella caccia e uscirne tutti sudati per poi dormire a terra. Noi donne abbiamo un modo tutto nostro di fare le cose. Lo facciamo in modo glamour. I nostri camper hanno i letti e perfino una piccola cucina, anche se quando facciamo glamping non cuciniamo. Gli spazi per fare glamping sono delle strutture molto carine. Offrono pasti gourmet e trattamenti di benessere, così possiamo farci fare i massaggi, le unghie delle mani e dei piedi e i trattamenti facciali. C'è dello champagne, del vino, tè e caffè... sai, tutto l'essenziale. Ce ne stiamo sedute e veniamo trattate come delle regine per tutto il fine settimana. Passiamo delle giornate meravigliose, piacevoli e divertenti. Gli uomini non lo capiscono affatto."

Riley voleva capire. Sembrava un'attività divertente per una donna. "Sembra forte. Non che voglia essere partecipe, ma vi ci vedo a farlo, voi donne. A mia madre potrebbe piacere. Non va in campeggio da un secolo, ma sai, è madre di quattro maschi e sono sicuro che un paio di volte le sia capitato di desiderare un fine settimana del genere."

"Tua madre ha cresciuto quattro figli come te?"

"Sì, è una santa." Riley le ripassò il manico della spazzola. Le punte delle loro dita si sfiorarono e ci fu una scintilla. Lui sapeva già che ci sarebbe stata; aveva sentito quella scintilla dal momento in cui l'aveva vista. "Lo dici come se fosse una cosa tremenda."

La donna rise di nuovo. "Niente affatto. È solo che io sono figlia unica. Non riuscirei a immaginare di avere fratelli o sorelle, anche se, a dirla tutta, penso sarebbe stato bello averne. Quattro maschi, però… Probabilmente tutti molto monelli? Sarà sicuramente una donna tosta."

Riley pensò alla madre. "Abbastanza. È meravigliosa. Mio padre è morto circa un anno e mezzo fa e lei è stata una vera roccia, anche se ci siamo tutti preoccupati per lei. Non sembra se stessa, ma ce la farà. Questa cosa del glamping... Mi sa che darò un'occhiata per lei. Raccontami di questi posti in cui andate."

"Cerchiamo di rimanere in Texas. Sai, è uno stato grande e noi siamo in tante. Alcune sono più giovani, altre più anziane e ci sono anche molte vedove. Cerchiamo di scegliere un posto in cui possano venire tutte. È facile trovarli. Li cerchi su Google ed è fatta. Il nostro gruppo si chiama 'L'esercito del glamping'. Basta scrivere questo nome e vedrai cosa c'è in programma. Ovviamente non ti sto chiedendo di fare lo stalker o altro. Qualora volessi prendere un piccolo camper per tua madre e lei fosse interessata a unirsi, potrebbe farlo. Basta iscriversi sul sito. La signora che se ne occupa sarebbe felice di darle una mano."

Estrasse la bocchetta dal serbatoio e rimise il tappo, poi ripose l'erogatore nella pompa di benzina. La donna gli rivolse un sorriso. "Comunque ora devo andare. Ho un bel po' di strada da fare, fino a casa. Buona fortuna. Mi ha fatto piacere parlare con te." Poi si infilò nel veicolo.

Riley indietreggiò, salutò con la mano e la guardò allontanarsi lentamente dalla pompa di benzina e sparire.

Dopo un mese da quell'incontro, ancora non riusciva a togliersela dalla testa. Aveva dato un'occhiata a "L'esercito del glamping", ed era incredibile. Aveva visto i posti in cui andavano e gli si era accesa la lampadina: loro avevano un posto perfetto per farlo. Nella sua vita, Riley aveva fatto molte cose per stupire una donna, ma *quella* donna in particolare (non sapeva quale fosse il suo nome, lei non glielo aveva detto) era molto attenta alla sicurezza. Sebbene Riley l'avesse aiutata, lei non gli aveva detto come si chiamava, per cui lui l'ammirava. Sospettava che nel veicolo avesse una pistola. Una donna che viaggiava da sola? Era probabile. Una donna del Texas? Era certo. Aveva l'impressione che quella ragazza sapesse badare a se stessa. Sebbene fosse stata gentile e tra di loro fosse scattata quella chimica, lei non aveva comunque abbassato la guardia e non gli aveva detto il proprio nome. Ovviamente lui avrebbe potuto prendere la targa, ma non l'aveva fatto. Nonostante avesse un amico in polizia, non gli piaceva rintracciare la gente tramite informazioni che non stava a lui usare.

Si guardò attorno, sulla riva sabbiosa del ranch, e gli venne l'illuminazione, limpida come il giorno in cui gli era venuta l'idea. Avrebbe portato avanti il piano.

* * *

Alla fine della prima settimana, Alice si stava ambientando alla locanda. Aveva il morale alto mentre beveva la tazza di caffè mattutino e usciva sulla veranda posteriore. Tutti i progetti che le affollavano la mente le infondevano un senso di determinazione. Era una bella sensazione. Aveva perfino cominciato a dormire meglio, da quando si era trasferita lì. Be', ancora non dormiva alla grande, solo meglio. Aveva iniziato a soffrire di insonnia subito dopo la morte di William. C'era da aspettarselo. Desiderava averlo di nuovo al fianco e le mancava da morire. Ancora. Quell'aspetto non sarebbe mai cambiato. Si poteva pensare che col tempo sarebbe stato più facile dormire. Per alcuni vedovi e vedove, sì, ma la situazione di Alice non era migliorata. Di notte camminava avanti e indietro nel ranch, si sedeva a leggere, oppure guardava la luna fuori. Faceva tante cose di notte, tranne dormire.

Tuttavia, nelle sere precedenti, era andata a letto con la mente piena di pensieri e con un senso di benessere che non aveva mai provato fino a quel momento. La prima notte, nonostante fosse emozionata per la scelta di aprire la pensione, aveva pianto fino ad addormentarsi. Andare avanti senza l'amore della sua vita era molto difficile, ma tra le lacrime, riuscì a sentire William che le diceva di proseguire. "Tesoro, me ne sono andato e non tornerò. È ora che tu vada avanti e cominci una nuova vita per conto tuo. Buttati. Sogna in grande e sii felice."

Sii felice. Alice era rimasta sdraiata, a fissare il soffitto bianco. Il cuore le si era stretto talmente tanto forte che aveva fatto fatica a respirare, quando aveva visto lo splendido volto di lui abbassato su di lei. Era un cowboy molto bello. Si erano guardati per un momento eterno e poi il viso di William era sparito, ma il sorriso era rimasto nel cuore di Alice.

Alice sbatté le palpebre per respingere le lacrime, poi respirò profondamente l'aria oceanica. Lasciò che il calore del sole mattutino le scrollasse il freddo di dosso mentre camminava per la casa studiando le aiuole. Amava i fiori e adorava guardarli crescere e fiorire. Mentre si incamminava verso la parte frontale della locanda, dove c'era l'aiuola in grande carenza d'affetto, seppe che quella sarebbe stata la prima che avrebbe accudito. Aveva intenzione di cominciare l'indomani. Sapeva esattamente cosa ci avrebbe piantato. Sapeva esattamente che aspetto voleva dare alla struttura che avrebbero visto gli ospiti nel risalire il vialetto. Aveva incontrato due professionisti diversi il giorno precedente, ed entrambi avevano delle referenze perfette, ma non aveva assunto nessuno dei due.

Sperava di trovare presto qualcuno, così che i lavori cominciassero.

Un suono dalla porta accanto attirò la sua attenzione. Si girò e vide Nina e Ranuncolo venire verso di lei. Ranuncolo tirava il guinzaglio per raggiungerla.

Alice si inginocchiò, mise la tazza di caffè sull'erba e prese Ranuncolo tra le braccia. Quanto stava crescendo quella cucciola. Era adorabile. Per tutta la settimana aveva pensato che anche a lei sarebbe piaciuto avere un cane, ma non era sicura che fosse la scelta migliore, temeva che avrebbe disturbato gli ospiti. Magari avrebbe abbaiato o sarebbe stato un problema per gli ospiti allergici.

"È troppo carina." Alice alzò lo sguardo e rivolse un sorriso a Nina.

"Ti adora, ma per favore, non farti sporcare."

"Ma figurati. Vai da qualche parte?" Alice vide la borsetta a tracolla di Nina.

"Sì, stavamo andando alla macchina e poi a un mercatino delle pulci che fanno in centro stamattina."

"Davvero? Un mercatino delle pulci? Vuoi che ti accompagni?"

L'espressione di Nina era esultante. "Certo. Sono venuta a chiederti se volevi venire. Sarà divertente e dovrebbe valerne la pena. Non sai mai che tesori ti aspettano."

"È proprio vero. Che emozione. Aspetta che riporto

la tazza di caffè in casa, prendo la borsa e l'ombrello parasole, poi sono pronta per partire."

* * *

Nina rideva sotto i baffi mentre guardava Alice affrettarsi. Sembrava davvero emozionata per il mercatino. Si sarebbero divertite. Era tanto che non passava del tempo con una persona del genere e quello fu un duro monito che le ricordò quanto si fosse isolata in quei tre anni. Non quel giorno, però. Era entusiasta che Alice avesse acconsentito ad andare con lei. Aveva bisogno di un po' di tempo tra donne. Molto più di quanto se ne rendesse conto.

Poco dopo si strinsero nella Mini Cooper e Nina abbassò il tettuccio. Era una giornata mozzafiato. Ranuncolo si mise sul sedile, con la pettorina agganciata, e sporse la lingua fuori, lambendo felice il vento, mentre attraversavano il ponte in direzione centro.

"Mi fa tanto piacere che tu sia venuta," disse Nina sovrastando il vento con la voce. "Non ho stretto molte amicizie da quando mi sono trasferita qui, ma è colpa mia. Sono stata per conto mio negli ultimi anni."

"Avresti dovuto partecipare alle iniziative cittadine e farti degli amici."

"È vero, ma ho preferito fare l'eremita."

"E questo mi rende ancora più felice che tu mi abbia chiesto di venire. Cerchi qualcosa in particolare?"

"No, non faccio spesso compere. Mi piace solo guardare e quando vedo qualcosa che mi ispira, lo prendo. È solo un passatempo. E tu?"

Alice sorrise e sembrò pensierosa. "Quando io ero una ragazzina, mia madre era da sola e non avevamo molti soldi, quindi andavamo spesso al mercatino dell'usato. Andavamo agli svuotacantina tutti i venerdì e il sabato al mercatino delle pulci. Lei amava trovare 'tesori', come li chiamava lei. Era solo per divertimento e rappresentava un'ottima occasione per legare con mia madre. Sai, ripensandoci, probabilmente tutta la roba che compravamo non le costava molto. Era semplicemente un'esperienza divertente e amo quel ricordo. Ogni volta che penso a un mercatino delle pulci, penso a mia madre."

"Che bello. Quindi ci vai spesso?"

"Non ci vado da quando ero giovane."

"Oh, perché no?"

"La casa al ranch non era esattamente un posto da mercatino delle pulci. Avevamo uno stile decorativo distinto. Molta pelle e un bellissimo legno lucidato."

"Una volta ho visto casa tua su una rivista. Era splendida."

"Grazie. La adoravo, ma non è quello lo stile che ho in mente per la locanda. Ho bisogno di qualcosa di più leggero. Qualcosa che sia luminoso e da spiaggia."

"Ho capito. Torni alle origini." Nina lanciò uno sguardo ad Alice mentre accostava nel parcheggio. La sua nuova amica sembrò improvvisamente triste. "C'è qualcosa che non va?" Accostò in un parcheggio e spense il motore, poi rivolse tutta l'attenzione ad Alice. Sembrava un po' pallida.

"Hai perfettamente ragione. Amo la mia casa alla tenuta. Ho amato ogni momento passato lì con William e i ragazzi, ma da quando ho perso mio marito, ho avuto il cuore così infranto che stare in quel posto senza di lui è stata dura. Per me la locanda significa fuggire, mettere distanza tra me e i ricordi a cui volevo aggrapparmi tanto." Sospirò. "Ma non riuscivo farlo." Il labbro di Alice tremò. "Solo che mi sento in colpa per aver fatto questo passo, anche sapendo che William approverebbe."

Dagli occhi di Nina sgorgarono lacrime per il dolore che provava Alice e perché la capiva fin troppo bene. "Sentite condoglianze, davvero."

Alice tirò su col naso e si morse il labbro mentre sfoggiava con coraggio un sorriso tremante. "Grazie. Come ho detto, è quello che avrebbe voluto William. Questa sono io che cerco non di fuggire, ma di spiccare il volo."

"Che è una cosa positiva e di cui hai davvero bisogno. Non ti sentire in colpa. Devi fare il necessario per far tornare a sorridere il tuo cuore."

Alice la fissò. "Perché ho l'impressione che tu lo dica perché ci sei già passata?"

Nina sapeva di aver detto troppo, ma non era riuscita a trattenersi. "Perché anch'io sono una vedova. In circostanze un po' diverse, credo. Non sono stata sposata per così tanto tempo come te, ma mi sentivo comunque un po' persa, quindi capisco, sai. Non tutti ci riescono."

Alice strinse la mano di Nina. "Mi dispiace da morire. Sei troppo giovane per aver dovuto affrontare la perdita di tuo marito. Condoglianze. Dovrai raccontarmi di lui."

"Sì, ma ora non voglio gettare un velo scuro sulla nostra conversazione. Andiamo a vedere questo mercatino delle pulci. Sarà divertente. Ho la sensazione che oggi troveremo entrambe qualcosa di spettacolare."

Alice sorrise. "Mi sa che hai proprio ragione. Andiamo."

Nina rise, lasciò uscire Ranuncolo dalla macchina e seguì Alice nella folla.

CAPITOLO SETTE

Verso le cinque, Jackson accostò sul vialetto della locanda e rimase sorpreso quando Nina parcheggiò nel proprio, di vialetto, con la madre sul sedile del passeggero. Alice lo salutò con la mano e gli fece segno di avvicinarsi. Jackson saltò giù dal pick-up e attraversò il cortile per scoprire dove erano state. Aveva sperato di vedere Nina quel giorno, quindi era una sorpresa gradita.

"Ehi, signore, siete andate a divertirvi, eh?"

Nina gli sorrise mentre usciva dall'auto. "Siamo state benissimo e tu sei proprio la persona di cui abbiamo bisogno."

"Jackson, è stato divertentissimo!" Quando lui le aprì la portiera, Alice aveva un'aria euforica. Lo abbracciò appena si alzò in piedi. "Sono proprio contenta che tu sia qui, abbiamo bisogno di te. Vieni qui dietro… Abbiamo passato un pomeriggio meraviglioso al mercatino delle pulci locale. Ho fatto degli ottimi acquisti, ma mi sono resa conto che, non essendo al ranch, ho bisogno di una macchina più grande o di un pick-up, perché devo tornare a prendere tutte le cose che non ho potuto portare. Intanto puoi aiutarci a portare dentro le altre scatole."

"E io che speravo saresti stata contenta di vedermi perché sono il tuo figlio preferito."

La madre rise. "Anche per quello, sempre. Sai di essere il mio figlio preferito."

"Lo dici a ognuno di noi."

"Sì, ma gli altri non dovrebbero saperlo."

"Noi ci confrontiamo, mamma."

Nina rise sotto i baffi. "Sembra un dibattito secolare."

Il sole era accecante e Jackson strinse gli occhi guardandnola. "Sì, infatti. I miei tre fratelli le credono. Io cerco di spiegare loro che lo dice a tutti, ma credono che lei lo dica sul serio a ognuno di loro."

Alice rise. "Ma io lo dico sul serio. Siete tutti i miei figli preferiti. A ogni modo, prendi quella scatola."

Sul retro del minuscolo veicolo c'erano due scatole di grandezza media, una accanto all'altra. Nina aveva fatto scendere Ranuncolo dal sedile posteriore e in quel momento la cagnolina si stava scuotendo ai piedi del cowboy, con il guinzaglio ben allacciato al collare. Jackson abbassò la mano e le diede una grattata dietro l'orecchio. "Ciao anche a te. Ti hanno già chiesto di portare qualcosa?" La cagnolina abbaiò e agitò la coda pelosa. "Ah-ha. Lo prendo come un no. Quindi è vietato sfruttare gli animali?" chiese a Nina.

Lei lo guardò con occhi pieni di ironia. "Sì. Tocca a te, se non ti dispiace."

"Niente affatto. Dove le metto queste?" Jackson spostò lo sguardo da Nina alla madre.

"Tu aiuta Nina. Io vado in casa a preparare il caffè. Porta dentro la mia scatola quando avrai finito. Non c'è alcuna fretta." La madre si avviò nel cortile e lanciò un'occhiata da sopra la spalla. "Nina, ho passato una giornata fantastica. Dovremmo ripetere. Dopo vieni di qua con Jackson. Metto in forno una torta fresca al caffè e cannella. Ne vorrai un pezzo."

Jackson guardò Nina. "Oh sì, ne vorrai un pezzo. Puoi credermi sulla parola."

Nina spostò uno sguardo esitante da lui ad Alice. "Deve essere deliziosa. Verrò dopo che Jackson avrà portato le scatole."

Quando Alice scomparve, lo spazio tra di loro si colmò di imbarazzo. "Grazie per aver passato del tempo con mia madre. Sembra davvero felice."

Sollevò la scatola tra le braccia. Era piuttosto pesante, nonostante le dimensioni ridotte.

"Non c'è bisogno di ringraziarmi. È stato bello conoscere tua madre. È fantastica e ci siamo divertite tanto. Al mercatino se l'è spassata."

Jackson la seguì verso la porta sul retro. "Mi fa piacere. Forse avrai già capito che siamo in pensiero per il fatto che si debba abituare alla vita senza mio padre. Pensavamo che sarebbe semplicemente rimasta al ranch. Non ce lo aspettavamo, ma devo ammettere che non sembrava così felice da un sacco di tempo."

Raggiunsero l'entrata secondaria della casa. Tre gradini conducevano a una porta laterale. Nina digitò un codice e la serratura si aprì. Spinse la porta. "Dopo di te."

"Io aspetto. Prima tu." Lei gli passò oltre e, mentre Jackson la seguiva, il dolce profumo della ragazza si fece strada verso di lui.

La cagnolina trotterellò davanti a Nina ma si fermò di colpo, poi si girò e corse di nuovo alla porta, posizionandosi dietro a Jackson. Quando Nina si girò per guardarlo in faccia, Jackson si fermò. Poi Ranuncolo corse oltre di lei, avvolgendo il guinzaglio attorno alle ginocchia di Jackson. I due si ritrovarono l'uno addosso all'altra. Lui appoggiò immediatamente la scatola sulla lavatrice e afferrò Nina, che continuò a trattenere il guinzaglio, mentre Ranuncolo la strattonava verso di lui abbaiando.

Nina alzò lo sguardo verso Jackson e arrossì violentemente. "Scusami tanto. Ranuncolo, basta."

Lui le rivolse un ghigno. Non riuscì a mentire. "Non mi dispiace affatto. Anzi, magari dopo darò un premio a Ranuncolo." Con le mani, Jackson le afferrò delicatamente i bicipiti e piegò le dita, desideroso di prenderla tra le braccia. Riusciva a sentire il cuore di Nina battere tra di loro ed era certo che anche lei riuscisse a sentire il proprio fare lo stesso.

Come per confermare che meritava di meritare un premio, Ranuncolo abbaiò, si sedette sulle zampe posteriori e alzò lo sguardo verso di lui con un'espressione furbesca.

Gli piaceva davvero quel cucciolo dal pelo dorato. "Mi sa che l'altro giorno sono giunto a conclusioni affrettate, dato che a quanto pare il tuo cane si guadagna eccome la pagnotta." Jackson non poté fare a meno di canzonarla, mentre continuava a godersi la sensazione di averla tra le braccia e il bel rossore della sua pelle. Lo sguardo di Nina lo spinse a volere più del dovuto.

Il corridoio era uno stretto ripostiglio, con la lavatrice e l'asciugatrice da un lato e un trasportino per cani dall'altro. Era anche il posto perfetto per un agguato improvviso di Ranuncolo.

Senza proferire parola, Nina gli avvolse un braccio dietro la schiena per afferrare il guinzaglio e, per un momento, quando gli passò intorno anche l'altro, Jackson pensò che lo stesse abbracciando.

Nina allungò il guinzaglio nella mano vuota con la destrezza di uno staffettista olimpico che passa il testimone. Poi indietreggiò con la velocità di un corridore pronto a scattare e in un attimo si ritrovarono sciolti dal rapido scambio.

Lui la lasciò andare, a malincuore ma con rispetto.

"Io, invece, ho bisogno di fare un discorsetto con lei sulle buone maniere." Nina sorrise mentre si girava e faceva strada in cucina.

Con un sospiro pacato, Jackson prese la scatola e la seguì. La cucina non era enorme, ma era affacciata sulla sala da pranzo e sul salotto. La stanza era inondata dalla luce proveniente dalle grandi finestre e dalle porte che conducevano al terrazzo. Proprio come dalla veranda della pensione, si riusciva a vedere l'azzurro dell'oceano e un'abbondanza di fiori nel giardino che separava la casa dalla sabbia bianca.

Jackson appoggiò la scatola sul bancone. "Che bella casa. La metto qui?"

Nina mise distanza tra di loro andando al lato opposto dell'isola della cucina. "Sì, grazie." Sciolse il guinzaglio di Ranuncolo e lo appese a un gancio accanto alla porta. La cagnolina si avvicinò a un cuscino per cani accanto al caminetto e vi si rannicchiò col mento sulle zampe. La cucciola fissò Jackson per un minuto, poi chiuse gli occhi.

"È stanca. Oggi, mentre facevamo spese, l'abbiamo fatta camminare tanto e ho scoperto che portare un cane al guinzaglio è difficile, quando lui è curioso di ogni singolo dettaglio."

"Di sicuro… Non riuscirei a immaginare di provare a portare i miei due al guinzaglio."

"Però devo farla abituare, in caso debba viaggiare con me per lunghe distanze."

"Capisco. Come ho detto, i miei pastori si comportano bene e rispondono ai comandi. Se li mettessi al guinzaglio, si ribellerebbero."

Nina sorrise e la tensione nella stanza si appianò. "Capisco perfettamente. Allora, sei pronto?"

Incuriosito, Jackson esaminò la stanza. All'esterno, la casa era caratterizzata da un rosso profondo, mentre gli interni erano di un leggero color limone con finiture bianche. Il vecchio pavimento in legno era segnato dall'età e dall'aspetto molto leggero, quasi di un pino imbiancato. Anche i mobili erano di un legno che sembrava essere stato bianco prima di essere scrostato a fondo, con qualche resto di vernice. Ciò conferiva all'ambiente un aspetto usurato ma accogliente. Sui muri c'erano degli spettacolari paesaggi marini e dei tramonti. La stanza, sebbene fosse contraddistinta da toni di basso profilo, era inondata dai colori dei quadri.

"Mi piace la tua casa. È bella."

Nina rise sommessamente. "Scommetto che sui muri pensavi di trovare quel blu carta da zucchero come alla locanda di tua madre."

"Be', dal modo in cui parlavi l'altro giorno, l'ho pensato. Lascerà davvero la stanza così?"

"Ne dubito, ma deve essersi divertita a prenderti in giro. Quando avrà finito, sarà meravigliosa."

"Ti prendo in parola. Mi piace il blu, ma *quel* blu è un pugno nell'occhio."

"Mi sa proprio che dovrai adeguarti," disse lei, poi rise.

Il suono della risata di Nina gli piaceva sempre di più.

* * *

"Eccovi." La madre sembrava felice, quando il suo sguardo lampeggiò tra Jackson e Nina.

78

Jackson sospettava che il fatto di essere stato da Nina fosse la causa dell'espressione felice e compiaciuta della madre. Quella donna l'aveva incastrato, ma non poteva lamentarsi.

"La torta sta uscendo ora dal forno e il caffè appena fatto è sul bancone. Prendete da bere, poi sedetevi a tavola, io prendo la torta."

"Che profumo paradisiaco," disse Nina, provocando un sorriso ancora più ampio sul volto di Alice.

"Vero? Adoro questa ricetta ed è una delle preferite di mio figlio."

Jackson prese due tazze dalla credenza sopra la macchina del caffè. "Devo ammetterlo. Mangerei tutta la torta da solo, ma non lo farò… Vi lascerò una o due fette."

"Grazie mille per la fetta… e per questa." Nina prese la tazza che le passò Jackson.

Mentre portavano il caffè a tavola, Alice mise la torta squisita al centro del tavolino rotondo da colazione. Jackson ne inspirò l'aroma e immaginò il primo morso.

"Stavo pensando," disse la madre mentre si sedeva e cominciava a tagliare la torta. "Jackson, hai da fare stasera? Prima di tornare al ranch?"

"No. Sono venuto a trovarti per aiutarti con qualsiasi cosa di cui tu avessi bisogno."

"Perfetto. Come puoi vedere, devo ancora scegliere un costruttore e stavo proprio per riesaminare la scelta dei colori e dei materiali. Domani arriverà un potenziale professionista, quindi devo venirne a capo e non avrò tempo per tornare a prendere i mobili per un paio di giorni. Inoltre, sono stanca dopo aver camminato tanto e non me la sento. Quindi, stavo pensando che, dato che hai il pick-up qui, magari potresti tornare al mercatino a prendere i mobili che ho comprato."

"Certo. Sono al tuo servizio."

"Nina, magari potresti andare con Jackson per mostrargli dove andare a prendere i mobili. Mi piacerebbe davvero averli qui stasera. I venditori hanno detto che sarebbero rimasti lì fino alle sette e sono passate da poco le cinque. Avete tutto il tempo."

Nina guardò Jackson.

Lui guardò Nina. Non riusciva a capire se lei volesse dire sì o no. Quello era il piccolo piano di manipolazione della madre, così tacque e lasciò che Alice si divertisse.

"Sarebbe fantastico. Ranuncolo starà dormendo, quindi la lascerò a casa. Inoltre, come ha detto Alice, sarebbe bello avere i mobili qui, e poi io e te potremmo portarli dentro per lei."

A Jackson piaceva quell'idea.

La madre sorrise e gli adagiò una generosa porzione di torta nel piatto. Jackson era contento di contribuire a quel sorriso.

"Io mi mangio questa, però."

Alice ridacchiò e spinse il piatto verso di lui. "Ma certo."

"Non me ne andrei prima di averla assaggiata."
Nina affondò la forchetta nel pezzo di torta al caffè.

Il sorriso della madre si allargò. "Dovremo cominciare a camminare sulla spiaggia. Ho bisogno di fare esercizio ed è un buon modo per conoscere i vicini."

"Perfetto." Nina non sprecò parole perché era troppo occupata a mangiare.

Jackson era impegnato a fare lo stesso. Gli venne in mente che quando la madre era bloccata alla tenuta con lui e i fratelli, era proprio la vita sociale che le mancava. Fatta eccezione per quando andava in città e pranzava con le amiche, non aveva alcuna interazione con le donne e forse in quel momento ne aveva bisogno più che mai.

CAPITOLO OTTO

Mentre guardava Jackson e Nina allontanarsi dal vialetto insieme, Alice si sentì fiera di se stessa. Quel giorno, quando lei e Nina avevano passato del tempo insieme, Alice si era sentita sempre più sicura che Jackson avesse bisogno di conoscere meglio l'adorabile vicina; e in quel momento lo stava facendo.

Era tornata in cucina e stava guardando di nuovo i campioni di colore. Sapeva che presto avrebbe dovuto scegliere un costruttore, o non avrebbe mai avuto una locanda da aprire. Il giorno successivo aveva un appuntamento con un possibile costruttore: si trattava di un professionista altamente consigliato. Forse l'avrebbe fatta sentire abbastanza tranquilla da assumerlo.

Il campanello suonò. Si chiese se Nina e Jackson fossero tornati per prendere qualcosa, così si affrettò alla porta d'ingresso e la aprì. Tuttavia, sulla veranda frontale non c'erano né Jackson né Nina. Alice si trovò di fronte un uomo molto avvenente dai capelli scuri, che si stavano ingrigendo sulle tempie, e dai lineamenti del viso marcati, abbronzato. A quanto pareva, passava molto tempo all'aria aperta. In contrasto con l'abbronzatura intensa, aveva gli occhi azzurro pallido che attiravano certamente l'attenzione. Era da mozzare il fiato.

"Alice McIntyre?"

Alice annuì, poi parlò a scoppio ritardato. "Sì, e lei è…?"

L'uomo sorrise e lei assimilò altri dettagli di lui: la mascella possente, la muscolatura snella e le spalle larghe. Mentre Alice lo scrutava, l'uomo le rivolse un ampio sorriso e quegli occhi azzurri la accecarono.

"Sono Seth Roark. Avevamo un appuntamento oggi. Grazie per aver acconsentito a ricevermi così tardi."

"Oh, santo cielo, avevo assolutamente dimenticato che sarebbe passato oggi. Pensavo fosse domani. Sono contenta che l'appuntamento sia sul tardi, altrimenti non avrei potuto esserci. Prego, entri." Lei indietreggiò e gli tenne la porta aperta.

"Sicura che non la disturbo? Se vuole che torni, non è un problema."

"Niente affatto, sono molto felice che lei sia qui, per fortuna non l'ho fatta aspettare. Anzi, sul tavolo ho della torta al caffè ancora calda. Magari ne vuole un pezzo, mentre discutiamo dei miei progetti per la locanda." Le proprie idee la entusiasmavano così tanto che non voleva che lui se ne andasse; era assolutamente disposta a usare le doti culinarie per convincerlo a restare.

Lui fece una risata sommessa, rauca e ironica. "Sa che nessun uomo sano di mente sa resistere a una torta al caffè bella calda, nonostante sia poco professionale accettare una tale offerta al primo incontro?"

Quell'uomo le piaceva e Alice sorrise calorosamente. "Magari questo è un test e la sua prossima decisione determinerà se otterrà il lavoro o meno."

"Ora mi sta confondendo le idee, perché non so se lo scopo del test è vedere se accetto o meno la torta al caffè." Lui rise di nuovo sotto i baffi e dei piccoli tremori fecero vibrare lo stomaco di Alice.

Quel tipo era divertente. "Signor Roark, il tempo stringe."

"Sono sicuro che la giusta decisione sia accettare la sua ospitalità, perché sento l'odore di quella torta al caffè, che mi sembra stia invocando il mio nome."

"Perfetto, ha passato il primo test." L'uomo entrò e Alice chiuse la porta dietro di lui. Con un sorriso, gli fece strada nel corridoio, fino alla cucina. "Si sieda, io le taglio una fetta. Gradisce del caffè?"

"È troppo bello per essere vero. Sì, ma posso fare da me."

"No, ci vorrà solo un secondo." Nel giro di pochi istanti Alice gli servì il caffè, con le posate e la torta. Lui sembrava assolutamente felice. Alice ebbe un ricordo improvviso di William, seduto al tavolo a godersi quella stessa torta al caffè.

Si riempì la propria tazza, poi prese posto dove era seduta prima, e guardò l'uomo deliziarsi mentre dava il primo morso. Alice bevve un sorso di caffè e si chiese come fosse possibile che un semplice miscuglio di farina, burro, acqua e altri ingredienti potesse rendere felici così tante persone.

"È buona quanto quella di mia nonna, il che vuol dire che è proprio speciale."

Quel complimento le scaldò il cuore. "Mi ha proprio rallegrato la giornata, sa."

I due si guardarono negli occhi. Poi lei sorseggiò il caffè e lui diede un altro morso alla torta. L'uomo mise giù la forchetta e bevve il caffè.

"Ora parliamo della ristrutturazione. Questo posto è fantastico. sono curioso di conoscere i suoi progetti."

"Ho qualche idea. Voglio concentrarmi soprattutto sui bagni. Chiunque venga in una locanda vuole vivere un'esperienza di benessere di prim'ordine, e questi bagni sono un po' piccoli e antiquati. Mi interessa sapere come penserebbe di ampliarli."

Lui si guardò attorno nella cucina. "Qui ha in mente di fare qualcosa?"

"Se è possibile farlo in tempi brevi, vorrei aggiungere dei nuovi piani da lavoro e ridipingere i muri. Ho dei campioni lì sul bancone."

"Le dispiace se do un'occhiata?"

"Faccia pure. Quando vuole."

L'uomo prese il piatto e si alzò. "Questa la porto con me."

Lei rise e, portando il caffè con sé, lo seguì all'isola dove erano sparse tutte le idee. Alice rimase in silenzio mentre lui dava un'occhiata a tutto. Accanto all'uomo si sentiva molto piccola. Gli arrivava solo alla spalla. L'idea stessa di quel pensiero la spaventò, così scacciò via i pensieri su quanto fosse bello e in forma. *Ma cosa le prendeva?*

"Mi piacciono i colori. Leggeri e sobri." Esaminò di nuovo le credenze, poi incontrò lo sguardo di Alice. "Si potrebbe fare in tempi brevi. Probabilmente riuscirei a renderla operativa in tre giorni. Le credenze sono ben fatte e l'acciaio inossidabile è una buona scelta professionale. Se i banconi si smontano facilmente, posso far arrivare quelli nuovi nel giro di qualche ora."

"Sarebbe perfetto. Una volta assunto uno chef, avremo bisogno di tempo in cucina per perfezionare i piatti, quindi vorrei che qui si finisse il prima possibile, per poi passare alle altre stanze."

"Posso lavorarci su. Tuttavia, ci vorrà più tempo per la ristrutturazione dei bagni. Andiamo a dare un'occhiata."

"Spero che si possa fare entro i prossimi tre mesi, se possibile."

"Non voglio darle nessuna data campata in aria finché non avrò visto tutto, ma amo questa vecchia locanda. La adoro sin da bambino. Mi fa piacere vedere che l'ha comprata e la riaprirà. Fa bene a rinnovare i bagni. Se per conquistare un uomo è necessario del buon cibo, per conquistare una donna ci vuole un bagno spettacolare."

Alice rise sommessamente. Aveva assolutamente ragione. "Da questa parte. Ora sono ansiosa di sentire le sue idee, finora nessuno mi ha entusiasmata e, come può vedere, non ho assunto nessuno. Spero che lei sia la persona giusta."

"Ho intenzione di fare tutto ciò che è in mio potere per convincerla a tenermi."

Alice si fermò nel corridoio. Le parole dell'uomo l'avevano colpita a livello personale. Gli lanciò un'occhiata da sopra la spalla e lui sorrise. Le piaceva il suo sorriso. Alice si rese conto che era da tanto che non ammirava l'aspetto di un uomo e si disse che non c'era niente di strano, perché Seth Roark non era un uomo comune. Lei ipotizzò che tutte le donne avessero la sua stessa reazione, nel vederlo. Oltretutto, lei non stava affatto pensando a una relazione con un uomo. Non sapeva se avrebbe avuto il coraggio di amare di nuovo.

Alice si fermò al bagno al piano terra. "Ci sono due bagni, su questo piano, e inizialmente pensavo di dare loro una rinfrescata, poi però ho capito che avranno bisogno di un bel po' di lavori, perché non mi piace l'aspetto attuale. Non credo davvero che i bagni al piano terra avranno bisogno di docce e vasche, a parte quello che sarà nel mio alloggio privato."

"Concordo. Sono sorpreso che i bagni siano così."

"Prima che i proprietari la trasformassero in una locanda, era una casa. Ma, come lei, pensavo che i bagni fossero stati rimodernati prima d'ora."

"Ora mi parli della sua idea. Andiamo di sopra."

Alice gli fece strada su per le scale, ma sapeva già che, a meno che le tariffe non fossero state completamente fuori budget, il lavoro sarebbe stato di Seth.

* * *

Nina era seduta nel pick-up mentre proseguivano verso il centro di Corpus Christi, a circa trenta minuti di macchina dall'isola di Star Gazer. Non si era aspettata che Alice l'avrebbe mandata a prendere i mobili con Jackson. Alice aveva detto che avrebbe mandato uno dei figli, ma non aveva mai menzionato il fatto che Nina si sarebbe unita a lui.

D'altronde, non poteva proprio arrabbiarsi, poiché

Alice non sapeva che Jackson sarebbe arrivato nel momento esatto del loro ritorno dal mercatino. Era logico che Nina ci andasse per mostrare a Jackson l'ubicazione dei mobili. Di solito la disposizione dei mercatini dell'usato non garantiva delle indicazioni facili per spostarsi tra le bancarelle. A ogni modo, che razza di vicina sarebbe stata, se non avesse nemmeno aiutato la nuova arrivata?

No, la verità era semplicemente che si sentiva a disagio con Jackson McIntyre. Perché?

Nina conosceva la risposta a quella domanda: perché era attratta da quell'uomo. Erano passati più di tre anni dall'ultima volta che si era sentita attratta da qualcuno e le andava bene così, dopo quello che aveva passato. C'era la possibilità che Nina desse solamente un voto sufficiente a Jackson, perché aveva ancora un'opinione piuttosto bassa degli uomini. Tuttavia, erano passati tre anni ed era decisamente ora di superare la vicenda. Con quelle premesse, Nina cercò di rilassarsi. Lanciò un'occhiata a Jackson. Stava guidando e non aveva ancora proferito parola. Forse lui era tanto contrariato all'idea di portarla con sé quanto lo era lei a quella di unirsi a lui.

Le acque color topazio brillavano sotto l'Harbor Bridge, che portava a Corpus Christi.

"Prima facevo fatica ad attraversare i ponti alti. In passato, questo sarebbe stato un osso duro."

"È alto, in effetti. Capisco il voler essere cauti. Sembri un po' nervosa in questo momento." Jackson la scrutò.

"Mi innervosisco ancora, ma non come prima. Ho superato in gran parte la mia paura, ma divento un po' nervosa quando altre persone guidano sopra i ponti."

"Capisco, ma da qui il porto è bellissimo. Si può vedere molto in lontananza."

Aveva ragione. Erano sul punto più alto e riuscivano a vedere lontanissimo. "La vista è fantastica." Nina aveva bisogno di cambiare argomento, così si concentrò su di lui e non sul ponte e l'acqua al di sotto. Molto sotto. "Come te la stai cavando? Ti stai abituando al trasferimento di tua madre alla locanda?" Stava facendo la ficcanaso, ma era più forte di lei.

"Immagino mi risulti difficile per la morte di mio padre. Lei invece sta trovando la sua strada. Mi sono informato al riguardo. Ho scoperto che a volte, dopo aver perso un coniuge, quello rimasto fa tutto il contrario di ciò che faceva prima della morte della persona amata. Immagino che mia madre tornerà a quando era alle superiori. Ha conosciuto mio padre alla locanda durante il primo anno di college."

Nina aveva detto ad Alice che anche lei era vedova e in quel momento si rese conto che non poteva nascondere a Jackson un dettaglio del genere, considerando che per esperienza personale sapeva come si comportasse una vedova. "È vero, o almeno così è stato per me..."

"Per te cosa?" chiese lui. Jackson la guardò proprio nel momento in cui arrivarono a un incrocio e un'auto frenò davanti a loro.

Successe tutto molto velocemente. Jackson pestò il freno e allo stesso tempo stese il braccio per proteggerla. Quella reazione, il braccio steso a proteggerla... era un bel gesto. Era palese che l'avesse fatto d'istinto. Frenarono con uno stridio e mancarono per un pelo l'auto che era riuscita ad attraversare l'incrocio.

"Non posso credere che quel tipo sia passato col rosso."

"Nemmeno io. Stai bene?"

Nina aveva il battito accelerato e aveva quasi inghiottito la lingua mentre stava per parlare, ma per fortuna stava bene. In ogni caso, la frenata non era stata così brusca da azionare gli airbag, il che era un bene. Sebbene salvassero molte vite, non era così divertente farsene esplodere uno in faccia. "Sto bene. Grazie per aver prestato attenzione. Sarebbe potuta finire male."

"Sì, proprio così." Jackson premette l'acceleratore, e passò a una corsia di traffico più lenta. Si spostò sulla destra, mise la freccia e svoltò nella strada che li avrebbe portati al mercatino delle pulci.

Nessuno dei due parlò mentre percorrevano la stradina. Poi Jackson accostò nell'apposito parcheggio, che aveva un enorme cartello e una freccia che gli indicava la direzione. Era positivo, considerando che non era stata lei a chiederglielo. Nina era un po' più sconvolta di quanto le piacesse ammettere. Quando parcheggiarono, Nina si slacciò la cintura e cercò di respirare meglio mentre lasciava scivolare via il panico che l'aveva assalita per un momento. Era grata che non le fossero venuti dei flashback. Non le piaceva pensare alle brutte esperienze. Aprì la portiera, uscì fuori e la chiuse dietro di sé.

Jackson saltò giù, aggirò la macchina e si fermò accanto a lei. "Sei sicura di star bene?"

"Sì. Allora, ehm, dobbiamo andare da quella parte." Lei puntò il dito e cominciarono a incamminarsi verso l'entrata, dove svolazzavano le bandiere che indicavano il punto d'ingresso al mercatino dietro le barriere. Gli organizzatori impedivano alle auto di oltrepassarle senza permesso. "Quando entreremo, prenderemo un biglietto e poi potremo fare il giro all'area di ritiro, per prendere i due pezzi che ha comprato tua madre."

"Va bene, buona idea. Deve essere grande questo mobile."

"Lo è." Il trambusto del mercatino si era un po' acquietato, ma non molto. Avevano ancora un'ora e c'era della gente che aveva appena staccato dal lavoro e voleva andare a dare un'occhiata. Sebbene fosse sabato, alcune persone dovevano lavorare.

"Devo ammetterlo. Non sono mai stato a un mercatino delle pulci prima d'ora. Sembra che alla gente piaccia."

Lei lo guardò a bocca aperta. "Non sei mai stato a un mercatino delle pulci?"

"No. Di solito il mio tempo lo passo alle aste di bestiame."

Nina rise. "Va bene, immagino di sì. In realtà, un mercatino dell'usato e un'asta di bestiame sono simili, credo. Solo che tu adocchi gli animali e noi tutti gli oggetti a buon prezzo; in entrambi i casi, speriamo di uscirne con ciò che cercavamo dall'inizio, più tante belle cianfrusaglie di cui non sapevamo di aver bisogno."

Jackson si fermò e la guardò incuriosito. "Ho capito. Mamma sembra essersi divertita."

"L'ha adorato. Ha detto che quando era piccola lei e sua madre passavano molto tempo agli svuotacantina e ai mercatini dell'usato. Era come una bambina in un negozio di dolciumi. Prima del mancato incidente, stavo per dirti che so che potrebbe essere dura, per te e i tuoi fratelli, ma se lei ha avuto difficoltà a superare la morte di tuo padre, questo è il suo modo di cercare di andare avanti. Non significa che sia facile, solo che aveva bisogno di farlo."

Jackson la scrutò. "Come lo sai? Hai vissuto un'esperienza simile con i tuoi genitori?"

Lei esitò. Erano passati anni dall'ultima volta che era stata tanto sincera con qualcuno. Si rese conto che era un po' snervante tirare fuori gli scheletri che aveva cercato di nascondere in tutti i modi. "In realtà ci sono passata in prima persona… Sono vedova."

CAPITOLO NOVE

Jackson fissò Nina. Era molto giovane, forse sui trentadue anni o giù di lì. Troppo giovane per essere vedova. All'improvviso non seppe davvero cosa dire, così andò sul classico. "Sentite condoglianze. Alla tua età, a qualsiasi età, è un colpo terribile."

Lo sguardo di Nina vacillò e Jackson non sapeva bene cosa avesse visto in quegli occhi color nocciola. Era incertezza, o forse stanchezza...

"Non ne parlo molto, e non so esattamente cosa stia passando tua madre, perché non sono stata sposata per tanto tempo come lei. Se erano sposati da quando lei aveva diciannove anni, è un tempo lunghissimo da passare con la propria anima gemella per poi perderla. Il mio matrimonio è durato circa due anni. Però, sì, è dura a prescindere dai tempi."

Quelle parole sembravano un po' vuote. Jackson cercò di capire cosa non gli quadrasse, poi si vergognò anche solo di averlo pensato. Nina era vedova. *Cosa c'era da far quadrare e chi era lui per giudicare?* Era dispiaciuto per lei. Jackson aveva raggiunto la veneranda età di trentacinque anni senza aver trovato qualcuno che lo amasse. Lei, invece, aveva già perso la persona amata.

"Sto pensando che, a prescindere dalla tua storia, è un bene che ci sia tu accanto a mia madre." Jackson si fermò a un tavolo colmo di vecchie attrezzature da campeggio. Indicò un bollitore per caffè grigio maculato. Lo fece solo per distogliere l'attenzione. Poi guardò Nina. "Mio padre era un grand'uomo quanto a personalità, statura e idee. Era semplicemente *grande*. Sapeva dominare, non in senso negativo, ma aveva uno spirito così energico che gli altri potevano perdersi nella sua ombra. Mia madre è esuberante e sapeva tenergli testa, ma dopo la morte di papà aveva perso la propria luce. Ultimamente sembra aver ricominciato a brillare. Capisci cosa intendo?"

Nina sorrise; a lui piaceva quel sorriso.

"Sì, ho capito. È in lutto e ora sta ritrovando la via. Avresti dovuto vederla contrattare sul prezzo di questo mobile costosissimo. Non avrebbe lasciato che quel tipo si approfittasse di lei. Era chiaro che si divertiva a mercanteggiare. È stato divertente guardarli arrivare a un accordo sul prezzo, ma sono rimasta sorpresa. Credo di aver pensato…" Arricciò il naso. "Credo di aver pensato che viste le vostre finanze, si sarebbe limitata a sganciare i soldi, ma non l'ha fatto. Si è divertita da morire e il tipo ha ottenuto un prezzo onesto. Era molto contento. È così che funzionano questi mercatini, sai. A meno che non abbiano davvero bisogno di vendere qualcosa e quindi lo danno via a pochissimo. Ma se dei pezzi di valore, sono disposti a contrattare sul prezzo… e questo è uno splendido elemento d'arredo. Mi sono divertita a guardarla. Ho imparato qualcosa, perché in realtà non sono molto brava a contrattare. Mi svenano ogni volta."

Lui rise sommessamente. "Be', sembra proprio da lei. Se ti svenano sempre, perché vieni qui?"

Nina sorrise di nuovo e Jackson sentì le budella attorcigliarsi. "Semplicemente perché è divertente vedere la gente che sa cosa sta facendo e ottiene degli ottimi affari."

"Suppongo di sì. Comunque, grazie per aver portato mia madre qui, oggi."

"Figurati. Eccolo lì, il mobile. Guardalo, non è magnifico?"

Jackson lanciò uno sguardo a qualche metro di distanza nel punto indicato da Nina. Vide un armadio color sciroppo alla fragola e quasi inciampò. "Mia madre ha comprato *quello*?"

Nina gettò la testa all'indietro e rise. "Sì… e starà a meraviglia nella stanza principale. È perfetto per una casa al mare, o comunque una pensione sul mare. Lei ha una visione per la locanda. Questo è un pezzo d'ispirazione, come l'altro che ha comprato."

Jackson si corrucciò. "Dipende da cosa ispira." Guardò l'armadio accanto. Fortunatamente era bianco e raschiato sui bordi, ma non era neanche lontanamente orrendo quanto quell'affare rosa. "Be', almeno non è rosa." Jackson rise sotto i baffi e Nina sorrise.

"Faresti meglio ad abituarti, perché probabilmente comprerà altri oggetti rosa, se li vede. Le piace molto questo colore."

"Non so più chi sia, ma non ho mai visto un oggetto rosa in casa nostra."

Jackson guardò il raccapricciante elemento d'arredo, e stava per ripensarci. Forse sbagliava a pensare che la madre stesse bene, che stesse facendo progressi. Quell'orrendo manufatto gli diede da pensare che forse Alice stesse perdendo il lume della ragione. Era semplicemente raccapricciante. Jackson rise. "Ti piace quel mobile tremendo?"

"Credo sia carino. L'ambiente giusto gli conferisce un tocco ironico. Oltretutto, se è smerigliato lungo i bordi per lasciar intravedere il legno, ha più carattere. Personalmente non vedo l'ora di vedere cosa combinerà tua madre."

"È completamente diverso da qualunque cosa lei abbia mai usato prima per arredare."

Nina sembrava pensierosa. Il momento dopo si

arrischiò: "Hai mai pensato che a un certo punto, prima che arrivaste voi ragazzi, lei abbia alterato i suoi gusti per adattarsi a ciò che piaceva a tuo padre?"

"Forse. Mio padre era molto presuntuoso. Sapeva ciò che voleva e si limitava a trascinare gli altri con sé, però non avrebbe mai costretto mia madre a compiere scelte non volute."

"Forse sì. Non sto dicendo che l'avrebbe fatto o che lo facesse. Dico solo che magari lei voleva renderlo felice. Poi siete arrivati voi e nessuna figlia femmina… e ovviamente nella sua vita non c'è stato spazio per amare il rosa."

Era vero? Sua madre aveva buon gusto; o almeno era quello che dicevano tutti. Lui era un uomo. Cosa poteva saperne? Ma il *rosa*? Non riusciva a capacitarsene.

"Sai, non è la fine del mondo. E tua madre ne è così felice. Credimi, i suoi occhi avevano preso vita."

Ciò gli fece capire che a prescindere da quanto odiasse quell'armadio rosa, avrebbe sfoggiato un ampio sorriso e l'avrebbe tollerato. Perché voleva che la madre prendesse di nuovo vita. Voleva che quella donna elegante e posata, che era diventata l'ombra della madre che era prima della morte del padre, brillasse di luce propria e tornasse ad essere la donna di sempre: felice, coinvolgente, che sorrideva spesso ed era piena di vita. Lo voleva per sé e per i fratelli quanto per lei; e sapeva che l'avrebbe voluto anche il padre.

* * *

"Avresti dovuto vedere la sua faccia quando guardava l'armadio rosa." Nina ridacchiò mentre sorseggiava il caffè, la mattina successiva.

"Posso solo immaginare lo sguardo sconvolto." Jackson e Nina avevano portato i mobili in casa la sera precedente e quella mattina Alice aveva invitato Nina a prendere un caffè. Essendo Nina un'artista, Alice voleva la sua opinione sui colori della stanza, dato che, dopo aver assunto Seth, era pronta a fare sul serio. Si erano appena accomodate sulle poltrone. Alice avrebbe voluto indagare segretamente su come fosse andata tra Nina e Jackson. Lui l'aveva presa in giro per l'armadio dopo aver usato un carrellino per portarlo in casa. Il figlio sembrava essere a proprio agio con Nina.

"Avresti dovuto esserci. Alice, era adorabile. Mi sono trattenuta dal ridere, ma me la sono davvero goduta. Credo che vedere l'armadio bianco e sapere che avevi comprato anche quello l'abbia aiutato a credere che tu non abbia perso completamente la bussola."

"Gli uomini stanno bene immersi nei marroncini, marroni, color ruggine e nero. Nel tempo ho arredato la casa usando i colori del loro mondo e ho adorato metterli a loro agio in tutti quegli anni. Tuttavia, ho amato quell'armadio rosa dal primo momento che l'ho visto e sapevo che stavolta, per la ristrutturazione, avrei usato i toni che mi rendono felice. Ora ho bisogno di questo e ho intenzione di mitigare il rosa con del bianco di calce. Sarà splendido. Volevo ringraziarti per essere andata con Jackson, ieri. Te l'ho proposto così, ma spero ti sia divertita."

"Certo, Jackson è fantastico."

"È vero. Ha molto a cui pensare. Sono preoccupata per lui e credo abbia bisogno di rilassarsi. Lavora troppo, da quando si è assunto le responsabilità del padre. Al momento dell'incidente, quando William è finito in acqua col cavallo ed è rimasto impigliato in qualcosa sotto il fiume recentemente esondato, Jackson era il più vicino al padre. Ha sempre pensato di non aver fatto abbastanza per salvarlo." La donna vide lo shock sul volto di Nina.

"Davvero? Perché mai si dovrebbe sentire responsabile?"

"Perché mio marito è affogato nel fiume a un raduno. Ha portato il cavallo nel fiume per attraversarlo e la corrente l'ha disarcionato, tirandolo giù. Jackson era proprio dietro di lui e non è riuscito a salvarlo. Non ha ancora perdonato se stesso."

Nina sussultò. "Non sarà stato facile superarla. Essere vicini senza riuscire ad afferrare la persona amata? È terribile."

Alice annuì. "Sì. È troppo da sopportare per chiunque, ma è la croce che dovrà portare il mio Jackson. Io non sono riuscita a fargli capire che non è stata colpa sua, ma alla fine ho compreso che ognuno di noi segue il proprio percorso."

"Sì, non c'è niente di più vero."

Quando Nina tornò a casa, Alice si mise a fare una lista. Doveva prendere dei contatti e trovare una governante e un ottimo chef per la locanda. Se voleva che quel posto fosse un successo, era una priorità. Lei si sarebbe occupata dell'accoglienza, ma non poteva fare tutto da sola. Si stava divertendo da morire a preparare la pensione all'apertura. Dopo aver ingaggiato Seth Roark per cominciare le ristrutturazioni, provava un senso di determinazione. Seth sembrava perfetto per quel lavoro e le piacevano le sue idee. Inoltre, sembrava entusiasta quanto lei dei restauri. Ciò significava molto per Alice. Stava contando i giorni fino all'inizio dei lavori.

Avrebbe anche dovuto decidere quali dei quadri di Nina avrebbe appeso nelle stanze. Stava pensando di assegnare un tema a ogni stanza; Nina aveva abbastanza quadri per consentirle di farlo. I dipinti erano meravigliosi. Ritraevano paesaggi marini, tramonti e albe dai colori vivaci. Avrebbero rallegrato le stanze. Era davvero sorpresa che i quadri di Nina non fossero nelle gallerie. Erano eccellenti. Nina non li aveva nemmeno firmati e ne aveva una stanza piena. Era stato strabiliante entrare in quella camera piena della bellezza delle tele di Nina e della grandezza del suo talento. Alice si era ripromessa di attirare un po' di attenzione su quelle opere d'arte e non dubitava che presto Nina avrebbe autografato i quadri per poi venderli.

Quella donna era un mistero per svariate ragioni. Era una giovane vedova, ma parlava molto poco del marito o della sua vita prima di arrivare sull'isola di Star Gazer. Aveva un modo di fare alla mano ed era molto saggia, per essere così giovane. Alice la considerava già un'amica ed era grata di averla come vicina. Oltretutto, non poteva fare a meno di pensare che fosse perfetta per Jackson.

Non le era sfuggita la reazione del figlio ogniqualvolta Nina entrava nella stanza. Tra i due c'era una carica elettrica che Alice conosceva molto bene. Lei e William avevano vissuto quell'amore giovane e quella stessa attrazione al primo incontro... e nel matrimonio. Alice si era ripromessa di non entusiasmarsi troppo solo perché Jackson sembrava rallegrarsi quando c'era la vicina; non significava affatto che fosse innamorato. Il figlio era una bella gatta da pelare. Alice sapeva che tirare troppo la corda le si sarebbe ritorto contro. Così, dopo averli presentati, aveva fatto un passo indietro e aveva lasciato che esplorassero la loro attrazione da soli. Almeno per il momento.

Lei doveva occuparsi della pensione. Le amiche l'avevano chiamata. Erano curiose di sapere se le voci di corridoio fossero veritiere. Non sapeva bene come avrebbero reagito sapendo che sarebbe diventata una locandiera. Anzi, proprietaria di una locanda. Di sicuro, credevano che l'acquisto fosse un investimento divertente. Tuttavia, non erano state altrettanto ricettive riguardo al fatto che Alice sarebbe diventata una vera e propria locandiera. La loro reazione avrebbe potuto essere riassunta in una domanda: perché Alice era decisa a sprecare il proprio tempo ad affittare camere alla gente, dare loro da mangiare e pulire? A ogni modo, erano state comprensive. Credevano che Alice stesse attraversando una *fase*. Alcune le avevano suggerito di farsi visitare da un terapista del lutto. Lei non aveva bisogno di vedere uno psicoterapeuta. Aveva sofferto, stava soffrendo e avrebbe continuato a soffrire per la morte di William. Eppure doveva guardare avanti, qualcosa la spingeva verso quel nuovo inizio.

Aveva bisogno di assumere degli aiuti, però.

Il telefono squillò e Alice riconobbe il numero di Lisa Blair, un'amica. Lisa era in viaggio e avevano finito per giocare all'inseguimento telefonico. Perdevano sempre le chiamate l'una dell'altra. Alice sorrise mentre rispondeva e si preparò alla stessa reazione delle altre amiche quando aveva dato loro la notizia.

"Lisa, che bello sentirti. Sei tornata in città?"

"Sì, ho sentito delle notizie bomba su di te. È vero? Stai davvero restaurando quella pittoresca pensione sull'isola di Star Gazer?"

Sentire l'entusiasmo nella voce di Lisa le fece accelerare il battito cardiaco. "Sì. Allora pensi anche tu che sia uscita di senno?"

"No, anzi, sono elettrizzata. Credo sia un'idea splendida. Oltretutto, ti permetterà di allontanarti da quella tenuta in cui ti sei ibernata. È una trovata fantastica e ti farà bene. Sono un po' invidiosa."

Dalle parole di Lisa trapelava sincerità, e Alice sentì il cuore scaldarsi. Due anni prima, dopo che il marito avvocato l'aveva lasciata per una donna più giovane con cui lui aveva già avuto un bambino, Lisa aveva affrontato un divorzio orribile. Lui aveva una seconda famiglia e il bambino aveva ormai circa un anno. Lui e Lisa non avevano potuto avere figli e ciò aveva reso il tradimento ancora più doloroso. Lisa viaggiava in tutto il mondo e spendeva i soldi ottenuti dalla liquidazione. Sebbene sembrasse godersi quel momento, Alice si era chiesta spesso se fosse felice come voleva far credere a tutti. In quel momento pensò di aver sentito un accenno di brama nella voce di Lisa.

"Lisa, mi farebbe piacere se venissi a vedere cosa sto facendo e mi dessi uno dei tuoi ottimi consigli. Potremmo parlare un po'."

"Sarebbe divertente. Proprio in questo momento sto attraversando l'Harbor Bridge. Posso passare da te ora, se non ti scoccia."

"Perfetto." Alice si sentì ribollire dall'emozione mentre le ripeteva velocemente l'indirizzo. Mise giù la cornetta e sorrise.

Quindici minuti dopo la Jaguar sportiva di Lisa si fece strada sul vialetto. La donna aveva i capelli castani scuri con delle mèche color ruggine. Era alta e formosa, con una personalità energica.

Appena vide Lisa, Alice si affrettò a scendere gli scalini per accoglierla con un abbraccio. "Sono contentissima di vederti. È passato troppo tempo. Comunque, grazie per non avermi detto che sono impazzita."

"Non sei impazzita." Con le braccia intrecciate, si voltarono per guardare la locanda. "Ho sempre amato questo posto. È pervaso da un senso di pace. Su quella meravigliosa veranda sono stati serviti dei piatti superbi, mentre il sole tramontava all'orizzonte. Non vedo l'ora di rivedere tutto ciò. Non vedo l'ora di vederla dentro e sentire che progetti hai."

"Andiamo, allora." Camminarono a braccetto verso la veranda anteriore e salirono i gradini. Alice aprì la porta e fece segno all'amica di entrare per prima.

Lisa sussultò. "Oh, santo cielo, la percepisco. C'è della felicità in questa casa. Oh, Alice, sono troppo invidiosa. Che meraviglia, riaprire questa bella signorina è una genialata." La donna guardò Alice con occhi meravigliati.

"Qui ho conosciuto William, quando ci lavoravo durante la prima estate del college. Dopo la sua morte ho continuato a essere attratta da questa spiaggia, per fare delle passeggiate e piangere fiumi di lacrime. Un giorno mi sono fermata e ho guardato la pensione... L'ho sempre amata. Negli anni siamo venute qui tante volte, prima che chiudesse, e ho dei ricordi bellissimi. Penserai che sono pazza o sentimentale, ma la locanda ha invocato il mio nome. Ho saputo all'istante che era quello che volevo fare. Mi sono sentita piena di energia e ispirazione quando ho preso quella decisione. Grazie a Dio i ragazzi stanno cercando in tutti i modi di essere comprensivi e favorevoli. Dal ranch il viaggio è breve e tranquillo, quindi non hanno motivo di preoccuparsi troppo. Io, comunque, dovevo farlo."

Lisa annuì. "È molto bello che ti sostengano."

Alice sapeva che Lisa non aveva una famiglia a sostenerla e all'improvviso si sentì in colpa per non esserci stata come doveva durante il divorzio dell'amica.

Avevano percorso il lungo corridoio e in quel momento erano in cucina a guardare l'oceano. Alice si fermò accanto all'ampia isola. "Allora, come stai?"

Lisa si avvicinò alle finestre e assimilò la vista. "Sto

bene, mi conosci... Mi basta una valigia."

"Ripeto la domanda... Come stai?"

Lisa si girò a guardarla e Alice intravide della tristezza negli occhi dell'amica. "Sto lottando. All'inizio viaggiare mi aiutava a fuggire. Quando viaggiavo, riuscivo a sfuggire alla nefandezza della mia vita in frantumi. Ho fatto un bel tentativo ed è stato meglio che restare qui. Non potevo rimanere e sentir parlare di Mason, della nuova fidanzata e del figlio. Avevo troppa rabbia dentro e non mi piaceva la persona che stavo diventando."

"Mi dispiace che sia successo a te. Scoprire che tuo marito ha una seconda famiglia deve essere terribilmente difficile. Sarebbe inimmaginabile, in realtà."

"È stata dura. Quel sentimento di tradimento... Mi sono sentita molto stupida. Mi dispiace davvero tanto che tu abbia perso il tuo William. Ora lui sarebbe fierissimo di te, ti adorava. Questo lo sapevano tutti. Quanto a me, sto cercando di prevalere sulla persona adirata che si è impossessata della mia anima. Non intendevo fare un'orgia di autocommiserazione proprio ora. Volevo dire che viaggiare mi ha aiutata, all'inizio. Sono perfino uscita con un uomo, in Francia, ma non è durata. In realtà è stato un disastro, ma non mi va di parlarne. Semplicemente non ero pronta per qualcosa di duraturo. Ora i viaggi sono una roba del passato. È questo ciò che intendevo sulla mia situazione difficile. Sto farneticando e quindi non so da dove ripartire."

Alice provava una profonda empatia per l'amica vivace. "Sono sicura che ne verrai a capo. Dai, ti mostro la struttura. Le ristrutturazioni cominciano tra qualche giorno e non vedo l'ora." Alice la portò a fare un giro della casa e la sua mente andava a mille perché, in ogni singola stanza, Lisa prendeva vita ed era molto incoraggiante.

"Sarà splendido. Riesco già a immaginarlo," disse Alice mentre tornavano in cucina.

Alice tirò fuori dal frigo una caraffa di tè freddo al lampone e ne versò un bicchiere per entrambe. Uscirono nel terrazzo vicino alla spiaggia e sprofondarono sulle sedie imbottite affacciate sull'oceano.

"Lisa, ho un'idea. La butto così e puoi anche dirmi di no, ma… sto cercando uno chef. So che tu sei una cuoca pazzesca. Non hai fatto la scuola di cucina, prima di sposare Mason?"

"Sì, ma non l'ho finita perché ho conosciuto Mason e l'ho sposato. Però devo ammettere che mi è sempre tornata utile, quando organizzavamo delle feste per i clienti e i soci."

"Le tue feste sono leggendarie. Hai molto talento. Allora, che ne pensi?" Alice guardò Lisa con trepidazione. Gli occhi della donna si annebbiarono di quella che sembrava confusione. Poi Alice si rese conto che forse non si era spiegata bene. "Lisa, ti ho chiesto se vorresti venire a lavorare per me. Credo e ho fiducia nel fatto che questo posto sarà un grande successo, con le persone giuste accanto a me. E con i tuoi piatti spettacolari, penso che saresti la chiave per avverare il mio sogno. Capisco perfettamente se non sei interessata..."

All'improvviso gli occhi di Lisa cominciarono a emanare scintille. "Sì. Mi piacerebbe, ma ne sei completamente sicura?"

Sembrava la cosa giusta da fare. Molto giusta. "Assolutamente."

Lisa prese un sorso di tè, poi sorrise. "Mi sembra un'avventura fantastica. Quando frequentavo la scuola di cucina, pensavo di aprire un ristorante."

"Ora potrai farlo. Stavo pensando che una volta aperta la pensione, potremmo farne anche una location per matrimoni. Potremmo offrire un sacco di opzioni."

Lisa le rivolse un sorriso luminoso. "Ci sto."

"Splendido! Che emozione, abbiamo molto di cui parlare." Non riusciva a credere che Lisa fosse disposta a fare un passo del genere. Invece sembrava felice. "Saremo pazzesche." Alice alzò il bicchiere di tè.

Lisa fece lo stesso e i due bicchieri tintinnarono in un brindisi. "Fantastico! Alle nuove avventure… Ci sarà da divertirsi."

CAPITOLO DIECI

"Tucker, vai dietro a quello e portalo da questa parte." Jackson era in piedi accanto al cancello e aspettava che Tucker portasse lì il cavallo per separare il vitello dal gruppo. Il cucciolo scansò il cavallo di Tucker, corse verso il cancello che Jackson teneva aperto e si infilò nel recinto accanto. Poi il fratello maggiore chiuse il cancello. "Grazie, va bene così. Credo ci siano tutti."

Quella mattina il gregge era ostinato, quindi fu un sollievo aver finito.

"Sono passato da mamma, ieri," disse Tucker. "Il posto è fantastico e lei sembra più felice." Si strofinò la mascella. "Come se avesse un obiettivo che non vede l'ora di raggiungere."

Jackson si piegò e diede una grattata dietro le orecchie a Shep. Anche Socks accorse per una grattata in testa. Non voleva che Shep ricevesse più attenzioni rispetto all'altro, così l'uomo fece un bel massaggio a entrambi. Quel giorno, i cani avevano aiutato a radunare il bestiame e avevano fatto un lavoro eccellente, come al solito. Era passata una settimana da quando Jackson era stato dalla madre e lui e Nina avevano preso quel mostro rosa. Aveva pensato a Nina per tutta la settimana. "Sì, ho pensato la stessa cosa. A meno che non si riveli troppo faticoso per lei."

"Ha avuto da fare, questa settimana. Ha ingaggiato l'impresario, e hai presente la sua amica Lisa? Sai che mamma l'ha assunta come cuoca alla locanda?"

Jackson era stupito ma interessato. "Non stava viaggiando intorno al mondo o una roba simile?"

"Sì, mi pare si stesse rifacendo in altro modo su quel pidocchioso ex marito per aver fatto il galante. Però sì, credo abbia viaggiato molto. Lisa sembrava emozionata. Quando sono arrivato stavano lavorando al menù e lei aveva sfornato dei croissant… o comunque un dolce con all'interno una crema francese deliziosa. So già che, se cucinerà lei, passerò alla locanda più spesso: quella donna è pazzesca. Quel posto potrebbe avere successo anche solo con i manicaretti di Lisa. Credo abbia un talento naturale. Mamma dice che, secondo lei, l'amica cominciava ad annoiarsi a viaggiare."

Jackson pensò che la madre avesse scelto bene. "Lisa sembra una donna fantastica. È sempre stata una buona amica per mamma, quindi spero che andrà alla grande tra le due."

"Anch'io. Ho conosciuto anche la vicina, Nina. È carina, anche se non parla molto."

"Con me ha parlato. Sembra interessante."

Tucker alzò un sopracciglio. "È curioso, sai. Non devi essere passato inosservato, perché ha parlato di te."

Jackson alzò lo sguardo dal suo massaggio a Shep. "Davvero? Perché?"

"Non so, ha chiesto solo se stavi lavorando molto."

A Jackson piaceva il fatto che Nina avesse chiesto a Tucker di lui. Era stato davvero impegnato. Era la fine del trimestre e doveva pagare le tasse. Oltretutto, a breve ci sarebbe stata la grande vendita e doveva stare dietro a un sacco di faccende. Tutto ciò si era tradotto in nottate al computer e giornate di lavoro con i fratelli. Aveva evitato Nina completamente.

Perché? Perché qualcosa in lei lo ammaliava. Jackson era interessato e sapeva che la madre sperava ci fosse qualcosa tra di loro. Tuttavia, si rese conto che c'era un problema. Nina era la nuova vicina e amica della madre. Vivevano l'una accanto all'altra. E se il suo interesse per Nina avesse avuto vita breve? E se fossero usciti per poi rendersi conto che non c'era niente? E se fossero usciti e avessero pensato che ci fosse qualcosa, per poi lasciarsi? Nina sarebbe comunque rimasta l'amica e vicina della madre e la situazione sarebbe diventata imbarazzante.

"Mamma ha detto che l'hai portata al mercatino dell'usato per prendere quel coso rosa che ora è nel suo salotto." Tucker emise una risata roca. "Quel *coso* nell'angolo del salotto mi ha fatto pensare allo sciroppo alla fragola. È orrendo."

I due fratelli risero.

Jackson scosse la testa. "Avresti dovuto vedere la mia reazione quando Nina me l'ha mostrato. È per quello che siamo andati in città. Sono quasi svenuto. Nina non mi ha dato tregua per il resto della giornata."

"Potrebbe essere per questo che chiedeva dei tuoi orari di lavoro. Pensava la stessi evitando."

"Forse sì, ma è una persona gentile. È una buona vicina per mamma. Nonostante la differenza d'età, sembrano andare d'accordo. Sfortunatamente anche lei è vedova."

Tucker appoggiò le mani sul pomello della sella e guardò il fratello con gli occhi socchiusi. "Davvero? Alla sua età? Che peccato." Si fermò, poi scosse la testa. "È un peccato a qualsiasi età. Non intendevo in quel senso. È stato orribile anche per mamma."

Jackson si alzò in piedi. "So cosa intendi. Nina è giovane e ne ha passate tante, suppongo. Anche Lisa ne ha passate tante. Forse loro tre si possono sostenere a vicenda."

"Sì, magari. Sarebbe un bene." Tucker inclinò il cappello all'indietro e alzò lo sguardo verso il cielo.

"Cavolo, che caldo. Faccio una doccia e poi vado da Riley alla sala da biliardo. Vuoi venire?"

"No, ho del lavoro al computer da sbrigare. Divertitevi."

Tucker lo sbeffeggiò. "Vincerò dei soldi da nostro fratello. Mi divertirò eccome."

Jackson rise. "Vacci piano col fratellino."

"Ehi, l'altra volta mi ha battuto lui, quel che è giusto è giusto."

Jackson lo guardò cavalcare verso il fienile, poi si incamminò verso la casa attraversando l'appezzamento di terreno. Aveva ancora Nina in mente e quando raggiunse la casa, Jackson decise di chiamarla. Entrò in cucina, si versò un bicchiere di tè freddo e andò in sala. Si sedette sul divano di pelle e appoggiò gli stivali sul tavolino. Tirò fuori il telefono dallo scomparto della cintura, fece scorrere i contatti e dopo un breve momento di esitazione chiamò il numero di Nina. Sentì il battito accelerare mentre il telefono squillava. Avrebbe dovuto fare una doccia prima di chiamare, ma dopo aver preso quella decisione, non voleva aspettare.

"Jackson, tutto bene?"

Lui sorrise al suono della voce di Nina e si sentì felice di averla chiamata, ma si rese conto che l'aveva fatta preoccupare. "Ciao, Nina. Va tutto bene, mamma sta bene. Tu come stai?"

"Be', mi sono allarmata quando ho visto il tuo

nome sullo schermo. Sono felice che Alice stia bene. Anche io sto bene, tu come stai?"

Jackson cercò di rilassarsi e si mise comodo sul divano. "Ho avuto da fare. Si è accumulato del lavoro per una grossa vendita di bestiame che organizziamo ogni anno. C'è molto da fare. Tu come stai?" Perché aveva rifatto quella domanda? Era nervoso. Non era abituato a essere nervoso, era una sensazione strana.

Nina emise una risatina, come se quella frase ripetuta le avesse fatto capire che Jackson era nervoso. "Sto bene," disse lei lentamente. Sembrava che Nina lo stesse deridendo e si stesse assicurando che lui capisse quello che lei diceva. Jackson sorrise mentre lei continuava a parlare. "Mi sto bevendo un bicchiere di vino sulla veranda, in questo momento. Ho dipinto tutto il giorno e mi piace com'è venuto il quadro, quindi sto festeggiando."

"Allora deve essere un dipinto bellissimo. Cosa ritrae?"

"La locanda. Ho passato del tempo lì con tua madre e Lisa. Lei mi piace molto e penso che insieme saranno fantastiche con l'attività e gli ospiti. Si stanno sbizzarrendo con le idee. Io, invece, ho pensato di creare un dipinto della locanda al tramonto come regalo per tua madre. Secondo me lo adorerà."

La gentilezza di Nina lo colpì. Era stata assolutamente disponibile, da quando la madre aveva comprato la pensione. "È molto carino, molto generoso da parte tua. Nina, vorrei davvero ringraziarti per la tua disponibilità nei confronti di mia madre."

Nina emise una debole risatina. Lui amava quel suono. "Sto solo facendo del buon vicinato. Inoltre, mi piace molto Alice. Anche lei è stata gentile con me, comunque. Siamo amiche."

"Mi fa piacere. Secondo me, essendo isolata in quella zona della penisola, avevi bisogno di una buona vicina."

"Sì, non posso negarlo. Sono molto grata che tua madre abbia acquistato la locanda. Sarà magnifica. Avrebbe potuto tranquillamente comprarla qualcuno intenzionato a trasformarla in una location per feste, con tanta musica alta e, per me, notti in bianco."

Jackson rise. "Non ci avevo pensato. Ora capisco."

Nina rise sommessamente. "Sapevi che il nuovo impresario comincia oggi? Alice è molto emozionata."

"Mi fa piacere. Mi sono informato su di lui ed è un brav'uomo. Ha una reputazione stellare e fa dei lavori stupendi. Ha scelto bene."

"È vero. Alice è una tipa sveglia e l'ha dimostrato ancora una volta assumendo Lisa come cuoca."

"Ho sentito la notizia e… sì, le feste di Lisa sono leggendarie per via del cibo squisito. Me l'ha detto Tucker. Ho avuto da fare e non sono riuscito a passare da mamma, questa settimana."

"Pensavo fosse stato l'armadio rosa a farti scappare."

Jackson sentì il sorriso nella voce di Nina e anche lui sorrise. "Quasi. Ehi," si arrischiò, "ho chiamato per sapere se volevi venire al ranch domani e andare a cavallo. Potrei mostrarti alcuni paesaggi che ti piacerebbe dipingere."

Ci fu un intervallo netto e lui si chiese se Nina avrebbe rifiutato. Dopotutto, Jackson aveva preso il suo numero per le emergenze, non per un potenziale appuntamento.

"Mi piacerebbe… Se sei sicuro di avere il tempo di mostrarmeli."

"Ce l'ho, mi sono messo in pari. Ti scrivo le indicazioni. Che te ne pare delle dieci?"

"Perfetto."

Qualche minuto dopo la chiamata, Jackson stava ancora sorridendo. Aveva un appuntamento con Nina. Sembrava un'occasione speciale, come in procinto di affrontare qualcosa di più grande.

Qualcosa di significativo.

CAPITOLO UNDICI

Alice era in cucina, persa nei pensieri. Fissava il mare attraverso la porta finestra. Aveva un sacco di idee per la testa: i colori delle vernici, i temi delle camere, i piatti del menù, per citarne solo alcuni. Eppure era lì, a non fare nulla.

Lisa entrò dalla porta secondaria che si apriva sul vialetto. Aveva parecchie buste della spesa che le penzolavano dalle mani. Alice le aveva dato la carta di credito della locanda per comprare qualsiasi materia prima o utensile necessario per gli esperimenti in cucina e Lisa aveva lavorato al menù per tutta la settimana. L'amica si era buttata a capofitto nel nuovo ruolo come cuoca della pensione con un entusiasmo infervorato di cui Alice si rallegrava. Forse Lisa aveva proprio bisogno di un cambiamento positivo. Un riconoscimento, per così dire. L'umore malinconico di Alice si ravvivò all'istante nel vedere il sorriso caloroso dell'amica.

"Buongiorno! Posso aiutarti a portare qualcosa?"

"No." Lisa diede un leggero calcio alla porta per chiuderla, poi rimase lì con le buste in mano e le sorrise. "Ce la faccio. È stato più forte di me, volevo sperimentare altre idee. So che manca qualche mese all'apertura, ma voglio scegliere i piatti giusti, quindi potrebbe volerci un po'. Vogliamo che i nostri piatti forti diano carattere al menù e ci sono molte decisioni da prendere. Un cavallo di battaglia nella sezione dolci è d'obbligo, se vogliamo fare le cose per bene." Lisa appoggiò le buste sul bancone. "Andare al negozio non è un ozio. Ehi, ho fatto la rima, non sapevo di essere una poetessa."

"Mi fai sempre ridere. È tutta la settimana che mi do dei pizzicotti per ricordarmi che non l'ho sognato e che ti stai davvero imbarcando in questa avventura con me."

Lisa le rivolse uno sguardo onesto con i pugni sui fianchi. "Sono molto felice che tu mi abbia invitata. Alice, davvero, non hai idea di quanto abbia bisogno di questa sfida, disperatamente. Ho girato tutto il mondo, ma in realtà ero dispersa in mare."

"Mi sa che lo eravamo entrambe." Alice allungò il braccio per svuotare una busta. "Mettiamo questa roba in frigo, poi togliamoci le scarpe e facciamo una passeggiata in spiaggia. Potremmo prendere qualcosa da bere, passeggiare e raccogliere idee, oppure possiamo solo parlare. Mi sei mancata. Le poche telefonate mentre eri via non sono bastate."

"Credo sia un'idea fantastica." Lisa cominciò a svuotarne un'altra. "Io ripongo il cibo nella credenza, tu prendi qualcosa da sorseggiare e poi ci fiondiamo in spiaggia."

Qualche attimo dopo erano entrambe a piedi nudi, con in mano un thermos in metallo piena di squisito tè freddo al lampone, e camminavano lungo la spiaggia, l'una accanto all'altra.

Lisa guardò Alice e si fermò, "Allora, raccontami come te la stai passando. Quando sono arrivata stamattina sembravi triste."

Alice abbassò la mano, prese un ciottolo e lo accarezzò col dito prima di lanciarlo in acqua. Lo guardò cadere in un'onda e venire inghiottito dalla marea. "Prima li buttavo in acqua ed esprimevo un desiderio." Alice lanciò a Lisa uno sguardo mesto. "Ora non più. Mi sento come quel sassolino, come se stessi affondando per gran parte del tempo. Certi giorni credo di star bene, di far progressi e altri giorni mi sento afflitta. A volte piango ancora come una bambina. Da come parlo sembro non aver avuto dei miglioramenti, ma li ho avuti, davvero. Oggi, però, è uno di quei giorni in cui mi risulta difficile interessarmi a qualcosa. Avevo bisogno di questa passeggiata."

Il vento sferzò i capelli di Lisa alla lunghezza delle spalle come fossero state piume e lei li portò dietro le orecchie mentre scrutava Alice. "Non riesco a immaginare quanto sia stato difficile, per te, affrontare la morte di William. Hai il diritto di piangere per tutto il tempo necessario. Hai il diritto di essere arrabbiata perché il compagno ti è stato sottratto in questo modo…Una morte prematura… Sì, a sessantuno anni era giovane. Siamo ancora giovani e io ho imparato che la vita può cambiare in un istante. Sinceramente, due anni fa non potevo immaginare che sarei stata qui con te, tu una vedova e io una donna divorziata, rifiutata. Due anni fa tu avevi tutto… e anch'io… perlomeno così pensavo. Pensavo di avere un matrimonio splendido, perfetto… da sogno. Ah! Non avevo idea che stesse per rompersi in mille pezzi e che io avrei sognato di strangolare l'amore della mia vita nel sonno. La crisi di mezza età è assurda. La vita è strapiena di schifezze inaspettate; è difficile."

"Mi dispiace tanto, Lisa." Alice si rammaricò per l'amica, riusciva a capire quello sfogo di rabbia. Lisa era stata molto innamorata del marito, Mason. A dirla tutta, era risaputo che fosse pazza di lui, come Alice lo era stata di William. Quando era circolata la notizia che Mason aveva un'altra famiglia segreta, un'amante e un bambino, era stato un colpo duro per Lisa, per tutti. Alice non riusciva a immaginare come si dovesse essere sentita Lisa a riguardo. Era successo tutto qualche mese prima dell'incidente di William ed entrambi gli eventi avevano dimostrato quanto rapidamente potessero cambiare le cose. William e tutta la cerchia di amici erano rimasti sconvolti quanto Lisa. Il marito di Alice era sempre stato bravissimo a valutare le persone, eppure non aveva mai sospettato che Mason fosse capace di un gesto tanto ignobile.

"Lisa, tu hai affrontato un tradimento e un divorzio. Purtroppo, con la morte di William subito dopo la scoperta del tradimento di Mason, ero presa dai miei problemi durante il tuo divorzio. Speravo che essere impegnata ti facesse bene, ma adesso mi rendo conto che forse avevi solo bisogno di un posto per riposare. Un posto per smettere di fuggire e magari fare pace con tutto questo. Come sto cercando di fare io. Trovare pace e andare avanti."

"All'inizio non ero pronta. Avevo solo bisogno di scappare il più lontano possibile, ma ciò da cui fuggivo mi ha raggiunto."

Come se si fossero messe d'accordo, ricominciarono a camminare. Era bello muoversi, come se passeggiare e avanzare sulla spiaggia corrispondesse ad andare avanti anche nella vita.

"Sai, Alice, entrambe stiamo iniziando un nuovo capitolo. È spaventoso, a dire il vero. Io ho passato quel periodo a scappare solo perché non avevo il coraggio di affrontare i miei problemi. Stavo solo correndo da un posto bello all'altro. Passavo il tempo su questa e quella spiaggia, a questa e quella stazione sciistica. Sui social media poteva sembrare che fossi sempre felice, ma era un'illusione. La cosa più orripilante è che a volte desidero ancora mio marito."

Alice provò una fitta di sgomento per l'amica. Era una situazione terribile. L'amore non finiva sempre in tradimento, così come non finiva sempre con la morte. Il cuore di Alice soffriva per quell'amore scomparso troppo presto. "Mi dispiace tanto, Lisa."

"Anche a me. Non riesco a capire perché, dopo tutto ciò che mi ha fatto e che continua a fare, a volte mi affiorano dentro questi sentimenti. Mi sento disperata. È molto esasperante. Sul serio, mi fa troppa rabbia, capisci? Come ha fatto a buttare via la vita che abbiamo costruito e che io ritenevo perfetta, per poi comportarsi come se io fossi un insetto che lui vuole continuare a pestare sotto i piedi? Non riesco proprio a capire la persona che ha preso il posto dell'uomo che credevo di conoscere."

"La tua rabbia e perplessità sono del tutto comprensibili." Alice conosceva quel sentimento. "Anch'io ho provato rabbia. Ero furiosa con William per aver cavalcato in quel fiume. Sapeva di non doverlo fare. Lui sapeva benissimo quanto fossero pericolose le inondazioni brevi e repentine ed era consapevole che dopo l'esondazione di un fiume, quando l'acqua è calma, non si sa mai cosa si potrebbe nascondere sotto la superficie. Era già capitato che, dopo un'esondazione, trovasse del filo spinato e degli alberi nell'acqua. Era a conoscenza dei pericoli che aspettavano chiunque vi si avventurasse troppo presto. Eppure, ha cercato comunque di attraversare il fiume." Le lacrime le punsero gli occhi.

Le due amiche si guardarono e Alice vide il luccichio delle lacrime nello sguardo dell'amica, così come Lisa lo vide in quello di Alice.

Lisa deglutì, poi emise una leggera risata beffarda. "Credo che la rabbia faccia parte della guarigione, quindi forse è un buon segno."

Alice fece un respiro profondo, inalando l'aria fresca. "Forse sì." Si girò a guardare la locanda in lontananza, con il cielo di un azzurro brillante e le nuvole bianche che facevano da cornice. Era affascinante e le si alleggerì il cuore solo a guardarla.

Anche Lisa rivolse lo sguardo all'edificio. "Quella vecchia pensione ha resistito a molte tempeste ed è sopravvissuta. Mi dà speranza. Il solo fatto di guardarla mi rende felice."

Alice inspirò di nuovo l'aria frizzantina, poi espirò, lasciando che le emozioni che l'avevano assalita si dissipassero. "Proprio quello che stavo pensando. Credo che la locanda rappresenti un nuovo inizio per noi. Ho camminato e pianto molto su questo tratto di spiaggia. Quel giorno stavo camminando qui, come ho fatto molte volte nell'ultimo anno. È stato come se la locanda mi avesse chiamata, come se fosse stata qui per cinque anni, ad aspettare che la riaprissi."

"Ad aspettare che la comprassi," disse Lisa, "per riportarci in vita."

"Sì, esattamente. Per un po' l'avevo ignorata. Quel giorno mi ha semplicemente rapito il cuore e non sono riuscita a trattenermi. Ho fotografato il cartello 'IN VENDITA' e ho chiamato subito Burt, facendogli giurare di non dire niente. Ho *dovuto* farlo, perché allora non potevo lasciare che lo dicesse ai ragazzi e rovinasse loro la sorpresa. Sapevo che li avrebbe presi alla sprovvista e infatti erano piuttosto sconvolti, quando poi l'hanno saputo. Non volevo che glielo dicesse qualcun altro, però non volevo nemmeno che mi frenassero, così l'abbiamo comprata in segreto e poi ho dato loro la notizia."

"Sembra stiano riuscendo a conviverci. Sono solo preoccupati per la mamma."

"Sì, però anch'io mi preoccupo per loro, come per te. Ma sai, riesco solo a pensare che stiamo tutti facendo dei passi avanti, ognuno a modo suo. Tutti supereremo questo momento, anche tu. I ragazzi sono consapevoli che William sarebbe stato il primo a dirci di passare all'azione. Ci avrebbe detto di andare e vincere. Lo diceva sempre." Alice pensò alla voce rimbombante del marito che pronunciava quelle parole esatte e un sorriso le fiorì sul volto e nel cuore. "Quel gigante di un uomo agitava un dito verso me e i ragazzi quando lo diceva. Ora ricordare quel dito infervorato è l'unica cosa che mi fa andare avanti."

"Ti invidio. Non per la morte di William, ma perché per un po' hai avuto tutto. Alice, lui ti amava davvero tanto. Non ha scelto di lasciarti, questo deve esserti di grande conforto. La tua vita non era un'illusione. Eravate un esempio per tutti noi e io ne sono molto felice."

D'impulso, Alice buttò le braccia al collo di Lisa e la abbracciò. Era assolutamente vero; il suo dolce William l'aveva lasciata non per volere, ma perché era arrivata la sua ora. Il marito imbecille di Lisa, invece, l'aveva tradita, aveva tradito tutto ciò che il loro amore rappresentava e le promesse fatte. "Spero che un giorno avrai il coraggio di ricominciare daccapo con una persona nuova, di cui potrai fidarti di nuovo, e che saprai cosa significa essere amati."

Lisa tirò su col naso e strinse la presa su Alice prima di scostarsi. "Non credo di potermi impegnare di nuovo. Subire un tradimento è troppo arduo, anche dopo due anni. Mi sono fatta fregare una volta, ora basta, non farò mai più promesse. Magari potrò fare apprezzamenti su un bell'uomo, ma niente di più. Ora basta piangersi addosso, sento il bisogno di preparare un dolce. Torniamo dentro e cominciamo a lavorare al menù.

Abbiamo proprio bisogno di una bella degustazione."

Prima Alice aveva provato una sensazione strana, si era sentita sconsolata, ma in quel momento si sentiva bene. Quella chiacchierata le aveva ricordato dov'era stata e cosa aveva avuto, l'aveva incoraggiata a non darlo mai per scontato. Non avrebbe mai dovuto dimenticare che una volta aveva tutto. Era stata fortunata e lo sapeva. Poteva farcela. Era ciò che avrebbe voluto William ed era ciò che lei stessa desiderava.

Alice e Lisa si misero a braccetto, sorseggiarono il tè dolce e si incamminarono passeggiando sulla spiaggia. Durante la passeggiata, la spiaggia si era affollata. Davanti a loro erano passate molte persone e loro le avevano salutate. C'era una donna con un grande cappello rosso che passeggiava lungo la riva alla ricerca di conchiglie. Quando le due amiche la salutarono, lei alzò lo sguardo rivelando degli occhi azzurri sbalorditivi su un viso molto scavato, poi ricominciò subito a cercare conchiglie, senza ricambiare il saluto. Alice l'aveva vista varie volte, ma la donna non aveva mai parlato. Alice non l'avrebbe forzata; ognuno aveva il diritto di parlare o meno, però era curiosa e aveva intenzione di scoprire come si chiamasse. Sembrava sola e un paio di volte Alice l'aveva vista passare davanti alla pensione e fissarla. Chissà perché. Forse amava la locanda, proprio come Alice. Tutto lì.

Quando attraversarono il cancello verso il giardino, Alice si fermò per guardarsi attorno. "Dovremmo montare un gazebo, o un tendone, e mettere dell'altra pietra da lastricato. Prevedo dei matrimoni nel futuro della locanda. Che ne pensi?"

Lisa si illuminò. "Basta che nel futuro non vedi il *mio*, di matrimonio, per il resto credo sia un'ottima idea. Questo posto è destinato a ospitare matrimoni e io adoro cucinare piatti elaborati. Mi sa che abbiamo una combinazione vincente."

Alice la pensava allo stesso modo.

CAPITOLO DODICI

Jackson era in piedi accanto al fienile ad aspettare Nina. Shep e Socks, sdraiati all'ombra a pancia in giù, con il muso sulle zampe distese, lo fissavano. A Jackson piaceva Nina. Il trasferimento della madre gli aveva serbato una sorpresa del tutto inaspettata e lui non poteva rovinare tutto solo perché Nina era una buona vicina e una nuova amica della madre.

Gli piaceva il fatto che, nonostante ci fossero più di vent'anni di differenza tra le due, Nina sembrasse a proprio agio con Alice. Eppure c'erano stati dei momenti in cui era sembrata in difficoltà, in presenza di Jackson. Era una combinazione sbilanciata e lui voleva scoprire perché.

"Andiamo solo a cavalcare," disse Jackson lanciando un'occhiata ai cani come se fossero interessati alla sua vita amorosa.

Ecco. Ultimamente aveva pensato al futuro. Forse perché la madre aveva apportato un cambiamento tanto grande nella propria vita e aveva menzionato di non avere ancora dei nipoti, oppure perché Jackson aveva conosciuto Nina e sentiva un'attrazione mai provata nei confronti di un'altra donna. Lui non sapeva esattamente cosa avesse scatenato quei sentimenti, ma di certo era fortemente attratto da Nina.

Le cose stavano così: aveva trentacinque anni ed era ora di cominciare a pensare al futuro, decisamente.

I pensieri di Jackson continuarono a vorticare mentre guardava l'auto di Nina percorrere la stradina del ranch. Si chiese se lei potesse essere la donna che gli avrebbe cambiato la vita.

Nell'attesa, la pressione gli arrivò alle stelle. Jackson sorrise e, mentre le apriva la portiera, si sentì emozionato per quella giornata. Quando Nina alzò lo sguardo verso Jackson e sorrise prima di uscire dall'auto, lui seppe che non aveva mai aspettato tanto ansiosamente di passare del tempo con una donna come in quel momento. I capelli spessi di Nina erano raccolti all'indietro in una coda. Indossava dei jeans, delle scarpe da corsa e una camicetta a maniche corte che avrebbe permesso alla brezza di tenerla fresca, in una giornata soleggiata come quella.

"Sei riuscita ad arrivare senza problemi?"

Il sorriso di Nina si fece ironico. "Il navigatore mi ha portata dritta al cancello e fortunatamente non mi è sfrecciato nessuno davanti."

Jackson si sentiva come un ragazzino impacciato mentre rideva sotto i baffi. "È positivo."

Socks e Shep l'avevano seguito all'auto e Nina abbassò lo sguardo verso di loro con un sorriso meraviglioso.

"Dovete essere i cani lavoratori di Jackson. Ho sentito parlare bene di voi." Nina si chinò verso gli ammassi di pelo felici e scodinzolanti e li accarezzò con entusiasmo.

Jackson rise delle loro bizzarrie, ma si sentiva molto geloso del modo in cui Nina li stava accarezzando. "Sono proprio loro. Se continui così, salteranno in macchina con te e mi lasceranno."

Nina rise e si voltò raggiante verso Jackson. "Ti mancherebbero, vero?"

"Sì, questa settimana sono stati indispensabili durante il raduno del bestiame." Jackson non poté fare a meno di sorridere e Nina lo guardò con gli occhi a fessura. "Va bene, sì, mi mancherebbero. Sono dei cani fantastici e quando do sfogo alle mie frustrazioni mi ascoltano senza giudicare."

"Vedete, siete dei bravi cagnolini. Io gliel'ho detto," disse Nina ai cani entusiasti. Poi diede loro un'ultima carezza e si raddrizzò. "I cani sono degli ascoltatori eccezionali. Ora mi ritrovo sempre a parlare con Ranuncolo. Non so cosa farei senza di lei."

Jackson si chiese, non per la prima volta, se Nina si

fosse sentita sola a vivere lì, in quella zona remota dell'isola. "Pensavo l'avresti portata, oggi."

"In realtà è rimasta con tua madre e Lisa. Oggi stanno lavorando alle ricette e hanno insistito affinché la lasciassi con loro. Tua madre era preoccupata che la gita fuori porta fosse troppo per Ranuncolo."

"Forse aveva ragione. Questi ragazzacci sono abituati alle condizioni di qui, ma Ranuncolo è un cane da casa e potrebbe soffrire il caldo. Quindi… Mamma alla riscossa!" Jackson sorrise. "Allora, sei pronta a cavalcare?"

Nina fece un respiro profondo, poi espirò lentamente mentre Jackson chiudeva la portiera e insieme si incamminavano verso i fienili. "Mi sono preparata mentalmente. È da tantissimo che non cavalco. Sono emozionata, ho solo un po' d'ansia. Ieri sera ho quasi cercato di dissuadermi dall'idea, però tua madre è passata per guardare il tramonto con me e mi è capitato di dirglielo. Era così elettrizzata, mi ha detto che sei bravissimo a cavalcare e che mi avresti tenuta al sicuro; oltre al fatto che mi sarei divertita tanto, ed è stato allora che mi ha convinta a lasciare Ranuncolo con lei. Ti adora, casomai non ti fosse noto."

Jackson rise di nuovo sotto i baffi. A quel punto era un po' imbarazzato, sapendo benissimo quanto la madre sapesse infervorarsi nell'elogio dei figli. "Il sentimento è reciproco. Anche lei è una grande cavallerizza, sebbene non cavalchi da anni. Prima adorava farlo.”

“Gli interessi delle persone cambiano. Ha detto che c’erano degli appezzamenti di terreno spettacolari qui e ha perfino suggerito che ci siano dei posti bellissimi da dipingere, come mi dicevi tu, del resto.”

A Jackson piaceva quell’idea. “Uno posto in cui ho pensato di cavalcare è proprio uno di quelli di cui sono sicuro ti abbia parlato mia madre. Con tutta la terra che abbiamo qui, il terreno è aspro e ci sono molte sterpaglie e cannucce di palude. Abbiamo un bel assortimento di soggetti da farti dipingere. Affinché tu veda le zone più belle, però, dovremmo muoverci col pick-up. Con oltre duecento acri, ci vorrebbe più di un pomeriggio per vederle. Ci teniamo il tour in macchina per un altro giorno.”

“Fantastico. A casa ho per lo più paesaggi marini e colori brillanti, ma dipingo anche la campagna texana. Ho una fissa per la terra e gli animali. Mi piacerebbe dipingerne alcuni. Se hai un posto con del bestiame e la costa, ne verrebbe fuori un quadro stupendo. Tua madre ha detto che il ranch ha anche una zona costiera.”

“Sì, abbiamo una bellissima fascia di costa e, attraverso il canale, portiamo perfino il bestiame a pascolare sull’isola. È bellissima, assomiglia molto a Mustang Beach. Ci sono un sacco di cannucce di palude, che sono molto nutrienti, e le greggi ci pascolano. Credo ne verrebbe fuori un’immagine favolosa, con quel bel litorale e gli animali. Non sono un artista, ma di sicuro posso farti da guida."

Nina sorrise. "Allora penso di poter dire con sicurezza che oggi andremo a cavallo e poi, quando vorrai, mi piacerebbe portarti da quelle mucche che brucano sull'isola."

"Si può fare." A Jackson piaceva sempre di più quell'idea, sapere che non sarebbe stato l'unico giorno passato con lei.

Nina camminò assieme a lui fino al fienile, dove c'erano due cavalli legati alla staccionata ad aspettarli. Jackson aveva scelto un castrone per sé e, per la sicurezza di Nina, una giumenta con un bel temperamento. Non avrebbe rischiato che le succedesse qualcosa.

"Nell'ufficio del fienile ci sono i servizi, se ne hai bisogno prima della cavalcata. Più tardi ci arrangeremo, per lo più, ma c'è una piccola capanna da campeggio che mamma ha fatto costruire vicino alla nostra destinazione, quindi non sarai completamente in balia dei cespugli."

Nina rise rumorosamente. "Troppo forte. Mi sa che andrò a dare un'occhiata ai servizi, come li chiami tu. Sarà una lunga giornata a quanto pare."

"È lo stile mandriano. A mamma non piaceva molto arrangiarsi, così ha fatto costruire delle piccole capanne per la notte in alcune zone che le piacevano. Questa è una di quelle."

"Dopo la ringrazierò."

Mentre aspettava Nina, Jackson slegò le redini e, quando lei uscì, afferrò il pomello della sella con una mano e con l'altra le offrì la mano. "Pronta?"

"Più pronta di così si muore." Nina si aggrappò alla sella; Jackson spostò la mano, e lei riuscì ad afferrare parte della sella e a issarsi. A metà strada vacillò, così Jackson le mise la mano sulla coscia per darle equilibrio.

"Forza," disse lui.

Nina abbassò lo sguardo verso Jackson. "Grazie. Puoi chiamarmi Miss Leggiadria. Sarei potuta cadere all'indietro."

Jackson sorrise. "Non se ci sono io. Se fossi caduta, ti avrei presa."

Nina alzò la gamba sul cavallo e si sedette in sella.

Jackson le diede una pacca sulla parte superiore della coscia, poi scostò la mano. Non voleva farle pensare che lui stesse facendo delle avances. Doveva aspettare il momento giusto, ma in realtà sperava di prendere presto confidenza con Nina Hanson e di baciarla. "Ecco, alza la gamba e sistemati."

"Grazie." Nina si aggiustò sulla sella. Sembrava un po' circospetta.

"Io mi metto in sella. Tu sei a posto, Hilde è un buon cavallo."

Jackson si avvicinò al proprio. Meglio lì che accanto a Nina, con lo sguardo alzato verso di lei. Nel giro di un secondo aveva montato l'animale e l'attimo dopo stavano uscendo lungo la stradina, verso l'entrata del pascolo. Da lì sarebbero andati ai ruscelli e al laghetto in cui si recavano da piccoli i fratelli McIntyre. Jackson sapeva che probabilmente era quello il posto a cui aveva pensato la madre, perché era splendido e al tramonto non c'era niente di più bello del modo in cui i raggi del sole colpivano l'acqua. Era bello quasi quanto la costa al tramonto, si poteva considerare come uno dei piccoli angoli di paradiso del ranch McIntyre.

"Cavalchi piuttosto bene. Non si direbbe che sia passato tanto tempo dall'ultima volta."

"Be', il semplice fatto di essere sulla sella è elettrizzante. Immagino che qualunque cosa all'infuori della caduta sia un punto a favore."

"Sinceramente, pensavo che… Non so perché l'ho pensato… che magari il cavallo ti avrebbe intimidito. Però sembri cavartela bene. Ti ho dato Hilde perché è bravissima e accomodante, ama far cavalcare la gente. È con noi da tanto tempo."

"Be', Hilde è bravissima a mettermi in buona luce, credo."

"Non sottovalutarti. Hai comunque una bella presa sulle redini. Ti sei seduta bene. Dovresti stare comoda. Ora non andremo troppo veloce perché non voglio correre il rischio che rimbalzi, ma ci lavoreremo su."

Nina lo guardò senza la diffidenza di prima e Jackson se ne rallegrò. Forse la ragazza cominciava a sentirsi a proprio agio con lui.

"Da come parli, sembra che questa gita non si limiti solo alle mucche sul mare."

Jackson rise. "Be', a meno che io non ti turbi davvero e tu decida che non ti piaccio molto, allora non vedo perché non dovresti venire a cavalcare quanto vuoi, tanto più che verrai a dipingere. Suppongo che ci vedremo quando tornerai per il quadro."

"Giusto. Per un attimo l'avevo dimenticato."

Nina poteva averlo dimenticato, ma lui no.

* * *

L'indomani il corpo di Nina sarebbe stato dolorante, però si stava divertendo. Si sentiva sempre più a proprio agio con quel bel cowboy tranquillo che cavalcava accanto a lei. Jackson le aveva raccontato degli uccelli, dei coyote e dei lupi che vivevano su quella terra, Nina avrebbe potuto ascoltarlo per ore. Era chiaro quanto Jackson amasse quel posto, che era della loro famiglia da tanto tempo.

Nina cercò di reprimere le emozioni che le strisciavano dentro come dei vermi, per evitare di essere diffidente nei confronti di Jackson. Per lei stava diventando sempre più difficile sentire i campanelli d'allarme che le dicevano di non potersi fidare del proprio giudizio, che le emozioni la stavano ingannando di nuovo.

Avrebbe continuato ad accontentarsi della tranquilla vita solitaria che si era costruita nel sud del Texas dopo i terribili disastri amorosi, incluso il matrimonio?

Nina si morse il labbro mentre cavalcava e il passato tornò a tormentarla. La perseguitava sempre, ma certi giorni erano peggiori di altri. Il marito, la gelosia sempre più morbosa e il trauma emotivo a cui l'aveva sottoposta verso la fine del matrimonio, avevano lasciato delle cicatrici nella sfera emotiva di Nina. Le conseguenze sulla psiche e sulla fiducia nel proprio giudizio erano ciò che restava del matrimonio che stava finendo in divorzio… finché lui non era morto in un incidente d'auto. Lei stava per chiedere il divorzio l'indomani, ma poi lui aveva avuto l'incidente. Poche persone lo sapevano e lei aveva vissuto in una bugia dopo la morte del marito, perché tutti credevano che lei fosse una vedova addolorata. Nina era triste che fosse scomparso, ma al momento della morte non le era rimasto un briciolo d'amore.

"Sei pensierosa."

La voce profonda di Jackson le si intrufolò nei pensieri e lei gliene fu grata. Nina sorrise e incontrò lo sguardo indagatore del mandriano. "Questa campagna è bellissima. Voglio dire, la vedo quando guido in strada, ma essere qui e cavalcarci sopra le dà vita. Mi piace." Era davvero così, più di quanto Nina credesse possibile.

Il sorriso di Jackson le scaldò il cuore. "Mi fa piacere. Come avrai già capito, adoro questo posto. È della nostra famiglia dal diciannovesimo secolo. Il mio trisnonno l'ha comprato e si è stabilito qui, più o meno nello stesso periodo in cui è stato fondato il King. Anche loro hanno trovato il petrolio in quel frangente. Sinceramente non conosco un'altra vita, né ho mai pensato a vivere in altro modo."

Nina gli sorrise, godendosi il ritmo lento dei cavalli che attraversavano i pascoli. "Non credo di riuscire a immaginarti in altre vesti. Probabilmente ti ho visto come la quintessenza dell'alto mandriano texano fin dal momento in cui ti ho conosciuto alla locanda e penso sia così che ti vedrò per sempre."

Jackson inclinò la testa di lato e trafisse Nina con gli occhi. "Quindi la domanda è: potrebbe interessarti?"

Nina sentì le farfalle agitarsi nello stomaco e, nonostante tutti i campanelli di allarme, seguì l'istinto. "Sì."

CAPITOLO TREDICI

Alice si stava divertendo con Ranuncolo, che le trotterellava dietro mentre lei spostava i mobili nella biblioteca al primo piano. Quella stanza aveva solo bisogno di una nuova mano di vernice: se ne sarebbe occupata Alice, mentre Seth avrebbe lavorato alle parti della locanda da ricostruire, soprattutto nei bagni, che erano i più bisognosi di ritocchi. Lisa era passata di lì mentre andava a fare la spesa e si erano organizzate per passare il resto del pomeriggio a preparare dolci mentre Seth cominciava con le ristrutturazioni. Se lui avesse avuto intenzione di iniziare dalla cucina, avrebbero dovuto rimandare gli esperimenti fino alla fine dei lavori. Lisa, però, era talmente emozionata per le prove del menù che Alice le aveva detto di fare di testa propria e scegliere le materie prime. Anche Alice era elettrizzata e aveva cominciato a preparare la stanza per la tinteggiatura.

Il campanello suonò e ad Alice cominciò a battere

forte il cuore. *Seth era lì. Le ristrutturazioni stavano per cominciare.* Dopo tutto quel tempo, il progetto e il sogno di Alice stavano diventando realtà. La donna si incamminò verso la porta, ma si fermò quando delle lacrime inaspettate le inondarono gli occhi. Le tremò il labbro mentre cercava di reprimere l'ondata di emozioni. Alice cercò in tutti i modi di non ripensare al passato… ma era molto difficile. Andare avanti significava distanziarsi da William e dalla vita insieme a lui. Alice appoggiò una mano sulla porta della biblioteca e fece un respiro profondo. L'impresario era arrivato e se lei lo avesse accolto con le lacrime che le rigavano il volto, non avrebbe certo fatto una buona impressione su di lui.

Era da un po' che il dolore non le tendeva un'imboscata. Be', era successo qualche giorno prima, quando lei e Lisa avevano passeggiato sulla spiaggia. Entrambe si erano commosse, ma ultimamente non aveva provato quella sensazione di smarrimento che arrivava nei momenti meno opportuni a stringerle lo stomaco.

Il campanello suonò di nuovo. Alice fece un respiro, si asciugò le lacrime e andò a guardarsi allo specchio del bagno al piano terra. Aveva un aspetto leggermente pallido e gli occhi un po' troppo lucidi, ma non aveva l'aria di una che aveva pianto.

Si affrettò alla porta d'ingresso e la aprì. Seth Roark

era in piedi sulla veranda.

"Scusi tanto per averla fatta aspettare. Ero sul retro. Prego, entri." Alice indietreggiò mentre lui entrava nell'atrio.

"Tutto bene?" Gli occhi chiari dell'uomo la scrutarono.

"Sì, va tutto bene. Sono emozionata per l'inizio delle ristrutturazioni. Da dove ha intenzione di cominciare?"

"Dai bagni al piano terra, che le pare?"

"Perfetto. Quando farà la cucina? Stiamo per cominciare le prove del menù, ma possiamo fermarci, qualora ne avesse bisogno."

"La farò quando avrò finito col bagno. Sto aspettando che arrivino i piani in acciaio inossidabile per togliere quelli vecchi. Al momento questo è il programma."

Alice aveva scelto i banconi professionali in acciaio inossidabile e non vedeva l'ora di vedere il risultato finale. "Le sono riconoscente per aver deciso di cominciare dal bagno, nell'attesa. Grazie."

"Non c'è bisogno di ringraziarmi. È per questo che mi ha assunto." Seth sorrise. "Prendo le mie cose e comincio a buttare giù gli impianti. Ho fatto una telefonata e arriverà un cassonetto per le ristrutturazioni. Starà sul vialetto per tutta la durata dei lavori."

"Ah, non ci avevo pensato. Sono brutti ma

necessari, quindi va bene." Alice rise. Si sentì meglio quando Seth ridacchiò assieme a lei.

"Sì, non è il massimo su un bel paesaggio, ma simboleggia la trasformazione a cui sta andando incontro la casa. La pensi così, quando il cassonetto non ci sarà più, questo posto sarà bellissimo per gli ospiti."

"Esattamente. Be', la lascio al suo lavoro. Sta arrivando la mia amica Lisa, che sarà la cuoca qui alla pensione. Faremo delle infornate di prova man mano che cominciamo a pianificare il menù per la veranda della Star Gazer Inn. Nel corso della giornata potrei usarla come cavia, se non le dispiace."

Il sorriso di Seth si allargò e le zampe di gallina gli conferirono lucentezza agli occhi. "Non vedo l'ora di ricevere questo incentivo. Potrebbe essere il migliore mai avuto al lavoro, perché ho la sensazione che il cibo sarà squisito."

Alice guardò Seth e si sentì il cuore leggero. "Sì, lo spero. Lavoreremo sodo per renderlo speciale."

"Sono certo che lo sarà."

Ranuncolo trotterellò nel corridoio per vedere cosa stesse succedendo. Mentre Seth andava a prendere gli attrezzi nel pick-up, Alice sollevò la cagnolina e la tenne in braccio. Accarezzò il pelo della cucciola e guardò l'uomo uscire, tutto spalle larghe e fianchi snelli. Poi si voltò e andò in cucina. Si sentiva molto meglio rispetto a prima dell'arrivo del costruttore.

Mezz'ora più tardi, Alice finì di preparare la biblioteca per la tinteggiatura e progettò di cominciarla l'indomani. Era in cucina con la porta chiusa, così che Ranuncolo non uscisse quando Seth faceva avanti e indietro, e stava rileggendo le ricette che avrebbero voluto testare quel giorno. La porta della cucina si aprì ed entrò Lisa con due buste della spesa.

"Ehi, sono entrata dalla porta d'ingresso, dato che c'era un pick-up che bloccava il vialetto. Ma lo sai che c'è un uomo *pazzesco* in bagno?"

Le parole e le sopracciglia alzate di Lisa la fecero sghignazzare Alice. "Sì, ne sono ben consapevole. Seth è l'impresario che ti avevo detto avrebbe cominciato oggi. Non gli ho visto un anello al dito e non ho chiesto se è sposato, ma forse tu dovresti. So che hai detto di non essere interessata a uscire con qualcuno, ma magari dovresti."

Alice aveva notato l'anello mancante e Seth era molto attraente. Lisa poteva anche dire di non essere alla ricerca di una relazione, ma magari era proprio quello che cercava. Alice rimase spiazzata dalla fitta di rimpianto che sentì cercando di far avvicinare l'amica a Seth. Ne fu persino spaventata.

Cosa cavolo era?

"Non sono sul mercato. Ti ho già detto che non mi dispiace ammirare un bell'uomo, ma finisce lì. Quindi farò degli apprezzamenti e potrei essere tentata di andare in bagno a guardarlo buttare giù le piastrelle, ma solo perché mi piace guardare gli uomini forti che lavorano, con tutti quei muscoli in azione." Lisa sogghignò con malizia. "Ma no, no, no. Non scherzavo quando ho detto che non sono sul mercato. Ti ricordi che ho detto di aver tastato il terreno in Francia e che è stato un disastro? Non ho ancora l'energia di affrontare i drammi di una relazione."

"Me l'hai detto, ma non mi hai raccontato di questo uomo misterioso con cui è accaduto il disastro." Alice scrutò l'amica. "Era una brutta persona? Non puoi lasciare che lui o Mason definiscano il resto della tua vita. Sì, hai affrontato una separazione tragica e poi dei drammi in una relazione di ripiego, a quanto pare. Lisa, ci sono degli uomini meravigliosi lì fuori. Hai solo avuto un inizio burrascoso."

Lisa aggrottò la fronte. Una grinza le divise le sopracciglia. "Non hai sentito la parola *no*? Perché non parliamo di te? *Tu* sei single."

Alice sapeva di aver tirato troppo la corda e probabilmente si meritava quella risposta dura da parte di Lisa. "La mia situazione è diversa. Non sono pronta e non so se lo sarò mai."

"Tombola! Odio ricordartelo, ma sono passati quasi due anni dalla morte di William. Manca solo qualche mese all'anniversario. Forse è ora che sia tu a pensare di tastare il terreno. Quell'uomo sarà qui per un paio di mesi, quindi magari, a un certo punto, dopo esserci assicurate che sia davvero un brav'uomo, sarai pronta."

Alice si stizzì. "Forse dovremmo parlare di qualcos'altro, prima che ci senta." Alice voleva solo che quella conversazione finisse. Lanciò un'occhiata verso il corridoio. Era molto lungo e riuscì a sentire il forte rumore di qualcosa che veniva demolito, quindi probabilmente Seth non aveva sentito niente. Eppure lei non voleva correre rischi, perché sarebbe stato troppo imbarazzante. "Stiamo entrambe ricominciando daccapo c io probabilmente non mi sentirò mai pronta a risposarmi. In ogni caso, mi interessa di più che Jackson e Nina si mettano insieme. Credo vadano molto d'accordo insieme. Lui l'ha portata a cavallo al ranch, oggi."

Lisa sogghignò. "Interessante. Qualcosa bolle in pentola."

Alice tirò un sospiro di sollievo per essere riuscita a virare il discorso lontano dalla propria vita amorosa. "Ci spero davvero. Secondo me sono perfetti l'uno per l'altra. Sono solo un po' preoccupata. Nina non parla molto del suo passato. È come se stesse nascondendo qualcosa o non si sentisse abbastanza a proprio agio da aprirsi. Hai presente? Non vorrei incoraggiare una relazione per poi vedere Jackson ferito."

"Allora forse dobbiamo alzare la posta in gioco carpendo delle informazioni da Nina. Possiamo sempre chiederglielo."

"Non voglio essere invadente. Mi piace stare con lei, magari col tempo si aprirà."

"Forse, ognuno ha i propri tempi. Allora sei pronta per infornare?"

"Sono nata pronta."

"Ho pensato di preparare dei cannoli."

"Buoni. Seth ha detto che gli avrebbe fatto piacere fare da cavia."

"Un assaggiatore." L'amica rivolse ad Alice un sorriso un po' malefico. "Molto allettante." Lisa ridacchiò e si girò per prendere i piatti di cui avrebbe avuto bisogno.

Alice rimase lì, pensando a Seth, l'assaggiatore allettante... *Assaggiatore di cosa?*

Baci?

Abbracci?

Entrambi?

Turbata dai propri pensieri e sentendosi in colpa per essi, afferrò il foglio con la ricetta dei cannoli. Quelli sarebbero stati l'unica cosa che avrebbe provato quel giorno, o qualsiasi altro giorno.

CAPITOLO QUATTORDICI

Jackson stava ancora pensando al momento in cui, mentre aggiravano le rocce che nascondevano il laghetto, Nina aveva detto di essere interessata a lui. Non era stato necessario voltarsi verso di lei per capire che Nina aveva visto il lago. Il sussulto la disse tutta. Era proprio la reazione prevista da Jackson. "Allora, che ne pensi?"

"È... come un miraggio o non so che."

Sembrava un miraggio per molte ragioni. Il terreno era piatto fino a un certo punto, poi cominciavano le rocce fino al progressivo pendio, e dopo spuntavano dal nulla dei massi più grandi. Dopo averli superati, gli si parò davanti una carrellata di fitte sterpaglie e un abisso profondo che solcava il terreno. Alle pendici c'era un bellissimo laghetto dall'acqua fresca e scintillante, con delle pietre che lastricavano il sentiero e una piccola cascata che continuava ad alimentare il bacino, rendendolo perfetto per i bagni.

"Voi nuotate lì?" Nina guardò Jackson con gli occhi spalancati.

"Sì, avrei dovuto avvisarti di portare un costume, ma quando eravamo solo noi ragazzi, non ce ne preoccupavamo, in realtà."

Nina rise. "Be', io dovrei preoccuparmene, ma capisco perché non fosse un problema per voi. È assolutamente magnifico e hai ragione… Immagino già il dipinto. Forse quando verrò a dipingerlo, potrei farmi una nuotata."

"Certo. Vieni, anche se non vuoi nuotare, puoi bagnarti i piedi." Jackson le sorrise. Non si aspettava che Nina si lasciasse tentare, ma lui la buttò lì comunque.

"Come no. Suppongo che quella piccola proposta indirettamente maliziosa non faccia di te un angioletto."

Jackson sogghignò di nuovo. Si divertiva a stuzzicarla. "Non ho mai detto di essere un angioletto, però cerco di fare il gentiluomo, quindi puoi stare tranquilla."

"È vero, sei stato molto cavalleresco e sembri sincero. Dunque, come arriviamo laggiù?" Nina puntò un dito verso l'acqua. "Le mie dita dei piedi hanno una voglia matta di immergersi nell'acqua fresca."

"Io sono molto sincero, Nina. Spero tu ne sia consapevole."

Nina lo fissò, poi annuì. "Buono a sapersi."

Non era esattamente l'entusiasmo che Jackson sperava di ricevere. "Seguimi." L'uomo aprì la strada, facendo avanzare il cavallo su un sentiero in discesa e Nina lo seguì. Lui le lanciò uno sguardo da sopra la spalla. "La giumenta è tranquilla e dovresti sentirti al sicuro."

"Sto benissimo."

Jackson le lanciò un'occhiata più volte per incoraggiarla. "Stai andando alla grande." Quando arrivò in fondo, Jackson fece girare il cavallo per aspettarla. "Eccoci. Tutto sommato sei una cavallerizza. Mi sa che hai detto una piccola bugia."

Nina rise. "Te lo giuro, non cavalco da anni e non l'ho mai fatto su un pendio come questo. È solo che questo cavallo… è magnifico."

"È vero, Hilde è fantastica, ma anche tu sei stata bravissima. Non hai avuto paura?"

"No, ma sinceramente credo sia tutto grazie al cavallo che mi hai dato. Mi infondeva sicurezza… E poi c'eri tu."

Jackson smontò da cavallo e lasciò cadere le redini a terra, cosicché gli animali non sarebbero andati da nessuna parte se non verso l'acqua. Jackson si avvicinò a Nina. "Ti aiuto a scendere."

"Grazie." Nina alzò la gamba, poi appoggiò le mani sulle spalle di Jackson mentre lui le avvolgeva le braccia attorno ai fianchi e la faceva scendere piano, e alla fine si ritrovò in piedi accanto a lui.

Fu difficile per lui mollare la presa. Nina sentiva un dolce profumo che la attirava a lui come un'ape al miele. Lo sguardo di Jackson le si posò sulle labbra. Quando lui si rese conto di ciò che stava facendo, guardò Nina negli occhi.

"Sei molto seducente, Nina Hanson," disse lui con una voce che suonò roca perfino alle sue stesse orecchie. Si sentiva molto affascinato da lei. Jackson riusciva a vedere i pensieri di Nina vorticare in quel bellissimo sguardo.

La ragazza deglutì a fatica. "Mi sa che è meglio se mettiamo i piedi in acqua."

Lei si scostò da lui. Jackson si disse che forse aveva fatto un passo in più del dovuto. Si rese conto che era passato tantissimo tempo dall'ultima volta che aveva provato un'attrazione simile, o forse non l'aveva mai provata. *Cosa aveva Nina?* Qualcosa di speciale… e lui non voleva farsela scappare. Oltretutto, non era pronto a sentire l'ira della madre, se fossero tornati dalla cavalcata e Nina non avesse più voluto vederlo.

Non sarebbe stata proprio la fine che desiderava e la madre non gli avrebbe dato tregua.

Jackson seguì Nina in riva al lago. Nina si sfilò le scarpe da ginnastica, le mise da parte, poi si tolse i calzini e li buttò sulle scarpe. Scelse un'ampia roccia su cui sedersi, si arrotolò i pantaloni all'insù, senza guardarlo, e mise i piedi in acqua. Jackson sorrise quando vide l'espressione di Nina mentre i piedi toccavano il flusso freddo alimentato dal ruscello.

"Che paradiso."

Jackson tirò un sospiro di sollievo vedendo che non sembrava più tesa. "Ti dispiace se mi siedo accanto a te?"

"No, affatto."

Jackson si accomodò sulla roccia e si tolse gli stivali e poi i calzini, prima di arrotolare i jeans.

La risata di Nina lo fece voltare. Gli occhi e il sorriso di quella ragazza lo ammaliavano.

"Suppongo sia insolito vedere un cowboy senza stivali."

Jackson rise sotto i baffi, pensando a quanto fosse carina, e immerse i piedi nell'acqua limpida accanto a lei. "Sono piuttosto scomodi per dormire... o nuotare."

"Immagino." Nina si guardò attorno e mise i polpastrelli sotto le cosce. "Siete così fortunati ad avere questo posto tutto per voi. È una specie di piccolo segreto."

Jackson inspirò l'aria fresca e si guardò attorno, assimilando le sensazioni e l'atmosfera che li circondava. "Sì, è innegabile. Sono sempre stato grato per la vita che mi è stata donata. Questa terra selvaggia fa parte di me e lo stesso vale per i miei fratelli."

"Porti spesso altre persone qui? È un posto molto

bello, quasi troppo per non condividerlo. Allo stesso tempo, però, è anche troppo speciale per farlo."

"Sì, veniamo molto di rado con altra gente. Io non ho mai portato nessuno qui, i miei fratelli delle amiche, qualche volta. È ottimo per gli appuntamenti," disse Jackson, poi impallidì. "Non volevo dire… "

"…che questo è un appuntamento. Lo è?" Nina sembrava maliziosa. Si stava godendo il disagio di Jackson.

"Vorresti che lo fosse?" Jackson le ripassò la patata bollente. "Ti ho chiesto se volevi venire a fare una cavalcata e hai detto di sì, quindi immagino potremmo classificarlo come il nostro primo appuntamento." Ecco, era uscito allo scoperto.

Non aveva senso girarci attorno.

"Devo essere sincera, Jackson. Non ho avuto molta fortuna con gli uomini. Mi sono perfino stupita di me stessa per aver acconsentito a fare una cavalcata con te, oggi. È la prima volta che faccio qualcosa del genere in… tipo… tre anni."

"Davvero?" Lui aveva sospettato che Nina si fosse isolata… e aveva ragione. L'idea lo infastidiva.

"Però mi sento a mio agio a farlo con te e sinceramente ne sono sbalordita. Ho rinunciato agli uomini e per tutto questo tempo non ho mai avuto la tentazione di invertire la rotta."

Le parole di Nina gli si depositarono nello stomaco

come un macigno. "Capisco. Devi aver amato molto tuo marito, il che è positivo. So cosa sta passando mia madre… Sto imparando che, anche nel mio caso, non puoi stabilire la data in cui avrà fine il dolore." *Oppure il senso di colpa.*

Nina si morse il labbro e scrutò l'acqua. Jackson non poté fare a meno di guardarla, desiderando di poterle leggere nel pensiero.

Nina fece un respiro profondo e si voltò per guardarlo negli occhi. Sembrava combattuta.

"Vedi, è qui che la mia storia si incasina. Non sono stata sposata per molto tempo, solo per poco più di due anni. Mio marito non era esattamente quello che mi aveva fatto credere di essere… Era molto dispotico, minaccioso. Per gran parte del matrimonio ho subito della violenza psicologica. Ho sopportato finché ho potuto, poi l'ho lasciato… ci ho provato, perlomeno. Non è stato facile. Lui ha minacciato che se fossi andata avanti col divorzio, ci sarebbero state delle conseguenze." Lo sguardo di Jackson vacillò e Nina abbassò gli occhi.

La furia di Jackson era montata nell'istante in cui aveva capito che lei aveva subito della violenza. "Ti ha fatto del male?"

"Io ero andata via di casa. Lui era furioso e aveva scoperto che ero a casa di un'amica per prendermi cura del cane. Greg è venuto lì e ha cercato di buttare giù la porta. Il cane abbaiava, ma ciò non l'ha fermato. Ha continuato a tirare calci e io ho chiamato la polizia, ma poi lui ha rotto la finestra. Fortuna che c'era il cane. Era un massiccio incrocio di pastore tedesco e l'ha morso prima che potesse entrare dalla finestra. A quel punto ho sentito le sirene. Lui disse che non sarebbe finita lì e poi è corso alla macchina. Dopo essere scappato, è finito contro un muro quando l'auto è sbandata, mentre cercava di sfuggire alla polizia." Nina si lasciò sfuggire un respiro tremante. "Così sono diventata vedova."

Il silenzio echeggiò tra di loro. Le budella di Jackson si erano attorcigliate in un pugno duro. All'inizio non riuscì a parlare.

Nina parlò prima che potesse farlo lui. "Jackson, non ne ho mai parlato con nessuno. È troppo personale e doloroso." All'improvviso Nina sembrò in preda all'ansia. Aveva gli occhi socchiusi. "Una volta sono uscita con un uomo, dopo questa vicenda, ma neanche in quel caso è andata bene. Quindi eccomi qui. sull'isola di Star Gazer, nel mio piccolo mondo, a farmi i fatti miei e a mantenere un profilo basso. E mi piace così. Ho affrontato troppi drammi per una sola vita."

Forse era per quello che a volte Jackson percepiva in lei più ardore e vitalità del solito. Sembrava quasi come se Nina avesse represso una personalità che di tanto in tanto si ripresentava. O forse Jackson sperava solo che fosse stato lui a tirargliela fuori.

"È terribile, in primis che tu abbia dovuto affrontare tutto ciò. La tua famiglia, invece? I tuoi genitori, i tuoi nonni… Ti ha aiutato qualcuno?"

"Mia madre era da sola ed è morta in un incidente stradale su un ponte. Io ero in macchina con lei."

Il viso di Jackson impallidì. "Tutto questo è troppo. Non mi meraviglio che tu abbia paura dei ponti. Mi dispiace tanto. Quanti anni avevi?"

"Sei. Faccio ancora fatica a parlarne. Non l'ho mai superata. Ho passato un'ora intrappolata nell'auto. Ero isterica e consapevole che mia madre fosse morta. Mi ha cresciuta mia nonna, che è morta quando facevo l'ultimo anno delle superiori. Mi ha lasciato la casa e una piccola eredità, così sono riuscita a finire la scuola da sola. Ho sempre dipinto e mi sentivo felice nel mio piccolo mondo di colori. Per me la pittura è stata terapeutica, dopo l'incidente, e fa parte di me da allora. Anche la solitudine è sempre stata una costante nella mia vita. Come puoi vedere, le mie avventure passate non sono state positive."

Jackson sembrava sempre più sconvolto a ogni rivelazione, eppure lei era contenta di essersi aperta con lui sul proprio passato. Sembrava la cosa giusta da fare.

Jackson le appoggiò la mano sul braccio e la consolò, accarezzandola delicatamente. "Spero tu sappia che non racconterei mai a nessuno della tua vita personale, ma credo ti farebbe bene avere degli amici.

Sono felice che mia madre sia la tua vicina. Non ti tradirebbe mai… e non lo farei neanch'io, del resto. Nina, se mai avessi bisogno di qualcosa, fammi un fischio."

Nina gli rivolse un sorriso. "Grazie. Mi risulta difficile aprirmi. La mia vita sembra una tragedia da soap opera e vorrei davvero che non lo fosse."

"Be', magari il tuo futuro sarà migliore."

* * *

Alice e Lisa avevano acceso la musica mentre lavoravano alla cialda dei cannoli e a una varietà di ripieni. Si stavano divertendo. Parlavano dei viaggi di Lisa e degli chef con cui aveva cucinato in Italia e in Francia, dove aveva passato gran parte del tempo a prendere lezioni di cucina e pasticceria da cuochi famosi. Provarono diverse varianti di quelle ricette.

"È divertente," disse Lisa mentre riponeva le teglie in forno. "Mi piace fare dolci con le amiche." Poi preparò un Mimosa per entrambe con del succo d'arancia e un goccio di champagne.

Le due donne sorseggiarono la bevanda. Si stavano deliziando nel creare i ripieni. Gli aromi fragranti e la bellezza dell'oceano blu oltre il vetro che dava sulla veranda rendevano l'atmosfera perfetta.

Riempirono i cannoli e li inzupparono in diverse glasse, poi li cosparsero di zucchero a velo. A quel punto era ora di passare all'assaggio. Alice riempì un vassoio di cannoli e si incamminò nel corridoio per mantenere la promessa di far assaggiare i dolci a Seth.

L'uomo sorrise quando lei bussò alla porta. Seth era in piedi nella vecchia vasca rosa con una chiave inglese in mano. Stava rimuovendo il soffione della doccia. "Voi due mi state torturando. In casa c'è un profumo pazzesco. Quelle sono le vostre creazioni?"

Alice fu investita da una calda ventata di felicità mentre gli offriva il piatto. "Sì, sono cannoli. Ce ne sono di vari gusti. Alla Nutella, che è amatissima in Sicilia, quindi non se ne poteva fare a meno, e agli Oreo, che ispirano amore e allegria. Una straordinaria crema al formaggio e fragola… e ultima, ma non meno deliziosa, una crema dolce al burro cosparsa di glassa al limone."

Gli occhi di Seth si spalancarono e il sorriso di Alice divenne caloroso. Lei amava preparare dolci per gli uomini… non che lui fosse uno dei suoi, si affrettò a ricordare a se stessa. Era per i figli e il marito che amava cucinare. Non era stata molto ai fornelli, dopo la morte di William. Aveva lasciato che se ne occupasse Rose, la governante. Quel giorno però era stato bello. "Li provi tutti e ci dia la sua opinione. So che probabilmente non li mangerà tutti insieme, ma gliene incarterò qualcuno da portare a casa, così potrà mangiarli dopo."

Seth uscì dalla vasca e si lavò velocemente le mani, poi allungò il braccio verso il vassoio. Mentre prendeva il vassoio, sfiorò le mani di Alice. Si abbassò per sedersi sul bordo della vasca ed esaminò i cannoli. Alzò lo sguardo verso di lei. "Qual è il suo preferito?"

Alice si rilassò appoggiandosi allo stipite. "No, mi interessa la sua opinione. Possiamo inserirli tutti tra i dolci della locanda, ma siamo alla ricerca di un cavallo di battaglia."

"Va bene." Seth prese prima quello alla Nutella.

Alice sapeva quanto fosse buono, ma il suo preferito era il cannolo con crema di burro e limone.

Le labbra di Seth si sollevavano felici mentre masticava. Quando ebbe finito con quel morso, assaggiò anche gli altri due dolcetti. "Sono spettacolari. Non avevo mai mangiato un cannolo, ma se lo aggiungeste al menù, probabilmente mangerei qui molte volte a settimana. Avete fatto un lavoro incredibile."

Alice fu inondata da una piacevole sensazione di gioia. "È merito di Lisa per lo più. È lei il vero talento."

"E lei è modesta, Alice. Mi piace." Seth la fissò per un momento, poi, come se si fosse reso conto di essere andato oltre, si alzò in piedi. "Io, ehm, penso che quello con la crema al burro sia il mio preferito. È delicato e non troppo pesante. Ne potrei mangiare a bizzeffe. Quello alla Nutella va al secondo posto, ma li divorerei tutti volentieri."

Alice prese il vassoio quando Seth glielo passò. "Grazie, gliene incarto qualcuno da portare a casa.

Gradisce una tazza di caffè, dell'acqua? Potrebbe fare una pausa e sedersi sulla veranda per prendere un attimo di respiro. Ha lavorato tanto, qui dentro."

"Un caffè sarebbe il massimo e non mi dispiacerebbe finire almeno uno di questi... magari due."

Alice sorrise e gli fece strada lungo il corridoio. Lisa alzò lo sguardo. Stava cospargendo di caramello un altro vassoio di cannoli alla nutella. "Seth, lei è Lisa Blair, il talento dietro queste squisitezze."

Seth tese la mano e Lisa gliela strinse. "Lieto di conoscerla, sono deliziosi. Ne sono ammirato."

Con un ampio sorriso, Lisa esaminò l'uomo per bene. "Anche per me è un piacere conoscerla. Allora, qual è il suo preferito?"

"Potrebbe non essere una scelta molto virile, ma quelli con la crema al burro sbaragliano tutti i concorrenti. Quello alla Nutella si guadagna il secondo posto per un soffio, ma come ho detto ad Alice, li mangerei tutti con piacere."

Alice rise sotto i baffi mentre allungava il braccio per versargli una tazza di caffè.

Lisa batté le mani. "Splendido. È anche il nostro preferito. Faremo altre prove, ma credo che abbiamo un candidato come cavallo di battaglia. Di sicuro, alla fine le daremo la possibilità di esprimere un altro voto."

"Fantastico. Quando ho accettato questo lavoro,

non sapevo che avrei ottenuto un incentivo così delizioso."

Alice gli passò la tazza di caffè. "Se vuole, la panna e lo zucchero sono lì, all'estremità dell'isola. Siamo contente che lei ci abbia aiutato con le ristrutturazioni *e* i cannoli. La prego, vada a rilassarsi un po' in veranda."

Ranuncolo aveva appena fatto un pisolino e si era piazzata vicino alla porta.

"Credo che qualcuno abbia bisogno di andare fuori." Alice afferrò il guinzaglio, lo agganciò al collare della cagnolina e aprì la porta. "Torno subito, Lisa."

"Fai con comodo. Sto giusto per finire l'ultima infornata."

Alice lanciò un'occhiata a Lisa da sopra la spalla. L'amica le fece l'occhiolino e mosse la bocca per dire: "Divertiti."

Alice fece subito segno di no, ma mentre Seth la seguiva fuori, non poté negare che fosse compiaciuta di quella compagnia.

* * *

Seth stava uscendo sull'ampia veranda che si estendeva su tutto il retro della locanda con il piatto in una mano e la tazza nell'altra. Quel posto era spettacolare. Bevve un sorso di caffè e poi appoggiò la tazza su uno dei tavoli. Scelse un cannolo e diede un morso. Alice uscì fuori col cane. Era una donna bellissima e, nel poco tempo in cui aveva lavorato per lei quel giorno, si era sentito attratto da lei. Alice gli era sembrata triste quando aveva aperto la porta, ma poi mentre lei e Lisa preparavano dolci in cucina, Seth le aveva sentite ridere per gran parte del tempo, nonostante la porta chiusa.

Gli piaceva sentire di nuovo la risata di una donna. Era una delle cose che più gli mancavano della moglie. Si chiese se ad Alice mancasse quella del marito. Era arrivato lì sapendo fosse vedova. Dopo aver intravisto quelle che sembravano lacrime negli occhi di Alice, si era impegnato per aiutarla a raggiungere il sogno di rinnovare quella vecchia pensione e riportarla in vita.

Seth finì il cannolo e, quando Alice si fermò sul bordo dei gradini, fece un cenno con il capo verso il giardino. "Porta il cane a fare una passeggiata sulla spiaggia?"

"Sì, Nina non si sente ancora sicura di lasciarla correre libera senza guinzaglio. Ha paura che scappi via e che non riusciremo a trovarla, quindi devo portarla io."

Seth si massaggiò la nuca, sentendo una fitta di nervosismo. Non era abituato a quella sensazione… Era passato molto tempo dall'ultima volta che aveva provato un sentimento lontanamente simile all'attrazione per una donna. "Le dispiace se passeggio con lei?"

Alice sembrò un po' stupita. "Sarebbe bello. Sono

sicura che le piacerebbe passare un po' di tempo fuori dalla casa. Quale miglior modo di fare una pausa, se non una camminata sulla spiaggia?"

Seth aveva l'impressione che Alice fosse nervosa quanto lui. Si disse che erano passati cinque anni. Cinque anni da quando la moglie, Jen, era deceduta. Non era ancora uscito con nessuno. Non aveva avuto il coraggio. A volte usciva con gli amici, che spesso cercavano di presentargli delle donne, ma lui non ci era riuscito. Allora perché guardava Alice e pensava… O si sentiva nervoso? Perché Seth provava quell'attrazione?

Ma che diavolo gli veniva in mente? Erano passati meno di due anni dalla morte del marito di Alice. Seth aveva letto dello scioccante incidente di William McIntyre. Un mandriano esperto che sapeva quanto fosse pericoloso guadare un fiume apparentemente calmo subito dopo una piena furiosa. Qualcosa l'aveva tirato giù, il ramo di un albero o un filo spinato. Non rammentava con esattezza, ma ricordava di essersi chiesto come mai un uomo giudizioso come lui avesse fatto un errore simile.

Mise il piatto sul tavolo, prese l'ultimo cannolo in una mano e la tazza di caffè nell'altra e seguì Alice giù per i gradini. Camminare accanto a lei gli fece notare ancora di più la bassa statura di Alice. Jen era alta, quasi quanto lui. Abbassando lo sguardo verso Alice, era difficile abituarsi a una persona alta a malapena un metro e sessanta, quando lui era alto uno e ottantacinque. Baciarla avrebbe potuto essere imbarazzante. Perché stava avendo quei pensieri?

Accidenti, la mente gli stava giocando dei brutti scherzi. "C'è molto spazio qui. Sta pensando di aggiungere degli elementi? Mi ricordo che una volta c'era un gazebo, lì."

Alice alzò lo sguardo verso di lui e gli sorrise. "È vero. Ci facevano i matrimoni, ma sarà marcito o altro, perché non c'è più. Ho pensato di ricostruirlo, ma invece di un gazebo, potrei metterci un piccolo tendone. Mi piacerebbe tenere dei matrimoni con pochi invitati. Ho il cervello che fa gli straordinari. Se la pensione andrà bene, penso che magari amplierò la location per i matrimoni, magari con un tendone al ranch. Possiamo gestire la pianificazione e organizzare i matrimoni più grandi lì. Mi scusi, la sto infastidendo con tutto questo blaterare?" Alice iniziò a camminare, lasciando che Ranuncolo facesse finalmente quello che voleva. La cagnolina annusò il terreno e proseguì sulla spiaggia.

Seth si mise al passo con Alice. "Non si preoccupi. È un bene pensare ad alta voce. Mi piacciono le sue idee. Si vede che si sta divertendo."

"Sì, ne avevo bisogno. Non potevo stare con le mani in mano. Ho sentito questa enorme tensione montarmi dentro da quando ho perso William. Dovevo semplicemente fare un passo avanti. Avevo bisogno di un cambiamento positivo in cui buttarmi a capofitto, per dare una valvola di sfogo alla mia mente."

Si fissarono l'un l'altra. Seth capiva perfettamente quel bisogno di avere la testa impegnata. Anche lui ci era passato, dopo la morte di Jen.

"Capisco." Più di quanto immaginasse Alice. Avrebbe potuto raccontarle di Jen, ma Alice aveva bisogno di parlare, così glielo lasciò fare. Gli faceva piacere che lei si sentisse abbastanza a proprio agio da parlare con lui.

I due raggiunsero la staccionata. Seth alzò il chiavistello e Ranuncolo caricò in avanti. Alice rise e tirò il guinzaglio per riacquisire il controllo della cucciola, che era cresciuta a dismisura. Alice guardò Seth dopo aver camminato per qualche metro alla luce del sole.

"Allora, costruirà la base?"

"Potrei redigerle un piano. Le faccio un preventivo. Ne parliamo e mi spiega le sue esigenze, e io le realizzerò dopo aver finito dentro." Gli piacque il modo in cui il viso di Alice si illuminò quando lui disse così.

"Perfetto. Seth Roark, sono molto contenta che lei mi sia stato consigliato per questo lavoro."

Seth si era appena buttato in bocca l'ultimo pezzo di cannolo. "Come avrà capito, anch'io sono molto contento di essere qui." Raggiunsero l'acqua e Ranuncolo cominciò a spassarsela tra le onde basse a riva.

Alice sospirò. "Oh, che bello essere senza pensieri."

Seth percepì brama nella voce di Alice, che guardava l'animale giocare. "La sera portavo spesso la barca da queste parti. Prima che lei comprasse la pensione, mi fermavo proprio qui." Seth puntò il dito verso il mare. "Mi fermavo a fissarla e prendevo in considerazione l'idea di acquistarla. Poi però mi dissuadevo dal farlo, perché sono impegnato con la mia attività e non volevo davvero mettermi sulle spalle un progetto così grande. Inoltre, credo stia meglio con qualcuno che voglia ristrutturarla e riaprirla, quindi non vedo l'ora di vedere realizzati tutti i suoi progetti. Ero in città, l'altro giorno, e la gente continuava a fare domande. Qui sono tutti emozionati per il restauro."

"Grandioso." Alice inclinò la testa di lato. "Mi pare di capire che lei conosca molto bene l'isola di Star Gazer."

Il sole era accecante e Seth la guardò stringendo gli occhi. "Non le ho detto che vivo qui?" Seth sapeva di non averglielo detto.

"No, non me l'ha detto. Quindi vive sull'isola?"

"Sì. È per questo che ho organizzato il primo incontro con lei sul tardi, perché stavo finendo un lavoro sull'isola di Padre. Così ho avuto il tempo di tornare qui dal posto di lavoro e dopo aver parlato con lei ho proseguito fino in fondo alla strada. Abito all'angolo."

"Pazzesco! Lavora molto sull'isola?"

"Solo dei lavoretti. Era da tanto che non ne prendevo uno grande come questo. La mia attività ha molto successo, ma non ho bisogno né voglio che si ingrandisca. Lo faccio per tenermi occupato e perché mi piacciono i lavori manuali. Mi danno gioia."

"Che bello. Allora mi fa piacere darle un lavoro che la tenga a casa per un po'."

"Grazie tante a lei."

"Così ha anche più tempo di andare in barca?"

"Sì. Ci passo molto tempo."

Alice fissò l'oceano aperto e inspirò profondamente. "Sembra bellissimo."

"Quando vorrà, mi faccia sapere. Mi piacerebbe portarla a fare un giro… sull'acqua," si affrettò ad aggiungere, sapendo d'istinto che lei avrebbe rifiutato, se lui non si fosse spiegato.

L'espressione di Alice divenne speranzosa e poi pensierosa. "Grazie, ma per quanto sembri allettante, ho troppo da fare e, a pensarci bene, è meglio che torni al lavoro. Amo la progettazione, ma assicurarmi che ciascuna stanza abbia una palette di colori e una biancheria che la metta in risalto è un impegno. Magari Lisa vorrà il mio parere su qualche ricetta."

"Sono sicuro che saranno perfette. Anch'io devo tornare. I suoi bagni mi aspettano." Seth aveva gettato l'amo, ma lei non aveva abboccato, proprio come lui aveva sospettato. Sapendo che ad Alice sarebbe piaciuto un giro rilassante sulla baia a guardare il tramonto, Seth fu dispiaciuto. Forse a un certo punto le avrebbe spiegato di nuovo che si sarebbero frequentati solo come amici. Perché era certo che fosse ciò di cui aveva bisogno Alice in quel momento.

CAPITOLO QUINDICI

Il sabato, in tarda mattinata, Nina andò alla locanda per vedere i progressi e fare un brunch con Alice e Lisa. Adorava Alice e anche Lisa le piaceva molto: era brillante, divertente e incredibilmente talentuosa. Aveva preparato vari piatti da assaggiare e Nina aveva accettato di fare da cavia, soprattutto perché ci sarebbe stata la quiche all'aragosta. Adorava i frutti di mare e andava davvero pazza per l'aragosta. A Nina sarebbe piaciuta quella fase della sperimentazione, ed era contenta che Alice e Lisa avessero voluto coinvolgerla.

Il giovedì, dopo la cavalcata su cui Nina rimuginava ancora, Jackson l'aveva accompagnata a casa per fare visita alla madre di lui. Alice le aveva portato Ranuncolo, oltre a un piatto di cannoli per lei e per Jackson. La donna aveva ordinato a entrambi di farle sapere quale preferissero. Erano deliziosi, ma Nina li aveva conservati e li aveva mangiati in due giorni. Aveva bisogno di coccolare i nervi logori dopo la cavalcata con Jackson, durante la quale aveva confessato di essere attratta da lui.

Perché l'aveva fatto? Per Nina era un mistero, soprattutto considerato che per tre anni non aveva corso rischi ed era stata alla larga dagli uomini. Quindi *perché*? Perché non era riuscita a tenere la bocca chiusa davanti a lui e aveva vuotato il sacco, vomitando parole che era meglio rimanessero segrete? Le proprie azioni l'avevano lasciata sia tentata che abbattuta, così si era crogiolata nell'idea di mangiare ogni singolo delizioso boccone di cannolo; un'esperienza appagante. Tuttavia, alla fine non aveva ancora trovato una risposta al perché si fosse aperta con Jackson in quel modo. Qualcosa in lui l'aveva semplicemente spinta a fidarsi. Nina sapeva quanto fosse pericoloso, ma non era proprio riuscita a trattenersi.

La degustazione di quella mattina e la chiacchierata con le nuove amiche era la distrazione di cui lei aveva bisogno per non pensare a Jackson; a lui e al bacio che Nina pensava ci sarebbe stato quando lei gli aveva confessato il proprio interesse nei suoi confronti. Jackson, tuttavia, non l'aveva baciata. Dopo non aver proferito parola per un lungo istante, si erano guardati negli occhi. Lui aveva sorriso e, prendendole la mano, le aveva detto che lei gli piaceva molto. Dopodiché si erano goduti il resto del tempo insieme al laghetto alimentato dal ruscello; poi lui l'aveva accompagnata a casa e la madre aveva portato loro i dolci. Se Jackson aveva avuto intenzione di baciarla all'arrivo a casa, quel piano era stato rovinato dall'arrivo di Alice. Grazie a Dio si era presentata lì, perché baciare Jackson era l'ultima cosa di cui Nina aveva bisogno.

Lei lo sapeva, eppure continuava a pensarci, a farsi delle domande, a desiderarlo.

Nina mise da parte quei pensieri e attraversò di corsa il cancello laterale sul sentiero in pietra che conduceva all'ampia veranda. Alice aveva elogiato le doti culinarie di Lisa e i cannoli non avevano deluso Nina. Erano pazzeschi e le piaceva passare del tempo con le due amiche, anche perché erano in programma altri manicaretti. Riusciva a immaginarsi le due donne benestanti che si divertivano un mondo a intrattenere gli ospiti della Star Gazer Inn. Nina sapeva che sarebbe stato un grande successo.

Bussò alla porta di vetro della veranda.

Alice le fece segno di entrare. "Entra. Dov'è Ranuncolo?"

"A casa, raggomitolata a fare un pisolino."

"È un amore. Mi è davvero piaciuto averla come ombra, l'altro giorno. Non ha dato per nulla fastidio all'impresario. È andata alla porta del bagno a sbirciare un paio di volte, ma penso non le interessasse l'estrazione delle piastrelle."

"Sono molto contenta che si sia comportata bene e non abbia intralciato nessuno." Nina vide le leccornie disposte sul bancone. "C'è un profumo delizioso."

Lisa era raggiante mentre appoggiava un piatto bianco di quiche bollente sull'estremità dell'isola, accanto a uno pieno di frutta assortita. "Grazie. È ora di sedersi e godere di tutto ciò. C'è anche del caffè e dei Mimosa con succo di ananas e arancia che sono buonissimi." Lisa fece segno verso i bicchieri da champagne pieni di liquido arancione brillante. Poi prese un calice e lo innalzò. "Ai bei momenti passati a scegliere il menù della locanda."

Nina e Alice presero un Mimosa e lo sollevarono per unirsi al brindisi di Lisa.

"Ai momenti entusiasmanti," disse Nina.

"Ai nuovi inizi," aggiunse Alice, dopodiché fecero tintinnare i bicchieri. Poi bevvero e sorrisero.

Dopo il brindisi, si riempirono i piatti e presero posto fuori, al tavolo che aveva apparecchiato Alice con la tovaglia, i tovaglioli di stoffa, le posate e un vaso di pervinche rosa appena colte.

"Ora vogliamo sapere tutto della cavalcata con Jackson." Alice sorrise in segno di scuse. "So che è mio figlio, ma siamo curiose di sapere come va tra di voi. È più forte di me."

Nina si innervosì al pensiero di parlare ad Alice di Jackson.

Lisa rise. "Prima mangiamo. Questa quiche è leggendaria e gli altri piatti sono i miei preferiti. C'è anche del succo d'arancia, del caffè e altri Mimosa, se volete… Prendete quello che vi pare. La locanda è in dirittura d'arrivo e dobbiamo provare tutto, che bello!"

"Accidenti," sussultò Nina dopo aver dato il primo morso alla quiche di aragosta. "È buona da morire."

Lisa sorrise con diletto. "Sono contenta che ti piaccia."

"La adoro. Alice, hai ragione. Sei fortunata ad avere Lisa in cucina. Dunque, ci hai messo solo formaggio spalmabile, peperoni, uova… e aglio. Qual è il segreto?"

Nina vide un bagliore negli occhi di Lisa. "Ehi, una donna deve avere dei segreti. E credimi, ce li ho… sia in cucina che fuori." Alice fece una smorfia a quell'affermazione e Nina avrebbe potuto aggiungere che anche lei ne aveva. "Ho cucinato in tutto il mondo. In ogni posto in cui sono stata… Grecia, Italia, Francia, per citarne alcuni… ho preso lezioni di cucina da cuochi molto famosi… Così ho rubato qualche segretuccio."

"E non li rivelerà mai," disse Alice. "È per questo che tutte noi strepitavamo per andare alle sue feste. Perché sapevamo che manicaretti ci fossero. Quando mi ha chiamata il giorno in cui stavo cominciando a cercare uno chef, tutto ha acquisito senso. È come se il destino ci avesse riunite."

Lisa rise, e anche Nina. "Credo che questo andrà in tuo favore, perché nessuno avrà Lisa, solo la Star Gazer Inn. Sarà la tua arma segreta."

Alice rise sommessamente e bevve un sorso di

Mimosa. "È esattamente ciò che spero. La sala da pranzo della locanda non è molto grande, ma sto pensando di ampliarla. C'è un alloggio per i dipendenti lì dietro e ho chiesto a Seth se è possibile buttare giù il muro. Ha detto che è un progetto fattibile. La proprietà è grande, quindi ampliare la veranda per includere un patio con più tavoli funzionerebbe bene, soprattutto d'estate. Devo solo valutare il giudizio collettivo e capire se lo spazio basta per un ristorante."

Nina guardò verso il cortile. "Caspita, sei davvero alla ricerca di qualcosa che ti tenga impegnata. Sembra un'idea fantastica, ma richiede tanto lavoro."

"Sta anche pensando al gazebo per i matrimoni e alla pianificazione degli stessi." Quando Nina la guardò con la bocca spalancata, Lisa annuì per enfatizzare il concetto. "Alice non ha intenzione di sedersi sugli allori, come si dice in gergo, né tanto meno di lasciarlo fare a me, ma sarà divertente e assumeremo degli aiuti quando ne avremo bisogno."

Nina fissò le due donne sulla cinquantina. "Voi due mi stupite. Sono assolutamente colpita."

"Sono instancabile e pronta a tirare fuori il mio potenziale," disse Lisa. "Dopo che quel farabutto del mio ex marito ha deciso di lasciarmi per una modella di molto più giovane di me, ero arrabbiata, furiosa; viaggiare è stato un modo per fuggire ed evadere. Mi sono divertita, nonostante fossi sola e arrabbiata. Cucinare è stata un'ottima distrazione. E poi..." Lisa si interruppe e mostrò un'espressione tesa. "Be', poi ho deciso che non mi bastava più."

Nina non poté fare a meno di chiedersi cosa fosse sul punto di dire Lisa, ma decise di tacere. Uno di quei segreti, magari. Anche in quel caso, Nina la capiva perfettamente.

"Cominceremo lentamente e poi vedremo in che direzione andare," disse Alice. "Non vorrei rischiare di far scappare Lisa per il troppo lavoro. Ho deciso che continueremo a divertirci, non a stressarci come pazze."

"Una sfida non ha mai fatto male a nessuno," aggiunse Lisa, come se non fosse contenta di lasciar morire l'idea di espandersi.

Alice sorrise. "Al momento ho abbastanza sfide da affrontare." Poi, prese un panino dal cestino del pane sul tavolo e lo spezzò a metà mentre guardava dritta verso Nina. "Ora parliamo di Jackson. Come va tra di voi?"

Nina mise giù la forchetta e fece un respiro profondo. Avrebbe dovuto essere cauta per molte ragioni, considerando che non aveva la certezza di come si sarebbe sentito Jackson se avesse saputo che Nina parlava di lui, soprattutto con la madre. Oltretutto, non si sentiva a proprio agio con ciò che provava per l'uomo. "È stato divertentissimo. Il ranch è pazzesco ed è stata la mia prima esperienza del genere. Io sono una di quelle persone che vede la campagna attraverso il finestrino mentre accelera lungo la tangenziale, quindi mi è piaciuto davvero tanto. Quel laghetto alimentato dal ruscello è meraviglioso. Jackson mi ci riporterà per fare un quadro al tramonto. Dice che è magnifico e io non vedo l'ora di dipingerlo."

"Sarà favoloso. È un posto molto bello." Alice sospirò. "Era uno dei miei preferiti e anche William lo adorava. Ho dei ricordi stupendi lì. I tramonti sono imperdibili."

L'amore che Alice provava per il marito era tangibile e all'improvviso Nina desiderò con tutto il cuore di trovarne uno simile. *Nina aveva davvero perso il treno?* Richiamò alla mente l'immagine di Jackson e sentì quella spinta costante a mettere alla prova le paure profonde che la risucchiavano.

All'improvviso Lisa sembrò triste quanto Nina. "Alice, invidio davvero ciò che avevate tu e William. Non vedo l'ora di ammirare il quadro, Nina." Gli occhi di Lisa si riempirono di lacrime. Nina e Alice le erano sedute accanto, così allungarono entrambe la mano e le accarezzarono il braccio, cercando di consolarla.

"Che c'è?" chiese Alice dolcemente. "Ha a che fare con Mason?"

Lisa tirò su col naso e sembrò imbarazzata per quell'improvvisa manifestazione emotiva. "No, il mio ex è un deficiente e sto meglio senza di lui. È solo che sono una stupida a commuovermi perché tu hai perso l'amore della tua vita. Deve essere dura. Poi ci sono io, bloccata con un cretino che cercava sempre di buttarmi giù in tutti i modi. Mi fa impazzire e mi intristisce... Mi fa arrabbiare che tu abbia perso William. Scusa."

Alice sussultò. "Non avevo idea che Mason ti stesse tormentando. Sinceramente, all'inizio anch'io mi sono sentita arrabbiata per aver perso William. Aveva un gran cuore. Fortunatamente, il cielo ha preso il mio e mi ha dato pace. Voglio dire, tutti moriamo prima o poi… e nessuno di noi sa cos'ha in serbo il futuro o il motivo per cui succedono certe cose. Eppure, mi manca ancora e vorrei che fosse qui con me. Quanto al tuo ex, perché mai cercherebbe di buttarti giù? Ha avuto ciò che voleva con l'altra famiglia. Non può semplicemente lasciarti in pace e farti vivere la tua vita?"

Da ciò che Nina aveva capito di Lisa, quella manifestazione emotiva era insolita e lei ne era sorpresa. Nina non credeva che quelle lacrime fossero solo per Alice e William. Sospettava che il passato di Lisa serbasse molto più di quanto lei mostrasse con quell'espressione vivace che sfoggiava sempre. A quel punto, Nina era sicura che quell'intuizione fosse corretta.

"Mi dispiace per quello che stai passando," disse Nina pensando alla propria esperienza con Greg e poi con Joe, ma scacciò via quei pensieri. Non voleva nemmeno toccare quel tasto. Desiderava con tutto il cuore di non aver mai incontrato l'uomo che aveva preso ciò che le aveva fatto il marito e le aveva sottratto le ultime briciole di fiducia che le restavano.

"Semplicemente mi disprezza per ragioni che

vanno oltre la mia comprensione. Forse è perché ho cercato di andare avanti con la mia vita senza tentare di riconquistarlo. Oppure per aver ripreso il mio cognome da ragazza, Blair. Ha fatto un commento su quanto velocemente mi fossi liberata del suo. È proprio strano. Comunque, sto bene. Sono più forte di quanto pensi lui e Mason non mi distruggerà… È solo che stamattina mi sento irritata perché ieri mi ha scritto un messaggio offensivo, mi ha mandato delle foto non molto appropriate di lui e Tabitha. Io pensavo di potermelo far scivolare addosso, ma quel pensiero continua a insinuarsi nella mia mente e a tendermi delle imboscate. Lo sto reprimendo, solo che sta consumando più forza di volontà di quanto vorrei."

"Che tipo di foto?" Alice sembrò inorridita e Nina si chiese se anche la madre di Jackson fosse preoccupata che l'amica facesse la spavalda a discapito di ciò che provava davvero.

Nina odiava immaginarlo, data la propria opinione di quanto potessero essere terribili gli uomini. Tutta colpa delle esperienze personali.

"Diciamo solo che c'erano loro due a spassarsela in spiaggia e volevano farmi sentire inadeguata. Quelle di prima erano anche peggio."

"Che patetico! Non puoi consegnarle alla polizia? Chiamali. Accidenti, mi sento molto spiazzata quando succedono queste cose."

Lisa appoggiò una mano su quella di Alice, che era

ancora sul braccio dell'amica in un gesto confortante. "Amica mia, non avrei mai dovuto dire una cosa simile. Continuerò a ignorarlo per ora. Non vale la pena coinvolgere la polizia e non so davvero come potrebbero aiutarmi. Voglio solo andare avanti, vivere la mia nuova vita e lasciare che il passato si allontani sempre di più, come nello specchietto retrovisore di una macchina. La tua relazione con William mi aiuta a pensare che in questo vecchio mondo malato ci sia ancora bontà e amore."

"Infatti," concordò Nina. La ragazza si sentì costretta a vuotare il sacco con le due donne che si erano aperte con lei. "Trovare un amore come quello che Alice aveva con William non è tanto facile. In verità, l'altro giorno ho detto a Jackson di essere vedova. A lui ho raccontato tutta la storia, ma a voi no." In quel momento la stavano guardando e Nina rivolse loro un sorrisetto. "Alice, io avrei presentato l'istanza di divorzio il giorno successivo, ma mio marito è morto in un incidente d'auto, dopo aver cercato di ferirmi. Ho preso una pessima decisione quando ho scelto di sposarlo. Mi faceva violenza psicologica, avevo finalmente trovato il coraggio di lasciarlo e di questo sono grata. Ora posso guardarmi indietro e sapere di aver fatto quel passo avanti. Tuttavia, da allora non ne ho mai parlato, ma voglio essere sincera con voi due, perché vi siete aperte molto con me. Lo apprezzo davvero, è da allora che ho bisogno di avere delle amiche."

"Io e Alice potremmo anche essere vedove, ma le somiglianze finiscono lì. Tu sei stata molto fortunata, ti invidio. Lisa, sembra che le nostre storie abbiano molto di più in comune, purtroppo. Ora non mi va proprio di parlarne, ma ho espresso un altro giudizio errato su un secondo uomo, come se non fossi riuscita a imparare la lezione. Ma credetemi, ora ho imparato la lezione, eccome."

Entrambe le donne la fissarono e Nina si sentì sconvolta per aver svelato la verità. Tuttavia, dopo quello sfogo si scoprì a provare anche sollievo.

"Sì, mi sa che abbiamo lo stesso problema," disse Lisa. "Mi dispiace tanto per te. Gli uomini sanno essere proprio degli idioti… Ma Nina, tu sei troppo giovane per essere altrettanto cinica. Hai una vita intera davanti, non lasciare che due mele marce ti rovinino l'esistenza. Il dolce Jackson è un vero uomo." Nina alzò un sopracciglio, innalzò il bicchiere di Mimosa e sorrise. In un attimo, Lisa era tornata a essere la persona incoraggiante e positiva di prima.

Era palese che fosse brava quanto Nina a scacciare via il dolore indossando una maschera.

CAPITOLO SEDICI

Nelle tre settimane successive, Seth restaurò la cucina e Nina ricevette inviti regolari per assaggiare i deliziosi piatti del menù che Lisa creava con i fornelli rimodernati. Quella donna sapeva come muoversi in cucina. Dai dolci allettanti che facevano sì che Nina se ne fregasse di prendere cinque chili, alle portate principali più gustose che lei avesse mai assaggiato, Lisa ai fornelli era un prodigio. Tra la pasta cremosa e le molteplici varianti di sughi succulenti, pensando ai primi piatti, la mente di Nina andava in visibilio. Lo stomaco le brontolava al pensiero degli antipasti che avrebbe potuto mangiare per tutto il giorno: bruschetta fatta in casa con pomodori appena colti. Brie grigliato in crosta di mandorle condito con chutney di mango e albicocca su rondelle tostate di cracker burrosi… Spettacolare!

Un altro giorno, invece, il menù prevedeva un delizioso filetto di scorfano in crosta di granoturco su porridge al cheddar bianco e salsa di chardonnay al basilico. Un altro ancora c'era una zuppa di gamberi piccante da sogno e un toast di *crème frappé* al dragoncello e sherry che Nina aveva adorato. Poi c'erano stati gli straccetti di manzo marinati, classici ma eccezionali. Erano soffritti con peperoni verdi saporiti e cipolle grigliate alla perfezione, ricoperte di panna acida e una salsa all'avocado che mandava in estasi le papille gustative.

Nina aveva la certezza che il menù serale alla Star Gazer Inn sarebbe stato eclettico e indimenticabile. Il menù di mezzogiorno avrebbe attratto le donne come le falene al fuoco, grazie ai pranzi informali a base di deliziosa sangria, insalate fresche, cocktail di gamberetti e tortini di granchio da leccarsi i baffi; e ancora gamberi grigliati conditi con salsa bisque e una cremosa panna acida al lime. Ricordare quel piatto spettacolare le fece venire l'acquolina in bocca. Oh, sì, una volta sparsa la voce, le donne si sarebbero riversate in massa alla Star Gazer Inn per dei ritrovi tra amiche, *baby shower*, compleanni e aperitivi all'insegna del pettegolezzo. Quel progetto si stava realizzando e Nina era fiduciosa.

Tuttavia, la parte divertente era guardare Alice e Lisa animarsi in cucina ed elaborare le giuste combinazioni. Erano talmente impegnate che sembravano non avere tempo per essere tristi o lasciare che il passato interferisse, cosa di cui Nina si rallegrava. Voleva che fossero felici. Sebbene non sapesse con esattezza se ci fossero stati altri episodi in cui Lisa aveva ceduto e aveva confessato che cretino fosse l'ex con le inappropriate foto di scherno, Nina pensava che le nuove amiche stessero facendo dei progressi; era felicissima per loro.

Poi c'era Seth Roark: era veramente un bell'uomo, nonostante l'età. Nina immaginava che da giovane avesse fatto il modello di copertina, con quel corpo tonico e il fisico pazzesco, anche se non si comportava come se quell'attività fosse mai stata una delle sue priorità. In ogni caso, andava verso i sessanta ed era mozzafiato. Era inutile girarci intorno. Sì, Nina doveva ammettere che Jackson era uno degli uomini più belli che avesse mai conosciuto e stava diventando sempre più difficile nascondere i sentimenti verso di lui; ma alcuni avrebbero definito Seth un vecchio volpone brizzolato, se non fosse stato per il fatto che i capelli castano scuro avessero solo una leggera spolverata di grigio. Nina si chiedeva se le amiche avessero notato di avere un bel fusto a compiere meraviglie alla locanda. Alice e Lisa avrebbero potuto contendersi le attenzioni dell'impresario, ma lei pensava che fosse Alice quella più adatta al rubacuori riservato.

Nina sapeva che i due stavano lavorando a stretto contatto alle ristrutturazioni, ma Alice sembrava ancora sofferente e disinteressata. Tuttavia, Nina sperava che tra loro succedesse qualcosa, prima che Seth finisse i lavori nelle settimane successive.

Forse era solo l'animo romantico di Nina a sperare che l'amore curasse almeno uno dei cuori feriti delle amiche… E poi c'era il cuore di Nina. Aveva passato altro tempo con Jackson e, sebbene ci fossero state delle volte in cui la ragazza aveva pensato che lui l'avrebbe baciata, Jackson non l'aveva fatto e lei non sapeva cosa provare a riguardo. Aveva pensato di non essere interessata a un'altra relazione. Eppure, ogni volta che gli stava vicino, Nina era consapevole del desiderio che lui facesse un passo avanti per portare la loro amicizia al livello successivo.

In quel lunedì mattina, col sole che attraversava le tende della finestra in camera da letto, Nina si girò dall'altro lato, felice di dormire un po' di più. Era rimasta sveglia fino a tardi per finire un quadro, un dipinto su cui era molto tentata di mettere la firma. Prima o poi avrebbe dovuto superare quella paura. Joe di sicuro aveva avuto altri interessi.

La cucciola dorata saltò sul letto, mise le zampe sul petto di Nina e abbaiò felice. "Concordo, Ranuncolo. Sarà una giornata grandiosa per il quartiere." Nina si sedette e le diede una grattata dietro la testa. Era felicissima di averla come compagna. Si era sentita molto sola in quel posto prima che Ranuncolo entrasse nella sua vita e in quelle di Alice, di Lisa… *e di Jackson.*

Lui le avrebbe mostrato la penisola in cui portavano il bestiame a brucare l'erba ricca di nutrienti.

Nina saltò giù dal letto e corse in cucina. Era ora di bere un caffè, mangiare un bagel con formaggio spalmabile e fare una doccia. Venti minuti dopo, con in mano una spessa tazza bianca piena di caffè cremoso, allungò il braccio nel box doccia e aprì la manopola. Sorseggiò il caffè nell'attesa che l'acqua si scaldasse. Poi mise la tazza sulla toeletta, si sbarazzò del pigiama e si posizionò sotto il getto. Sarebbe stata una bella giornata. Avrebbe provato a non essere diffidente nei confronti di Jackson.

Nina si era appena versata un'altra tazza di caffè e stava per portare Ranuncolo a fare una breve passeggiata sulla spiaggia, cosicché non fosse irrequieta durante il viaggio, quando Jackson aggirò l'angolo della casa. Nina si rallegrò all'istante quando lo vide. Era arrivato in anticipo.

"Ciao," esordì lui immediatamente. "Ho bussato, ma forse non mi hai sentito. Avevo pensato di vedere se eri qui sulla veranda. Spero non ti dispiaccia."

"No, niente affatto. Stavo per fare quattro passi con Ranuncolo. Sai, così non si esalta troppo nel pick-up. Vuoi venire?"

"Certo." Jackson salì gli scalini e Nina gli rivolse un'occhiata scrupolosa quando si chinò ad accarezzare

Ranuncolo che scodinzolava gioiosa. "Ehi, bella, sei proprio felice oggi."

Nina sentì il cuore farle le capriole nel guardare Jackson e la cagnolina. Sarebbe stata una gioia svegliarsi con quell'uomo tutte le mattine. Il pensiero la sorprese e la turbò allo stesso tempo. "C'è del caffè. Ne vuoi una tazza?"

Jackson alzò lo sguardo e le rivolse un sorriso pigro e seducente. "Magari."

Nina si accorse che sembrava un po' stanco. "Faccio io. Tu tieni questo." Nina gli passò il guinzaglio che era già attaccato al collare di Ranuncolo. Le dita dei due si sfiorarono e lei mollò immediatamente la presa per correre dentro.

Nina si sentiva instabile, ma prese comunque una grossa tazza dalla credenza e ci versò del caffè. Sarebbe stata una passeggiata breve, quindi non c'era bisogno di quelle termiche. Nina tornò fuori. Jackson era sul bordo della veranda a guardare verso l'oceano e quando lei lo vide sentì le interiora diventare di gelatina. Mentre lei chiudeva la porta dietro di sé, Jackson si girò a metà per guardarla e il cuore di Nina partì in quarta. Lei gli passò il caffè e lui lo prese. Jackson la guardò negli occhi per un lungo momento.

"Grazie," disse lui alla fine.

Era come se in quei secondi Nina avesse trattenuto il respiro. "Figurati. Vuoi che prenda il guinzaglio?"

"No, la tengo io questa selvaggia. Tu prendi la tazza e goditi la passeggiata."

Non c'era alcun dubbio al riguardo. Nina prese la tazza, poi insieme scesero i gradini del cortile e attraversarono il cancello verso la sabbia. Era una mattinata perfetta.

In seguito, dopo aver finito il caffè e dopo che Ranuncolo si fu divertita a dar la caccia ai gabbiani, riportarono le tazze vuote in casa e andarono alla locanda. Non avevano parlato molto, avevano solo cercato le conchiglie e riso delle buffonate del cane. Era stata una conversazione gradevole e tranquilla e Nina era stata molto bene.

Jackson voleva andare a salutare la madre e Seth, che aveva conosciuto in una visita precedente in città, e quando arrivarono alla pensione, il pick-up di Seth Roark era parcheggiato nel vialetto circolare. La locanda stava prendendo forma. Seth aveva quasi finito i bagni a pianterreno: erano spettacolari. Alice aveva imbiancato molte delle camere su quel piano e ogni giorno arrivavano mobili e accessori. Aveva comprato alcuni oggetti nei negozi locali, ma la sera, prima di andare a letto, ricorreva ai cataloghi online. Alice aveva confessato a Nina che non c'erano abbastanza ore in una giornata e che le piaceva stare lì quando c'era anche Seth; così poteva controllare lo stato di avanzamento dei lavori. Lisa si era messa a ridere e aveva preso in giro

Alice perché amava guardare Seth lavorare o mangiare il cibo che gli chiedevano di assaggiare. Nina doveva ammetterlo… Sperava che un giorno Alice avrebbe riaperto il cuore e che magari lei e Seth avrebbero scoperto se la loro relazione potesse andare oltre il restauro dei bagni.

Per Nina si trattava di una flebile speranza.

Dopo aver preso il cestino di leccornie da una Lisa dall'aspetto compiaciuto, Nina e Jackson guidarono per un'ora fino alla chiatta dove stavano caricando il bestiame per la gita sul canale.

"Sembri stanco," commentò Nina mentre Jackson guidava; notò ancora la stanchezza che pensava di aver avvertito in precedenza.

"È solo che è un periodo pieno e ho un bel po' da fare."

"Potevamo rimandare." Nina non voleva che Jackson facesse i salti mortali per accontentarla, se non aveva tempo.

Lo sguardo di Jackson si posò su Nina e lei sentì il desiderio innegabile di avvicinarsi a lui.

"Volevo vederti."

Bastarono due parole a migliorarle la giornata. "Davvero? Mi fa piacere. Anch'io volevo vederti." Lei rise. Sapeva che era così. "Be', mi chiedevo se l'avessi notato, quando eravamo lì fuori insieme, l'altro giorno." Nina cercò di soffocare le emozioni che la spingevano a desiderare di costruire una vita con lui. *Perché le venivano quei pensieri?* Nina sapeva di non essere pronta. Glielo aveva detto. Si stava facendo coinvolgere più di quanto volesse, ma quella mattina, quando avevano camminato lungo la spiaggia insieme, si era sentita totalmente a proprio agio in presenza di Jackson. Inoltre, quando Nina gli aveva passato quella tazza di caffè e l'aveva visto lì, alla luce del sole della veranda, aveva avuto un flash momentaneo di come sarebbe stato alzarsi con lui al mattino, bere un caffè o fare colazione insieme prima di affrontare la giornata o fare una passeggiata sulla spiaggia. Per Nina era inquietante, perché era un sentimento molto forte e lei non riusciva a levarselo dalla testa.

Jackson rallentò e, quando svoltò in una piccola strada a due corsie, le lanciò uno sguardo. "Stavo per chiederti se vuoi venire all'asta di bestiame. È una bella serata e quest'anno sarà dedicata a mio padre. Anche mamma e Lisa verranno e so che farebbe loro piacere se ti unissi a noi. Forse mia madre sta aspettando che io faccia quel passo. Se non lo faccio io, lo farà lei."

Nina lo fissò. L'incertezza le stava scavando un buco nello stomaco. Era un appuntamento? Come si sentiva lei a riguardo? Era in onore del padre. Come poteva rifiutare? Nina la stava usando come scusa per accettare? "Mi piacerebbe venire." Ecco fatto.

Raggiunsero la chiatta, dove c'erano i recinti del

bestiame fatti di quello che Nina ipotizzò essere un parapetto in ferro. I trasportatori di bestiame erano lì in retromarcia a scaricare gli animali. Lei li guardò attraversare la rampa sulla chiatta. "Interessante." Nina era affascinata.

"Vero? Esistono molti metodi, ma noi abbiamo sempre usato la chiatta. I nostri pascoli sono vicino all'imbarco dei traghetti. I nostri uomini, tra cui io, se non fossi la tua guida oggi, trasportano il bestiame alla vecchia maniera dall'imbarco al pascolo. Il viaggio è breve ma divertente."

"È come se il vecchio West tornasse in vita."

Jackson rise sommessamente. "Sì, più o meno. Quando scaricheremo potrai guardare. Noi li seguiamo col pick-up."

"Credo che ne uscirebbe un dipinto bellissimo. Mi preparerò a fare qualche foto."

Quando gli uomini ebbero caricato tutti gli animali e i cancelli furono ben chiusi, fecero segno a Jackson di portare la macchina sulla chiatta.

"Usciamo. C'è un camminamento lungo il bordo del recinto."

Saltarono giù dall'auto e, con sorpresa di Nina, Jackson la prese per mano e la guidò lungo il bordo della chiatta finché non raggiunsero la prua, dove c'era una panchina.

Presto la chiatta cominciò a muoversi, e i due

rimasero alla ringhiera a godersi il vento. L'aria salata rinvigorì Nina e la salsedine le pizzicava la pelle. Da lì riusciva a vedere la riva dell'isola e la guardò avvicinarsi sempre più.

"La vedo." Scrutò l'orizzonte e riuscì a vedere le dune e le cannucce di palude che ondeggiavano al vento. L'isola aveva un aspetto molto aspro e selvaggio, con l'erba alta e gli animali sparpagliati in giro. "Fico."

"È vero. Sapevo che ti sarebbe piaciuta." Jackson sorrise e lei fece lo stesso.

La profondità degli occhi di Jackson la faceva sentire viva, ma la destabilizzava, così tornò a guardare l'acqua brillante verso l'isola. Nina sentì il cuore andare a mille e strinse le dita attorno alla ringhiera, ben consapevole che le loro spalle si sfiorassero mentre la chiatta si muoveva sull'acqua.

L'imbarcazione stava rallentando, poi sobbalzò prima di attraccare. Nina si spaventò e perse un po' d'equilibrio, spostandosi di lato per cercare di rimanere in piedi.

Jackson fece scattare subito una mano su quella di Nina e la afferrò per darle equilibrio. "Attenta."

"State bene lassù?"

Al suono di una voce molto simile a quella di Jackson, Nina scostò lo sguardo da lui e lo rivolse oltre il bestiame, a un bell'uomo a cavallo. Tucker alzò la mano per salutare. Nina aveva conosciuto Tucker quando era passato dalla locanda per far visita ad Alice. Lei ricambiò il saluto.

"Non pensavo venisse anche uno dei tuoi fratelli."

"C'è sempre uno di noi sulla chiatta. Ci piace molto il lavoro a contatto col bestiame. La parte più noiosa è sederci dietro la scrivania e, di questi tempi, tende a essere più un problema mio che loro. D'altra parte, però, sono un pantofolaio e non mi piace molto viaggiare, quindi non mi dispiace stare inchiodato al tavolo. Anche se ogni scusa è buona per staccarmi dal computer. Come, ad esempio, passare la giornata con te."

Caspita. Diceva davvero delle parole bellissime. "Mi fa piacere aiutarti. Quando vuoi ci sono." Cavolo, quello sì che era un invito.

"Mi sembra una gran bell'offerta, ma ti avviso che ho intenzione di accettarla, eh. Meglio tornare al pick-up, così ci prepariamo a scaricare."

I due tornarono alla macchina e la mente di Nina andò in visibilio per ciò che Jackson le aveva detto. *L'avrebbe chiamata.* In quel momento, mentre tornavano all'auto, Jackson le teneva ancora la mano come se fosse il gesto più naturale del mondo. Nina abbassò lo sguardo verso le dita intrecciate. Avrebbe voluto accarezzargli il pollice. Alzò gli occhi verso di lui e vide che la stava guardando. Jackson sorrise e non le lasciò andare la mano.

CAPITOLO DICIASSETTE

Alice aveva deciso di dare a ogni camera un nome legato alla spiaggia: Stella marina, Gabbiano, Piropiro, Riccio di mare, Onda, Cavalluccio marino, Alba, Tramonto; e poi ancora Brezza oceanica e Faro. Si era divertita a ordinare mobili e accessori per ciascuna di esse. Avevano tutte un tema cromatico nei toni leggeri del tramonto e dell'alba. Alice aveva comprato dei quadri da Nina, obbligandola ad accettare il compenso, anche se la ragazza aveva cercato di convincerla a lasciarli nella locanda in conto vendita. "No, Nina, sono egoista, li adoro e voglio comprarli. A chi li vorrà, sarò ben contenta di fornire un bigliettino da visita o, ancora meglio, il link del tuo sito web, quindi per favore aprine uno," le aveva risposto Alice.

Nina aveva distolto lo sguardo, quasi a corto di parole, prima di ribattere. "Al momento non mi sento a mio agio ad avere un sito web."

Così Nina aveva lasciato che Alice comprasse i

bellissimi quadri e la donna aveva chiesto a Lisa se pensava che fosse strano che Nina non firmasse i propri lavori e si rifiutasse persino di piazzarli nelle gallerie in città. Lisa era d'accordo con lei. L'isola di Star Gazer era la tipica cittadina costiera, con negozi pittoreschi e pinacoteche. Entrambe erano certe che tutte le gallerie sarebbero state entusiaste di vendere i quadri meravigliosi di Nina.

I pensieri di Alice avevano trovato riscontro quando, all'inizio della settimana, la troupe di un programma mattutino locale era andata a intervistarla sulla riapertura della locanda e lei aveva offerto loro un tour della struttura. Il conduttore televisivo aveva notato subito le opere di Nina e aveva detto al cameraman di riprenderle. Il programma era andato in onda il giorno precedente e Alice era già stata contattata da vari travel blogger interessati a un'intervista e a un tour della locanda; ognuno di loro aveva fatto commenti su quei fantastici capolavori. La settimana successiva sarebbero venuti in tanti a intervistarla e fare delle foto da condividere con i propri lettori.

Seth ce la stava mettendo tutta per finire in tempo i bagni del piano superiore.

Nella camera Piro-piro, decorata con toni pesca e sabbia, lo splendido dipinto al di sopra del letto matrimoniale rappresentava un tramonto che brillava sull'oceano dorato e la sabbia bagnata e scintillante, con due adorabili uccellini piro-piro dalle zampe lunghe che rincorrevano un granchietto nell'acqua sfuggente. Quel quadro infondeva pace e Alice lo amava.

"Alice?" La voce profonda di Seth la fece voltare.

Il bellissimo costruttore era appoggiato con la spalla allo stipite della porta. Aveva le braccia muscolose incrociate, che facevano risaltare i bicipiti e gli avambracci definiti. Seth guardò Alice con i dolci occhi azzurri, che quel giorno sembravano di una sfumatura di zaffiro ancora più profonda e lei aveva sentito all'istante quel leggero ronzio di consapevolezza che si presentava sempre più spesso quando gli stava vicino. Alice inspirò bruscamente, ma gli rivolse un sorriso. "Eccomi. Ha bisogno?"

I due incrociarono lo sguardo e per un momento si fissarono e basta. Era un po' snervante per Alice. In momenti come quello si sentiva molto in difficoltà. Fortunatamente, Seth scostò lo sguardo e si guardò attorno.

"Ha fatto un lavoro splendido in tutte le stanze. È una delle mie preferite."

"Grazie. Questa è la *mia* preferita. Mi piace il dipinto ispiratore di Nina. I piro-piro hanno quel nonsoché di dolce. Sono giocherelloni e curiosi e mi piace guardarli correre sulla spiaggia con quelle zampette allampanate." Alice rise, pensando a quello che aveva visto proprio durante la passeggiata mattutina.

"Anche a me piacciono. Ci ricordano in qualche modo di prenderci del tempo per godere delle piccole cose, come dare la caccia ai granchi." Seth sorrise e quel ronzio alla bocca dello stomaco emigrò al petto.

Alice rise dolcemente sotto i baffi. "Forse sì. Allora, aveva bisogno di me?"

Un sorriso si dipinse lentamente sul bellissimo volto dell'uomo. "Venga, ho bisogno della sua opinione sul bagno della camera Riccio di mare." Seth si voltò e attraversò il corridoio.

Alice lo seguì, ammirando il modo in cui si muoveva. Quell'uomo camminava in maniera possente, determinata e risoluta. Si addentrò nella stanza alla fine del corridoio e quando Alice entrò dopo di lui, Seth stava aspettando accanto al bagno. "Dia un'occhiata e mi dica cosa pensa dell'armadio a tutta parete. Ho finito anche le piastrelle."

Alice spalancò gli occhi mentre entrava nel bagno. Seth aveva fatto un miracolo, rendendo la stanza più grande di quanto fosse. Aveva demolito la vecchia vasca antiquata e le piccole piastrelle quadrate di colore azzurro polveroso, oltre a metri e metri di stucco. Dopodiché l'aveva sostituita con un box doccia dalle ampie piastrelle color panna e dei soffioni multi-getto molto ricercati, che completavano l'idromassaggio in doccia. La cabina era circondata da un vetro brillante che creava uno spazio aperto e faceva sembrare la stanza più grande. Gli armadietti di legno scuro erano stati sostituiti con mobili bianco panna molto eleganti, un valore aggiunto alle linee pulite e aperte. I sanitari e gli impianti in nickel laccato completavano il look. Le mattonelle erano dipinte a mano, a motivi azzurro e panna, e i muri erano stati tinteggiati con una vernice che si chiamava Villa Greca, di un leggero color vaniglia.

"È perfetto," disse Alice. Ne era completamente innamorata. Strinse le mani e le mise sotto il mento mentre ammirava il lavoro, poi guardò Seth. "Lei sta realizzando il mio sogno. È semplicemente stupendo. Come per i bagni al piano di sotto, i miei ospiti ne saranno elettrizzati."

Seth sorrise. "Grazie, ma ha scelto tutto lei. Il design è farina del suo sacco. Io ho solo obbedito e il risultato è ottimo. Davvero fantastico."

Ad Alice piaceva l'atteggiamento umile di Seth. Lei sapeva benissimo che l'uomo aveva contribuito molto, guidandola nella scelta degli impianti di lusso per la doccia che avrebbero soddisfatto gli ospiti. "Abbiamo fatto un buon lavoro."

Il sorriso di Seth la riscaldò in tutto il corpo, e i due si guardarono negli occhi.

"Be', oggi devo andare via un po' prima."

C'era della pesantezza nella voce di Seth. "Nessun

problema. È successo qualcosa?" Alice gli esaminò il viso più a fondo.

Seth le rivolse un sorriso piatto che non era né felice né triste, ma una via di mezzo. "È l'anniversario della morte di mia moglie. Le porto sempre dei fiori sulla tomba."

Alice sentì il cuore stringersi e chiuse gli occhi per un momento prima di guardarlo. "Mi dispiace tanto. Lo faccio anch'io all'anniversario della morte di William, e anche al compleanno. Le dispiace se ci diamo del tu? Come si chiamava tua moglie?"

Il viso di Seth sembrò immediatamente più sollevato. "Affatto. Si chiamava Jennifer, ma io la chiamavo Jen."

"Quanto tempo fa l'hai persa?"

"Cinque anni fa. E tu?"

"Un anno. Be', diciassette mesi fa, per essere precisi... e l'anniversario della sua morte è stato duro quanto il giorno in cui se n'è andato. Per te è ancora difficile, anche dopo cinque anni?"

"Non troppo, ma sì. Quando ami qualcuno non dimentichi mai e il tuo corpo sa quando si stanno avvicinando certe giornate speciali. Soprattutto l'anniversario di morte."

"Sì, la penso allo stesso modo. A marzo, quando stava per arrivare il suo compleanno, ho passato dei giorni avvolta dalla nebbia e sentivo un macigno sul petto. Venivo qui quasi tutti i giorni, per fare quattro passi sulla spiaggia.”

“Camminare fa bene. Io lavoro, mi tengo impegnato e cerco di non pensare a quanto mi manchi. Jen avrebbe adorato la tua locanda.”

Alice si sentì toccata. “Mi fa piacere. In parte sicuramente perché le sarebbe piaciuto il lavoro che hai fatto tu.”

Seth sorrise e il cuore di Alice si infiammò di nuovo. “È stata proprio lei a dirmi di seguire il mio sogno, la mia estasi.” Seth rise sommessamente. “Parole sue, eh. Io non avrei mai usato il termine *estasi*, ma aveva ragione. In parte lavorare con le mani mi ha aiutato ad affrontare la sua perdita.”

“Prima della morte di Jen non facevi l’impresario?”

“No, ero l’amministratore delegato di una società *Fortune 500*. Lei aveva il cancro e io ho lasciato l’azienda per stare con lei negli ultimi sei mesi di vita. Mi ha convinto a licenziarmi per fare quello che ho sempre voluto: costruire. Alla fine, ho avviato una piccola azienda appaltatrice, lavorando con le mani e affrontando il lutto proprio come tu hai affrontato il tuo camminando sulla spiaggia, credo.”

Inspirarono entrambi, riflettendo in silenzio. Seth capiva cosa stesse provando Alice e lei trovava consolazione in ciò.

“Be’, farei meglio ad andare.” Seth indietreggiò

nella camera da letto. Il bagno sembrava perfino più grande, senza l'alta figura di quell'uomo accanto.

"Sì, certo." Alice lo seguì nella camera Riccio di mare e poi proseguì lungo il corridoio. Seth continuò al seguito di Alice e insieme scesero le scale. La vecchia moquette su di esse era rovinata in alcuni punti. Seth l'avrebbe rimossa e rifatto i gradini prima di finire la ristrutturazione, ma avevano deciso di lasciarlo come ultimo compito.

Forse Alice era sovrappensiero, pensava alla perdita che Seth aveva subito e al dolore che, simile al suo, che l'uomo doveva provare; a metà strada, l'alluce di Alice si incastrò in uno dei punti logori e inciampò. Lei urlò e fu assalita dal panico. Cercò di afferrare il corrimano, ma mancò la presa. Di colpo Seth le avvolse il fianco con un braccio e la strinse a sé.

"Presa." La voce di Seth era roca e forte e quelle onde rassicuranti la pervasero mentre alzava lo sguardo verso di lui.

Alice sentì il cuore scalpitare, picchiare come migliaia di martelli pneumatici, e arrossì sentendo la pelle andare a fuoco. Mentre Seth la sorreggeva, un sacco di pensieri le passarono per la mente. "Grazie," disse lei senza fiato per l'emozione che le vorticava dentro. "Ero distratta." Alice era imbarazzata e si sentiva le ginocchia deboli mentre gli occhi di Seth la attraversavano, così allungò il braccio per aggrapparsi al corrimano, per scostarsi e stare in piedi da sola.

Seth la lasciò andare, ma le sorresse le spalle finché non fu sicuro che il corrimano la aiutasse a stare in equilibrio. "Toglierò questa vecchia moquette domattina. È più pericolosa di quanto pensassi. Non possiamo permettere che tu ti faccia male."

Alice sentì le guance infiammarsi per la propria goffaggine. "Grazie, mi sono spaventata. Ero proprio distratta."

Arrivarono alla fine della rampa di scale e Alice cominciò a respirare con più facilità, una volta messi i piedi a terra.

"Spero che la tua visita vada bene," disse lei. Si sentiva in imbarazzo. Alice non sapeva perché… anzi, sì. Si sentiva a disagio per come aveva reagito quando lui l'aveva semplicemente salvata da quella che avrebbe potuto essere una caduta rovinosa. Chiunque avrebbe fatto lo stesso, considerando la distanza ravvicinata.

"Sì, grazie. Ora vado."

"Certo." Alice lo guardò andare via e tirò un sospiro di sollievo, sentendosi improvvisamente sopraffatta mentre la porta si chiudeva dietro di lui. Quel pomeriggio Lisa non c'era e Alice ne era felice. Il silenzio della vecchia locanda la circondò come un bozzolo. Andò in cucina e si versò un bicchiere di tè dolce ghiacciato. Prese il cappello da sole dal gancio e scese i gradini del cortile verso la spiaggia. Si incamminò verso la riva, e quando la raggiunse sprofondò nei granelli di sabbia, si portò le ginocchia al petto e si mise comoda per guardare le onde arrivare.

Perché si sentiva tanto destabilizzata?

Sapeva esattamente perché: dopo la perdita di William, gli unici abbracci ricevuti da un uomo erano stati quelli dei figli, che non erano gli stessi di quelli del marito. Alice chiuse gli occhi e sentì le braccia di Seth attorno a sé e i loro cuori che battevano all'unisono, perché anche il cuore di lui aveva corso all'impazzata. Si disse che era semplicemente perché Seth e William avevano una corporatura simile e stare tra le braccia di quell'uomo era stato un forte richiamo agli abbracci del defunto marito. Un calore che aveva bramato fin dalla morte di William. Eppure, Alice era consapevole che ci fosse di più, più di quanto si sentisse a proprio agio a indagare.

Si strofinò la tempia, cercando in tutti i modi di non pensare più a Seth, ma era inutile. Le conversazioni con lui erano state gradevoli, sebbene non ce ne fossero state molte non legate alle ristrutturazioni. Alice lo trovava attraente, ma quale donna avrebbe detto il contrario? Tuttavia, non era interessata a lui.

Non aveva intenzione di risposarsi.

Di uscire con qualcuno.

Più avanti non avrebbe avuto voglia di romanticismo.

Lei aveva già vissuto l'amore. Era stata fortunata ad avere William nella propria vita, ma di tutto ciò che avevano condiviso, le mancavano disperatamente le loro conversazioni. Le mancavano le braccia del marito che la cingevano. Le mancava quando la sera, prima di sedersi sulla veranda insieme a parlare delle rispettive giornate, lui la stringeva al proprio fianco con il braccio sulla spalla. Sentì le lacrime inumidirle gli occhi... Aveva dato per scontato quei momenti.

Alice cacciò indietro le lacrime e fissò le onde mentre le si gonfiava il petto in un respiro stabilizzante. Si sedette abbastanza lontano dall'acqua per non ostacolare i passanti o chi faceva jogging. Per un momento posò lo sguardo su una coppia che camminava mano nella mano. Alice soffriva per ciò che aveva avuto e perduto.

Pensò a Seth che portava i fiori alla tomba di Jen. *Cinque anni.* Seth conosceva quel dolore. Lui *la capiva* e, in quel breve momento in cui le aveva raccontato di Jen, era stato bello conoscere qualcuno che comprendeva quell'angoscia. Era un dolore che solo quelli che ci erano passati potevano capire.

Si sentiva triste per quell'uomo, per il fatto che lui e lei avessero la morte in comune. Eppure, era un legame innegabile.

Doveva essere quello il motivo. Non c'era verso che si fosse semplicemente goduta l'abbraccio di Seth.

CAPITOLO DICIOTTO

Nina e Jackson passarono il pomeriggio a Whisper Island, a camminare lungo la spiaggia deserta per permettere a Ranuncolo di correre libera sulla riva con la lingua penzolante e inseguire i gabbiani con un bagliore di felicità negli occhi. Dopodiché, quando la cagnolina esausta si mise a fare un pisolino all'ombra delle alte cannucce di palude, i due stesero una coperta sulla sabbia e si sedettero a godersi il picnic che avevano preparato Lisa e Alice. Il cestino comprendeva una bella bottiglia di Pinot Grigio, un tagliere raffinato di vari cracker e formaggi, e un assortimento di tramezzini tagliati in quattro e disposti su un vassoio con uva e fragole. Avevano pensato a ogni dettaglio e sembrava uno spuntino molto ricercato. Jackson si mise a ridere quando cominciarono a tirare fuori tutto. C'era anche un biglietto che li invitava a goderselo e lasciare una recensione del loro cestino da picnic, perché avrebbero offerto quel servizio agli ospiti della Star Gazer Inn.

"È perfetto," disse Nina. Prese una fragola e le diede un morso.

Jackson la guardò. Si era incantato a guardare la bocca della ragazza, che pensava sempre più spesso di baciare. "Sono d'accordo," disse Jackson mantenendo lo sguardo su Nina.

"Allora, quella grande casa vuota nel bel mezzo di questa terra sorprendentemente pianeggiante appartiene alla tua famiglia?"

Jackson lanciò uno sguardo alla struttura oltre i pascoli. "Sì, a volte lasciamo che la gente venga qui a pescare. A volte ci veniamo noi. Come puoi vedere, non è niente di lussuoso. Ti ci porto, se vuoi dare un'occhiata. La casa è fatta di assi e sta su quella palafitta per evitare i danni del cattivo tempo, come avrai capito. È stata ricostruita varie volte dopo gli uragani, ma non è mai stata distrutta completamente."

"È pazzesco. Cosa succede agli animali in quei periodi?"

"Li ritiriamo il prima possibile. Se pensiamo che stia arrivando una tempesta, mandiamo la chiatta e i cowboy a riprenderli. Non aspettiamo troppo."

Successivamente, Jackson la portò a casa e gli ci volle tutto l'autocontrollo del mondo per non stringerla a sé e baciarla. Invece, le tenne la mano, l'abbracciò forte e le diede un bacio in fronte. "Vieni al laghetto con me, domani. Ci andiamo in macchina e poi ci facciamo una nuotata. Mi raccomando, porta l'attrezzatura, così rimaniamo fino al tramonto e potrai dipingere."

Gli occhi di Nina si illuminarono. "Sarebbe fantastico. Vengo domani dopo pranzo, va bene?"

"Ti aspetto." Jackson indietreggiò e si trattenne dal baciarla. Temeva di rovinare una bellissima giornata.

Non stava nella pelle per l'indomani.

* * *

Quella mattina Jackson era più che pronto per l'arrivo di Nina e quando l'aveva vista arrivare in macchina sulla strada, aveva tirato un sospiro di sollievo. Aveva passato una brutta nottata. Era rimasto sveglio per gran parte della notte dopo il ritorno del solito incubo. Da quando aveva perso il padre, spesso si sentiva come se stesse cadendo in un burrone. Aveva passato parecchie notti a ripensare di continuo agli attimi prima che il padre entrasse nel fiume esondato da poco. *Perché non aveva urlato più forte? Perché non aveva reagito più velocemente per salvarlo?* Aveva rivissuto quei momenti tantissime volte, ma anche nei sogni (o meglio incubi) non ce la faceva mai. No, l'episodio si ripeteva sempre: gli occhi del padre lo fissavano un momento prima che il fiume lo inghiottisse senza dargli alcuna possibilità di risalire in superficie. Il cavallo ce la fece, ma il padre no.

Vedere Nina uscire dall'auto scacciò via l'incubo. Jackson sapeva di aver fatto il possibile per salvare il padre; semplicemente non era bastato. Gli occhi di Nina lo distrassero e gli incubi gli diedero tregua.

Quel sorriso gli aveva riempito il cuore e lui ne era consapevole… consapevole del proprio bisogno di sapere tutto il necessario su quella donna bella e intrigante.

In quel momento, Jackson era seduto vicino allo stagno con la canna da pesca in mano, ma in mente aveva Nina e la scrutava mentre tracciava delle pennellate sulla tela. Nina si morse il labbro mentre dipingeva. A Jackson piaceva guardarla e, sebbene non volesse rovinare il momento, la curiosità ebbe la meglio su di lui.

Invece di dissuadersi, mise la canna da pesca nel supporto infilzato nel terreno che aveva di fronte a sé e si fece avanti con la domanda che l'aveva assalito quando, quella notte, l'incubo sul padre aveva fatto sì che non dormisse. "Allora, perché non firmi i tuoi quadri?"

"Io…" cominciò lei, poi si interruppe, scostò lo sguardo da Jackson e lo rivolse allo stagno prima di rilassare le spalle e incontrare di nuovo lo sguardo dell'uomo. "Immagino tu abbia capito che una ragione c'è."

"Sì, sei troppo brava. I tuoi lavori sono eccellenti.

Non sono un critico d'arte, ma riconosco la qualità quando la vedo. Ho fatto fatica a dormire, stanotte. Alla fine ci ho rinunciato e ho fatto delle ricerche su di te su internet. Scusa se ho invaso la tua privacy. Ero solo curioso e avevo bisogno di una distrazione. Spero non ti scocci. Forse non avrei dovuto, ma ti ho trovata subito. Non c'è stato bisogno di scavare molto a fondo per scoprire che nel mondo dell'arte ti firmi con N.R. Henson. Riconoscerei il tuo stile ovunque. Di artisti ce n'erano tanti, ma poi ho visto una tua foto."

Non era stato troppo difficile trovare N.R. Henson, nota artista di paesaggi campestri e marini del Texas. Jackson era preoccupato; in quel momento il sospetto che lei si stesse nascondendo da qualcosa si rafforzò. Tre anni prima, N.R. Henson era sparita da qualsiasi sito internet. Da quanto aveva capito Jackson, i quadri non erano stati venduti e non si trovavano in nessuna galleria d'arte. *Cosa le era successo tre anni prima?* Il marito era morto da oltre quattro anni, quindi cosa era successo un anno dopo quella circostanza? Perché si era andata a nascondere sull'isola di Star Gazer?

Nina mantenne lo sguardo fisso su Jackson, si inumidì le labbra e assunse un aspetto colpevole. Ma di cosa?

Nina sospirò, mise il pennello nel barattolo di trementina e lo guardò in faccia. "È imbarazzante e spaventoso allo stesso tempo. Avrei dovuto dirtelo, ma non parlo del mio passato con nessuno da talmente tanto tempo che dovevo esserne sicura."

"Sicura? Di cosa?"

"Tre anni fa, dopo essere stata vedova per un anno, ho avuto una relazione con un uomo. È saltato fuori che era un genio della truffa. Si è conquistato la mia fiducia e me l'ha tolta. Poi sono cominciate le minacce."

Jackson fu assalito da un fuoco di rabbia. Truffata? In che misura? E perché si stava nascondendo, come Jackson sospettava che ancora stesse facendo?

* * *

Nina si era sentita a disagio a dipingere in presenza di Jackson, ma quello non era minimamente paragonabile a quanto si sentiva in imbarazzo in quel momento, con addosso lo sguardo scioccato di lui. Era stata stupida ad avere a che fare con Joe, ed era terribilmente difficile ammettere a qualcuno quanto lo fosse stata, soprattutto a Jackson. Nell'istante in cui Nina aveva cominciato a parlarne, lui aveva iniziato a corrucciarsi. Nina avrebbe voluto fermarsi, tenere il resto per sé, ma si era imposta di continuare. Se Jackson avesse perso la stima di Nina, allora lei ci avrebbe fatto i conti. Doveva solo togliersi quel peso di dosso.

"Non vendo più i quadri e non li firmo perché ho paura che in qualche modo si sparga la voce. Hai visto, mi sono creata una piccola reputazione. Mi ha permesso di vivere tranquilla, ma ora temo che lui stia in agguato ad aspettare che ricompaiano i miei lavori."

Jackson si alzò e gli occhi di cioccolato si fecero cupi sotto l'ombra del cappello Stetson e il solco del cipiglio scuro.

Nina sentì il cuore accelerare e la paura le fece venire i crampi allo stomaco.

"Pensi ti stia seguendo?"

Nina annuì. "Credo stia aspettando che mi rifaccia viva da qualche parte e non sono pronta ad affrontarlo." La ragazza si spostò sulla grande roccia piatta a strapiombo sull'acqua che aveva dipinto. Si abbassò e desiderò di poter tornare indietro nel tempo e non aver mai incontrato Joe. Non riusciva a sopportare lo sguardo di delusione negli occhi di Jackson.

Lui si sedette accanto a Nina. "Quest'uomo ti spaventa? Hai paura e ti nascondi?"

Nina fece un respiro profondo e lo guardò. "Sì."

L'espressione di Jackson era dura, ma a quel punto si era addolcita. Con delicatezza, lui le spostò una ciocca di capelli dietro l'orecchio e le alzò il mento col dito. Nina guardò più a fondo negli occhi dell'uomo. "Non devi aver paura. Raccontami cos'è successo. Non ne sono felice, ma non è con te che sono arrabbiato. È con quel farabutto… e ti prometto che arriverò fino in fondo. Ora raccontami tutto."

L'imbarazzo e i crampi allo stomaco di Nina lasciarono spazio al sollievo. "Avevo un monolocale nella periferia di Dallas, a Plano. Ho cominciato a uscire con quest'uomo. L'avevo incontrato in chiesa, in realtà. Era davvero carino, o almeno così credevo. Era appena arrivato in città, ma la gente lo adorava. Un giorno mi ha aiutato con una ruota sgonfia e mi ha chiesto di prendere un caffè insieme al bar. Ho acconsentito, e poi siamo andati a cena insieme. All'inizio sembrava tutto a posto. Andavamo d'accordo e avevamo molti interessi in comune. Poi mi ha detto che aveva dei problemi finanziari e che aveva bisogno di un piccolo prestito. Gliel'ho fatto. Lui me li avrebbe ridati." Nina emise un respiro tremante.

"A quel punto l'avevo già invitato a cenare a casa varie volte. Poi non so cos'è successo, ma ha cominciato a venire sempre più spesso da me. È semplicemente passato oltre le mie difese. Suppongo fossi più vulnerabile di quanto pensassi. Più stupida di quanto sapessi e..." Nina represse le lacrime per la propria immensa stoltezza. Oh, quanto si sentiva scema. "Una sera avevo una mostra d'arte. Lui mi aveva chiamata perché voleva prepararmi la cena. L'aveva già fatto un paio di volte e conosceva il codice di sicurezza dell'allarme. Lo so, è stato stupido da parte mia, ma pensavo di sapere con chi avevo a che fare. Erano passati circa sei mesi e pensavo... pensavo di aver finalmente trovato qualcuno da amare, qualcuno che che mi trattasse bene."

"Mi dispiace." Le parole di Jackson erano intrise di emozione.

"Anche a me. Mi sbagliavo. Quando sono tornata a casa, non c'era né lui né la cena. Dopo un po' mi sono resa conto che non c'erano neanche i soldi sul mio conto. In qualche modo ha frugato tra le mie cose e attraverso ciò che sapeva di me, ha indovinato le mie password e ha inviato i soldi a un conto che è stato ripulito e chiuso prima che io capissi di essere stata derubata."

"Caspita. Quanti soldi?"

"Fortunatamente non erano tutti i miei risparmi, ma si trattava pur sempre di ottomila dollari. Erano soldi che avevo messo da parte, destinati al mio fondo pensionistico. Solo che avevo avuto da fare e non ce li avevo messi. L'ho denunciato, ma lui è sparito. La polizia mi ha detto che l'aveva già fatto prima e che io ero stata il suo bersaglio più recente."

"È chiaro che ti aveva presa di mira. L'hanno acciuffato?"

Nina scosse la testa, si rifiutava di piangere. "Non hanno trovato nessuna traccia, ma lui ha cominciato a mandarmi delle minacce ed era chiaro che mi stesse spiando, anche se non l'abbiamo mai visto, né io né la polizia. È stato il massimo che sono riusciti a fare. Poi mi ha lasciato un biglietto che diceva che se avessi continuato a parlare con la polizia, me ne sarei pentita. Per provare che non stava scherzando, ha fatto irruzione in casa, ha messo tutto in disordine e ha scritto col rossetto sullo specchio che mi avrebbe fatto del male. Per me era già difficile dormire o lavorare… e lui mi ha terrorizzata. Quel giorno ho preso la decisione di andarmene e nel giro di una settimana sono partita. Dopo un mese di fughe e sguardi circospetti, sono approdata sull'isola di Star Gazer."

Jackson si tolse il cappello e si passò una mano tra i capelli. "Caspita, non ho mai avuto a che fare con una roba simile." Jackson si lasciò sfuggire un lungo respiro, come se stesse riflettendo. "Non hai sue notizie da tre anni?"

"No. Ho fatto delle ricerche su internet prima di prendere quella decisione e ho imparato come sparire. So che sembra stupido. Potrebbe anche non essere più là fuori, ma mi ha spaventata talmente tanto che sono sparita."

"Come vivi? Come paghi i tuoi acquisti?"

"Pago tutto in contanti, facendo molta attenzione. Uso un telefono usa e getta e non faccio tante telefonate. Non mi faccio degli amici e sto per i fatti miei. Ogni qualche settimana chiamo l'ispettore di polizia che si occupa del mio caso, ma finora niente. Mi sono sentita molto sola. Ho solo vissuto una vita tranquilla nell'ombra di quel posto meraviglioso. Almeno l'ho scelto bello, poteva andarmi peggio. Non ho mai raccontato a nessuno questa storia." In quel momento, mentre ne parlava, Nina si sentì molto scossa.

La mascella di Jackson si irrigidì e Nina riuscì a vedergli la vena pulsare, gli occhi a fessura. Poi lui le tese la mano. "Non sei sola. Ti prometto che chiunque sia questo tipo, non ti farà di nuovo del male."

"Vorrei poterti credere."

Nina mise la mano in quella di Jackson e, mentre lui gliela racchiudeva, lei seppe di aver fatto bene a dirglielo. Jackson la strinse a sé e la avvolse con le braccia forti. Quando le diede un bacio in testa, Nina si disse di rilassarsi, ripetendosi che Jackson non era affatto come Joe.

Eppure, avrebbe mai potuto fidarsi davvero del proprio giudizio?

"Sarò sincero con te, Nina. Non sei una stupida. Sei stata presa di mira da quello che sembra un professionista o un maniaco. Non ne sono sicuro, ma lo scoprirò. Mi sto innamorando di te, quindi ascoltami, per favore. A quanto pare ti risulterà difficile fidarti di nuovo di un uomo, e non ti biasimo, ma io troverò questo tipo. Farò sì che tu possa vivere senza doverti guardare le spalle tutto il tempo. L'unica cosa che ti chiedo è di fidarti di me, se puoi."

Jackson si stava innamorando di lei? Nina soffriva

sapendo di essere innamorata di lui e spaventata all'idea di non poter più credere al proprio giudizio, ma avrebbe voluto fidarsi di Jackson. Si era fidata abbastanza da raccontargli di quel passato assurdo. "Mi fido di te," sussurrò lei, perché era l'unico modo in cui poteva superare le emozioni che le bloccavano la gola.

"Non tieni tutto quel denaro liquido in casa, vero?"

Nina si fidava di lui? Sì. "No, lo tengo da un'altra parte."

"Come sei messa a livello di sicurezza?"

"Ho delle telecamere e un piano di fuga."

Jackson imprecò sottovoce. Nina non l'aveva mai sentito imprecare.

"Non è giusto che tu debba affrontare tutto ciò. Potresti trasferirti al ranch con me."

Nina sorrise; non riuscì a trattenersi. Jackson le rallegrava l'anima. "Jackson, sono stata al sicuro per tre anni. Non chiamo il mio contatto alla polizia da un po', quindi penso che lo farò. Stavo giusto cominciando a sciogliermi. È per questo che ho dato a tua madre il quadro non firmato."

"Forse dovresti riprendere i tuoi quadri. Mamma capirebbe."

"No, mi sono resa conto che non posso vivere così per sempre. Devo affrontare la situazione."

Jackson la fissò. "Va bene, allora farò delle telefonate. Assumerò una squadra di investigatori.

Dammi qualche dettaglio e vediamo cosa riusciamo a trovare su questo tipo, con le risorse che abbiamo."

"Non posso chiederti di spendere tanti soldi per me."

"È questo il punto. Non me l'hai chiesto. È la cosa giusta da fare e… guarda caso, ho dei soldi in più e non so che farmene. Quei soldi aspettano di essere spesi per una buona causa." Poi si fece avanti e la baciò.

Il bacio di Jackson scatenò in Nina delle sensazioni che lei non aveva mai provato prima. Troppe cose di quell'uomo le provocavano delle emozioni completamente nuove. Lei voleva fidarsi di quelle sensazioni. Voleva fidarsi di lui… No, lei *si fidava* di lui. Ma poteva fidarsi di se stessa? Era la stessa cosa?

Nina sapeva solo che, quando lui le si era appoggiato sulle labbra con un bacio tenero, non le era bastato. Il bacio era durato meno di quanto lei desiderasse.

"Allora, verrai ancora alla cena e all'evento di beneficenza, la prossima settimana? È una delle ragioni per cui sono stato impegnatissimo. C'è molto di cui occuparsi. Oltretutto, essendo in onore di mio padre, quest'anno, deve essere perfetto. Di solito è mia madre a gestire la pianificazione, ma lei ora ha la locanda da sistemare e siccome è il primo anno dalla morte di mio padre, le ho detto che ci avrei pensato io. È stato più faticoso di quanto pensassi."

"Sì, ho ancora intenzione di venire."

"Fantastico. Io mi dovrò occupare dell'accoglienza, ma mi piacerebbe se potessi esserci ad aiutare Lisa e mamma… e magari potresti concedermi un ballo."

Nina capì quanto Jackson ci tenesse. Non partecipava a un evento da un'eternità, ma era molto importante per i McIntyre in quanto famiglia. Per *lui*. Per *Alice*. "Verrò con Lisa e Alice, giusto?"

"Sì. Così avrai delle amiche con te… Ti divertirai di più."

"Puoi contare su di me, non cambierò idea. Voglio esserci per Alice… e per te."

* * *

Quel giorno Alice stava pitturando una delle camere da letto. Avrebbe potuto assumere qualcuno che si occupasse di tutta la tinteggiatura, ma a lei piaceva farlo. Non aveva ancora stabilito una data precisa per l'inaugurazione della locanda, quindi aveva tutto il tempo di tinteggiare alcune delle stanze. Dove non arrivava, lasciava che lo facessero Seth e la squadra di uomini. Seth si era rivelato una manna dal cielo. Aveva molto talento. Lavorava sodo e stava per conto suo, ma gli piaceva quando Alice e Lisa lo usavano come cavia; e ad Alice piaceva vedere le reazioni di Seth quando assaggiava le varie creazioni. Lisa sarebbe stata la cuoca ufficiale, ma Alice amava preparare dolci e sperimentare in cucina. Amava cucinare per William e i figli. Vedere il diletto di Seth nell'assaggiare il cibo che gli offriva assecondava quel suo bisogno di rendere la gente felice. Presto avrebbe provato quel piacere con gli ospiti della pensione, ma era bello vedere gli occhi di Seth illuminarsi. Alice sospettava che lui non avesse superato la morte della moglie. Sebbene non ne parlassero, era il loro punto in comune. Parlavano della locanda, delle ristrutturazioni e talvolta del cibo.

Alice e Lisa sarebbero andate a comprare dei mobili la settimana successiva, quindi le camere dovevano essere tinteggiate prima di allora. Si stava divertendo. Aveva deciso di verniciare ciascuna stanza con un colore a tema, in base ai dipinti di Nina. Alice era entusiasta che la vicina fosse un'artista pazzesca e avesse ridato vita a Jackson. In tutti quei mesi si era preoccupata per Jackson e per il modo in cui si era buttato nel lavoro, quasi sparendo dentro se stesso. Tuttavia, di recente, il figlio aveva invitato Nina alla cena dei mandriani e sembrava elettrizzato. In modo discreto, ma pur sempre elettrizzato.

Era possibile che stesse nascendo la relazione che Alice sperava? Poteva osare e sperare che crescesse e desse vita a un amore? Sarebbe stato meraviglioso se Jackson si fosse innamorato di una ragazza dell'isola di Star Gazer, proprio come era successo al padre.

Tuttavia, mentre stendeva la vernice di un leggero color foglia di tè, molto pallido, si interrogò sul passato di Nina. Quella donna non aveva detto tutto. Alice aveva la netta sensazione che quella ragazza nascondesse qualcosa. Aveva detto a Nina che avrebbe dovuto riportare alcuni dei quadri alla galleria, che dopo la menzione nel programma televisivo era certa che molti proprietari di gallerie avrebbero adorato quei lavori. Gran parte dei turisti che arrivava in città amava comprare dipinti di spiagge da portare a casa per ricordarsi del tempo passato a Corpus Christi o all'isola di Star Gazer; quel mercato aveva grande potenziale, ma Nina non sembrava interessata. Aveva lasciato a malapena che Alice comprasse quelli per la locanda. Ad Alice era sembrato anche che l'amica fosse preoccupata per l'apparizione in TV. Nina aveva chiesto quanto fosse ampia l'audience. La riluttanza di Nina doveva avere una fonte. Si trattava di una vicenda del passato?

"Alice, ho bisogno di te," la chiamò Lisa. Il rumore dei passi sulle assi di legno fece capire ad Alice che l'amica stava arrivando. "Ecco, assaggia questa." Lisa si affrettò nella stanza.

Quella donna le avrebbe fatto prendere dieci chili prima dell'inaugurazione.

"Cos'è?"

Lisa stava provando di tutto: cucina francese, italiana, mediterranea… E i dolci… santo cielo, i dolci!

Fortunatamente Seth aveva una particolare predilezione per i dolci, così Alice poteva evitare di mangiarli tutti da sola.

Lisa era determinata a trovare gli ingredienti giusti, sperimentando come una matta finché non avessero trovato quella che lei e Lisa credevano fosse la combinazione vincente di portate principali e dolci speciali, in modo da distinguere quella locanda da qualsiasi altro ristorante, pensione o B&B della zona. Tutte le amiche chiedevano quando avrebbero aperto. Alice aveva promesso loro che prima che la locanda aprisse, avrebbero tenuto un pranzo per tutte solo su invito. Se ci fossero riuscite, quel clamore avrebbe dato visibilità alla locanda, soprattutto se avessero ottenuto la recensione di un critico gastronomico. L'entusiasmo cresceva, ma loro non avevano fretta. La pensione sarebbe stata pronta al momento opportuno. Lisa era un dono divino, l'ingrediente magico che le serviva.

Alice lasciò che Lisa le mettesse in bocca il cucchiaio di cioccolato cremoso. Alice spalancò gli occhi. "È mousse al cioccolato?"

"Più o meno. Che ne pensi?"

"Eccellente. Spettacolare."

Lisa aveva in mano una prelibatezza al cioccolato ben presentata con quella che sembrava crema bavarese e un altro ingrediente che non Alice riusciva a riconoscere.

"Lisa, è buonissima. La mangio tutta, grazie."

Lisa gliela passò. "Ne ho dell'altra. La porto da Nina tra un po', così potrà assaggiarla anche lei. E anche a Seth, appena tornerà dalla segheria. Penserà di essere in paradiso. Quell'uomo va pazzo per i dolci. Mi chiedo dove li metta. Hai notato gli addominali scolpiti? E il sedere…" Lisa rise quando Alice la colpì e quasi sputò il boccone di dolce. "Oh, non fare moine. Lo so che anche tu ci hai fatto caso."

"A cosa?" chiese Jackson mentre lui e Riley entravano nella stanza.

Le due amiche si guardarono negli occhi e Alice pregò che l'altra non la mettesse in imbarazzo.

"A quanto è buono questo dolce." Lisa sogghignò. "Puoi portarlo a Nina da parte mia, così io posso continuare a infornare?"

Alice tirò un sospiro di sollievo. Più tardi avrebbe abbracciato Lisa per aver nominato Jackson come fattorino. "È un'idea fantastica. Puoi andare da lei e mangiarne un po'. Io arrivo appena finisco di pitturare."

Jackson fissò il dolce nelle mani di Alice come se stesse per sgraffignarlo. La madre sorrise, pensando a quella volta in cui Jackson, a dieci anni, aveva portato la torta al cioccolato in fienile e l'aveva mangiata tutta. Amava il cioccolato.

Lisa rise sotto i baffi. "Non guardare la mia mini mousse al cioccolato in quel modo, Jackson McIntyre.

Seguimi in cucina. Anche tu, Riley. Quando sei pronto, ovviamente. Ho qualcosa per te. Jackson, tu non puoi mangiare la tua finché non ne porti una a Nina. Ho davvero tanto bisogno della sua opinione. I suoi consigli sono preziosi. Ci sarei andata io, ma ho altri dolci in forno e non posso lasciarli."

"Mi farebbe piacere. Porto anche la mia e, se Nina è d'accordo, potrei mangiarla con lei."

Alice e Riley li seguirono in corridoio e Alice rise quasi ad alta voce per la cospirazione di Lisa. Era assolutamente palese.

In cucina, Lisa prese due terrine di mousse al cioccolato e le mise tra le mani di Jackson. "Ecco. Riportami il suo parere."

"Sissignora." Jackson sorrise, poi si incamminò verso la porta.

Lisa lo batté sul tempo e la spalancò, spingendo letteralmente il massiccio, forte e muscoloso Jackson sulla veranda. "Sciò. Sbrigati, altrimenti si scalda." E lo spinse fuori con le mani.

Ridendo, Jackson obbedì.

Alice era sicura che a lui non dispiacesse affatto.

Riley sogghignò. "Caspita, siete proprio discrete. Non l'avrei mai capito che state cercando di far mettere Nina e Jackson insieme. È incredibile che non abbia ancora conosciuto questa donna. Deve essere speciale, se state giocando a fare Cupido. Per me va benissimo, perché quel ragazzo ha bisogno di divertirsi un po'."

Lisa si limitò a incrociare le braccia e sogghignare. "Io non ho fatto niente, sto solo preparando dolci, ma ti avviso, Riley McIntyre, non pensare a tuo fratello, comincia a prendere in considerazione l'idea di sistemarti anche *tu*. Ora voi due andate e godetevi il dolce e la compagnia. Io ho ancora della roba da infornare." Con ciò, si girò e si mise al lavoro, mescolando degli ingredienti in una ciotola.

"E ora stai cercando di distrarmi da ciò che ho visto." Riley rise quando Lisa gli lanciò un ghigno per poi tornare a lavorare. Poi il ragazzo prese il proprio dolce e seguì Alice fuori. "Non ha peli sulla lingua."

"Sì, è così." Alice sorrise. "Ma lo fa in buona fede."

Invece di sedersi, scesero gli scalini e andarono verso l'oceano. Mangiarono la mousse e si fermarono sul limitare della proprietà. Era un pomeriggio bellissimo.

"Non sono pronto a sistemarmi, mamma."

Lei gli toccò il braccio. Il piccolo di casa. L'ultimo bambino da cullare su una sedia a dondolo. "So che non lo sei, Riley, capisco. Lisa lo dice a fin di bene. Sono contentissima di averla qui."

"E io sono felice che lei sia qui con te. È fantastico." Riley alzò la terrina. "Siamo fortunati. Sono sorpreso che Lisa abbia smesso di girare il mondo. Ho sentito che si stava divertendo, lontana da quell'imbecille del marito.”

“Anche tu non hai peli sulla lingua.”

Riley si corrucciò. “Ma è così. È strano. Quella donna per cui l’ha lasciata era una mia compagna di classe. Lo sapevi, vero? Tabitha Farris.”

“Sì, lo so. Sei uscito con lei per un po’, giusto?”

“Sì, ma non mi ci è voluto molto per rendermi conto che voleva un anello al dito e il PIN del conto in banca.”

“Sono felice che tu non ti sia fatto fregare. Dopo tutto ciò che hanno fatto passare a Lisa, faccio fatica a serbare dei pensieri carini per loro. Sei stato molto furbo. Lei si merita molto più di ciò che ha avuto, e loro sono terribili. Stanno ancora sbandierando la loro vita amorosa in faccia a Lisa.” Oh, l’aveva detto davvero? “Non avrei dovuto dirlo. Ti prego, dimenticalo. Era una notizia riservata.”

“Tranquilla, mamma. Non farei o direi niente per ferire Lisa. Sembra proprio da Tabitha. Credimi, dopo la rottura, ha fatto delle cose di cui non parlerei mai davanti a mia madre. Comunque sono contento che Lisa si sia unita a te. Le auguro il meglio.”

“Anch’io. Noi siamo, o meglio eravamo, due anime perdute alla ricerca della via. Lisa aveva bisogno di me e della locanda… e io della locanda e di lei.” Alice si morse il labbro e guardò l’oceano. Poi esternò i propri presentimenti. “E, sinceramente, Riley, credo ci sia qualcos’altro sotto. So che non sei la persona giusta a cui parlarne, ma sospetto che alla base dei problemi di Lisa ci sia qualcosa di molto più profondo." Alice pensava la stessa cosa di Riley, ma non lo disse; sperava solo che dicendolo lui se ne rendesse conto.

"Forse sì, ma l'unica cosa che posso dire è che Lisa se la cava alla grande con il buon cibo. Questa è deliziosa. La servirete alla locanda?"

"Credo di sì. Potrebbe diventare il nostro cavallo di battaglia. È spettacolare. Credo che tutti la amerebbero, grandi e piccini."

"Anch'io la penso così. Comunque, posso solo dire che ho bisogno di una terrina gigantesca di questa, quindi fammi un favore: dille di preparare e incartare un vassoio enorme e io passerò a prenderlo."

Alice rise e gli diede una pacca sulla tartaruga. "Non credo che quei muscoli che hai lì siano frutto di terrine di mousse al cioccolato, quindi stai solo scherzando."

"Ehi, mamma, questi sono frutto del duro lavoro. Davvero, ho la sensazione che quando aprirai la pensione, sarà un grande successo. I nostri amici mandriani verranno più spesso sulla costa. Questo posto sarà bellissimo… E pensare che tu e papà vi siete conosciuti qui. Credo sia un'idea fighissima. Devo ammettere che all'inizio non ti ci vedevo. Non riuscivo a immaginarti fuori dal ranch. Ma mamma…" Riley si fermò a guardarla, con gli occhi color miele intrisi d'emozione. "Ti trovo bene. Papà sarebbe super fiero di te. E poi sembri più felice di quanto tu non lo sia stata da tanto tempo, vero?"

Ad Alice si riempirono gli occhi di lacrime. Allungò il braccio e cinse il fianco del figlio, poi gli appoggiò la testa sulla spalla. "Mi sento più felice, Riley, davvero tanto. Era un passo che avevo bisogno di fare, e sono strafelice che tu lo capisca."

Riley le diede un baciò in testa. "È così, e anch'io sono felice per te."

CAPITOLO DICIANNOVE

Dopo aver chiesto ad Alice quale fosse l'abito più appropriato per la cena dei mandriani, la sera della fiera del bestiame e dell'asta di beneficenza, Nina indossò un vestitino rosso da cocktail. Lei non era né una mandriana né la proprietaria di un ranch, quindi non aveva idea di cosa bisognasse indossare in tali occasioni. L'amica, però, le aveva assicurato che il vestito rosso era perfetto, dato che non era un evento formale. A detta di Alice, che di eventi così ne aveva frequentati fin troppi, quel vestito era elegante ma non sopra le righe. Era adatto a passare una serata divertente e piacevole. Del resto, i figli di Alice non si sarebbero divertiti a lungo, se avessero dovuto indossare un completo. La cena che organizzavano loro era un po' più informale e dilettevole.

Il giorno prima, quando era andato da Nina con la peccaminosa e gustosa mousse di cioccolato di Lisa, Jackson le aveva dato le stesse rassicurazioni. Avevano bevuto del caffè e fatto due chiacchiere e lui le aveva detto di aver accompagnato Riley come scusa per vederla. Nina se n'era compiaciuta. Era bello sapere di essere importante per qualcuno.

Così, in quel momento, con indosso il vestito rosso e dopo aver dato a Ranuncolo un forte abbraccio e un bacio sulla testa per poi rimetterla nella cuccia, prese la borsetta con solo il telefono e il lucidalabbra e si incamminò fuori per incontrare Lisa e Alice. La limousine accostò nel vialetto circolare della locanda proprio mentre Nina attraversava il prato verso di loro, vacillando sui tacchi che aveva comprato appositamente per quella sera. Non si agghindava in quella maniera da quando si era data alla macchia, ed era una bella sensazione. In passato, alle mostre d'arte, le piaceva vestirsi elegante. Nonostante non le mancassero molto quegli eventi, a volte era piacevole farsi belle. E non poteva fare a meno di chiedersi se Jackson l'avrebbe trovata... bella.

Quell'uomo le aveva anche passato in rassegna la casa, assicurandosi che lei avesse tutto il necessario per stare al sicuro. Proprio come aveva fatto con la madre quando era venuto a sapere della locanda. A quel punto Nina, su richiesta insistente di Jackson, aveva optato per una sorveglianza ventiquattr'ore su ventiquattro. Il contratto, però, era intestato al mandriano, perché Nina non era riuscita a spingersi a quel punto per la propria sicurezza. Non voleva fornire il nome e le informazioni della carta di credito. Jackson aveva anche ingaggiato quello che sembrava un esercito di investigatori alla ricerca di Joe; qualunque fosse il vero nome, non lo sapeva nessuno, a quel punto. Nina aveva chiamato il poliziotto con cui era in contatto e lui le aveva detto che Joe era irreperibile. Quindi non c'erano state svolte nel caso. Lei sperava che rimanesse introvabile e che non venisse fuori niente neanche su di lei.

Il poliziotto, Tim, le aveva anche confessato che, in verità, con le risorse limitate del dipartimento, il caso di Nina era finito nel dimenticatoio. Siccome lei non si vedeva, non si sentiva e apparentemente era al sicuro, loro erano passati a casi più urgenti. Inoltre, le aveva consigliato di continuare a nascondersi... ed era quello il problema. Lei non voleva nascondersi per sempre. Rivoleva indietro la vita di prima e Jackson era determinato a fargliela riavere. Lui aveva delle risorse e se quel tipo era vivo, gli investigatori l'avrebbero trovato. I soldi avevano un peso, era innegabile.

"Guarda lì," la stuzzicò Lisa con gli occhi lucenti. "Barcolli su quel prato come se avessi bevuto parecchi Mimosa."

Nina rise mentre metteva piede sul vialetto. "Non è come pensi, te lo giuro. Solo che è da tanto che non metto i tacchi."

Lisa la guardò a bocca aperta. "Sei seria?"

Nina rise. "Me la sono spassata a fare la pantofolaia."

"Anch'io," convenne Alice. "Sicuramente ne indosserò di bassi a qualche evento, ma è finita l'era del tacco otto o dieci."

Lisa tese una gamba ben definita da sotto il tubino nero, che la rendeva slanciata e meravigliosa. "Amo i tacchi e non ho intenzione di farne a meno. Tra due mesi festeggerò il mio cinquantaquattresimo compleanno. Probabilmente mi agghinderò e indosserò un paio di Louboutin rosse fiammanti tacco dieci. Quelle che ho ai piedi hanno solo otto centimetri di tacco, ma le adoro. Sono anche delle ottime scarpe da ballo."

L'autista della limousine aprì la portiera e tutte e tre entrarono dentro.

"Allora, come va tra te e Jackson?" chiese Alice appena furono dentro la limousine.

In quella settimana, Nina le aveva un po' evitate, perché aveva passato del tempo con Jackson e non voleva rispondere a domande in merito.

Lisa alzò un sopracciglio. "L'abbiamo visto spesso questa settimana. Devi capire che siamo un po' più vecchie di te, ma non siamo cieche."

Nina sorrise. "Lo so, solo che è un po' imbarazzante parlare di lui con sua madre e la migliore amica di lei."

"Certo, sicuramente." Alice sospirò. "Ma siamo

anche tue amiche e vogliamo il meglio per entrambi.”

“Voglio solo che tu ti diverta da morire, stasera. Hai quel bellissimo vestito rosso, quelle scarpe adorabili e un bel cowboy che ti aspetta. Devi scatenarti. Ti sei nascosta in quella casa per troppo tempo. Lui è un ragazzo mozzafiato, uno di quelli perbene, e non dovresti lasciartelo sfuggire.”

Nina fece un respiro tremante. Era d’accordo con tutto ciò che aveva detto Lisa. “Voi due fareste meglio a non iniziare a combinare matrimoni. Mi mettete in difficoltà. Non esco con qualcuno da tre anni.”

“Ed è giunto il momento che tu cominci. Alla tua età e dopo ciò che hai affrontato, è proprio ora. Devi scoprire com’è la vita con un brav’uomo. Magari sarò sarò di parte, perché si tratta di mio figlio, ma come ha detto Lisa, è un bravo ragazzo.”

Non avevano idea di quanto lo fosse. Dopo tutto il disturbo che si era preso quella settimana per la sicurezza di Nina e con gli investigatori privati a caccia di “Joe”, lei non aveva più motivo di non fare affidamento su Jackson. Aveva fiducia in lui.

“E credimi, comprare la locanda accanto al tuo cottage è stata una benedizione. Sei perfetta per Jackson.”

Se prima Nina non era nervosa per la festa, lo era appena diventata.

* * *

Jackson indossava la giacca nera western e i jeans inamidati con gli stivali neri da sera; aspettava accanto al grande tendone che allestivano sempre per la vendita annuale. C'era già stata l'asta del bestiame e in quel momento erano tutti lì a fare conoscenze, godersi il buon cibo e partecipare all'asta; ciò avrebbe giovato a parecchie comunità che avevano subito danni a causa di un recente tornado. Oltretutto, erano lì per onorare il vecchio McIntyre.

L'anno precedente, l'evento non si era tenuto, poiché la disgrazia si era verificata solo qualche mese prima. Ciò significava che quell'anno si erano presentati tutti per sostenere i fratelli McIntyre nella continuazione del lavoro del capofamiglia. Tutti quegli auguri riempirono il cuore di Jackson e lui seppe che era giunto il momento di fare i conti con la morte del padre.

In quel momento, era al posto di William ad accogliere gli ospiti e sentiva il peso di vestire quei panni. Non aveva mai pensato succedesse tanto presto, ma lo stava facendo per la propria famiglia. Un SUV nero accostò e ne uscì fuori Dallas.

Jackson era felice di vederlo. Il fratello aveva detto che avrebbe tentato di farcela e probabilmente era stato necessario prenotare un jet privato per arrivare lì dal rodeo. Dallas era bravo ma, considerando la leggera andatura claudicante, era facile capire quanto la carriera che si era scelto lo stesse sfinendo. In qualità di secondo fratello maggiore, sapeva benissimo che i cavalcatori di tori erano degli atleti professionisti e che quella carriera aveva una scadenza. Dallas aveva già raggiunto l'apice. Era stato due volte campione dell'NFR, le finali nazionali di rodeo. Lo faceva da quattro anni e ogni anno scendeva di posizione in classifica. Eppure, era riuscito a resistere ed era ancora uno dei migliori atleti del circuito.

"Ce l'hai fatta." Jackson fece un passo avanti e strinse Dallas in un abbraccio. Erano passate alcune settimane e quella sera sarebbe stata dura. Non c'era verso di dire il contrario. Jackson avrebbe dovuto venire a patti con la perdita del padre e voltare pagina. Dall'incidente, Dallas aveva ripescato Jackson dal baratro varie volte, ricordandogli sempre che il padre era testardo e aveva scelto in autonomia di attraversare il fiume. Era tutto vero, ma ciò non impediva agli incubi di presentarsi o a lui di sentire il macigno del senso di colpa.

Dallas lo abbracciò forte, poi indietreggiò. "Te l'ho detto che sarei venuto. Non posso rimanere molto, ma stasera dovevo esserci. Domani ho un appuntamento con un toro tostissimo, quindi andrò via dopo colazione."

"Mamma sarà contenta che sei venuto. Arriverà a

momenti con Lisa e Nina."

Dallas arricciò le labbra all'insù. "Nina, la vicina che continui a menzionare."

"Sì."

"Sta nascendo qualcosa tra voi due. Di solito non parli di donne, ma le ultime due volte in cui ci siamo sentiti, mi hai parlato di lei."

"Ehi, è la vicina di mamma. La vedo quando vado lì ed è venuta a cavalcare al ranch un paio di volte." Jackson aveva raccontato al fratello di quando le aveva mostrato il laghetto.

"Ma tu non hai mai portato una donna lì."

Il fratello maggiore sorrise. Non sarebbe riuscito a nasconderglielo. "Hai ragione. Non lo nego."

Jackson avvistò la limousine della madre svoltare nel vialetto circolare. Sceglievano sempre lo stesso autista per lei, perché era anche una delle migliori guardie del corpo sul mercato, così non sarebbero stati in pena per la sicurezza della madre e, nel caso specifico, neanche per quella di Nina. Jackson aveva fatto molti progressi nel trovare quel "Joe Farabutto", ma non gliene aveva ancora parlato. L'avrebbe fatto più tardi. Quella sera voleva che Nina si divertisse. Era fortemente stressata, sebbene Jackson se ne fosse reso conto solo quando lei aveva confidato in lui e vuotato il sacco sul proprio passato. Lui non voleva che Nina si allarmasse per ciò che stava per succedere. Avrebbero avuto abbastanza tempo in seguito.

Proprio nell'istante in cui la limousine si fermò nel posto assegnato, qualcuno si avvicinò a Jackson e gli fece una domanda. Lui rispose il più velocemente possibile, mentre l'addetto all'accoglienza faceva un passo avanti e apriva la portiera. La madre uscì per prima; Lisa la seguì a ruota. Poi, proprio quando Jackson si stava avviando verso di loro, un tacco argentato spuntò fuori dalla limousine, seguito da una gamba lunga e da Nina, con indosso un bel vestito rosso svasato sui fianchi, che le stava a pennello. Il cuore di Jackson partì a mille. Lui aveva confessato a Nina che si stava innamorando di lei, ma aveva mentito. Jackson era già innamorato, e l'idea che lei avesse paura di quel tipo che la perseguitava lo faceva impazzire. Era strano sapere che se lei non si fosse nascosta, probabilmente non si sarebbero mai conosciuti.

In quell'istante, Jackson le rivolse un sorriso, desideroso di prenderla tra le braccia e di esternare i propri sentimenti, ma doveva prima assicurarsi che lei fosse al sicuro. Nina non aveva detto niente in merito alla dichiarazione di Jackson di quel giorno al laghetto, ma lui non aveva forzato la mano, perché sapeva che non era il momento giusto. Quella ragazza aveva troppi pensieri per la testa e Jackson non voleva confonderla. Voleva che lei si sentisse completamente al sicuro. Quando lei spostò lo sguardo verso di lui e lo vide, il cuore di Jackson si infiammò nello scorgerle negli occhi un bagliore reattivo. Anche lei sembrava felice di vederlo.

"Benvenute, signore. Sono contento di vedervi, Lisa e mamma. Siete bellissime stasera." Jackson baciò la madre sulla guancia.

"Grazie." Lei lo abbracciò. "Sarà una bella serata. Tuo padre sarebbe fiero di te. Dallas, ce l'hai fatta." Alice buttò le braccia al collo del figlio mentre lui si avvicinava per accogliere l'abbraccio della madre. "Speravo di vederti."

"Non me lo sarei perso per nulla al mondo, mamma."

Lei gli accarezzò la guancia. "I suoi ragazzi… ci siete tutti. Sono sicura che vostro padre starà sorridendo."

Jackson vide la commozione negli occhi della madre. "Stai bene?"

Lei annuì, spostando lo sguardo da lui a Dallas. "Sto bene. Sono solo un po' commossa. Sarà bello rivedere i vecchi amici. Lui amava davvero questo evento annuale."

"È vero." Jackson si voltò e diede un abbraccio a Lisa che aspettava che i figli salutassero la madre. "Lisa, sono felice che sia venuta anche tu." Lui la abbracciò e sussurrò: "Grazie per stare accanto a mamma."

La donna gli diede una pacca sulla spalla che bastò

a fargli capire che i ringraziamenti non erano necessari. "Sennò a che servono gli amici?" ribatté lei sommessamente. Poi gli rivolse un ampio sorriso. "Grazie per l'invito. E… posso dirlo? Sei più bello che mai." Poi inclinò la testa verso Nina. "E di lei che mi dici?"

Jackson fece un sorriso a trentadue denti. *Dulcis in fundo*. "Nina, sei splendida. Sono contento che tu sia qui."

"E io sono contenta di esserci. Dopo aver saputo che la festa era in onore di tuo padre, non me la sarei perso per nulla al mondo."

Lui le aveva detto quanto il padre amasse quell'evento e quanto fosse importante per la madre. "Sarà una bella serata. Vieni, ti presento Dallas."

Il ragazzo tese la mano e le rivolse un gran sorriso. "È un piacere conoscerti. Ho sentito solo commenti positivi su di te."

Nina arrossì. "Davvero? È un piacere conoscerti."

Jackson aveva ancora tanta gente da salutare. "Portiamo queste signore al loro tavolo." Jackson tese il braccio e Nina si mise a braccetto. Dallas fece lo stesso con la madre e Lisa.

Alice lanciò un sorriso a Jackson da sopra la spalla e percepì chiaramente la speranza che la madre aveva per lui e Nina.

Anche Lisa lo guardò da sopra la spalla. "Spero che tu sappia che tutti i cowboy in questa stanza cercheranno di ballare con Nina."

Jackson rise sommessamente. "Non sarò una cima, ma non sono stupido." Poi si inclinò verso Nina. "Spero mi concederai uno o due balli. Ovviamente, se vorrai danzare con qualcun altro, è una tua scelta. Io mi accontenterò. Ho i miei doveri da cerimoniere, ma poi mi metterò in fila come tutti gli altri."

Nina arrossì. "Lo spero."

Il gruppo raggiunse il tavolo e Alice e Lisa appoggiarono gli scialli sullo schienale delle sedie.

Jackson si voltò, così che la conversazione con Nina fosse più privata. "Spero ti divertirai, stasera. Se non ti dispiace, vorrei starti vicino il più possibile."

Nina aveva un'espressione dolce e scrutava gli occhi di Jackson. "Mi piacerebbe."

Il mandriano sorrise, poi le sfiorò le labbra con le proprie. "Mi hai appena migliorato la serata."

Jackson voleva passare il resto della propria vita con lei, ma non voleva indurla a scappare facendo il passo più lungo della gamba.

Tirò la sedia indietro per farla accomodare e Nina si sedette accanto ad Alice. Lei e Lisa lo stavano guardando con sguardi di approvazione. Jackson si limitò a sorridere. "Divertitevi, io torno subito… Ho una festa da inaugurare."

Prima sarebbe cominciata, prima avrebbe potuto ballare con Nina.

CAPITOLO VENTI

Nina si stava divertendo un mondo. Si era resa conto che, per via del modo in cui si era rintanata in casa, aveva rinunciato a certi svaghi. Come il semplice entusiasmo di agghindarsi e andare a una festa; non per forza una festa elegante, qualcosa di semplice… Incontrare della gente e fare delle chiacchiere informali. Ovviamente Alice e Lisa le avevano presentato tutti gli invitati e lei si sentiva un po' in colpa a non usare il vero nome. Sperava che un giorno avrebbe potuto essere sincera con Alice e Lisa, ma in quel momento non voleva che sapessero chi fosse. Magari aveva letto troppi libri sui molestatori ed era diventata paranoica, ma non voleva mettere in pericolo quelle dolci signore dando loro informazioni che le avrebbero messe nella condizione di dover mentire su Nina se "Joe" fosse venuto a fare domande.

Sarebbe stato meglio se fossero state completamente ignare. Nina pregava che Jackson e gli investigatori che lui aveva assunto riuscissero davvero a trovare quel tipo, ma lei sapeva che ci sarebbe voluto tempo.

Quindi quella sera si stava davvero divertendo. Era stato bellissimo guardare Jackson tenere il discorso di apertura, parlare del padre e di quanto William McIntyre avesse amato ospitare quell'evento, insistendo perché tutti venissero sempre a comprare il bestiame, ma anche sostenendo la buona causa attraverso l'asta annuale. Nina si ritrovò a desiderare di aver conosciuto il padre di Jackson. Nell'ora successiva, al fianco di Alice, aveva sentito molte storie su di lui. Tutti volevano parlare con Alice e abbandonarsi ai ricordi e molti di loro le facevano gli auguri per la locanda.

Molte delle signore avevano visto il programma TV mattutino e avevano chiesto ad Alice delle opere d'arte, così lei continuava a puntare il dito verso Nina, indicandola come l'artefice dei capolavori. Quando Alice le aveva detto del programma, Nina si era sentita il cuore sprofondare per la consapevolezza che i propri lavori fossero andati in televisione. Qualcuno avrebbe potuto riconoscerli… Poi aveva rassicurato se stessa; il servizio avrebbe avuto diffusione solo a livello locale, non nazionale, e le possibilità che Joe lo vedesse erano scarse. Tuttavia, quella sera era difficile parlare dei propri lavori senza raccontare la verità, tanto è vero che Nina scappava dalle conversazioni il prima possibile, riportando il discorso sulla locanda, Alice o Lisa.

Non era un compito molto difficile, poiché tutti erano felici di vederle dopo le varie peripezie. Il modo in cui Lisa intratteneva la gente con le storie di viaggio lasciò Nina di stucco. Era vivace e aveva una personalità assolutamente coinvolgente che ammaliava la gente. Alice era più discreta, ma era molto cordiale e attirava le persone a sé. Dopo aver visto la folla attratta dalle due signore, Nina si convinse ancor di più che la Star Gazer Inn era destinata a diventare un punto di ristoro e una meta per eventi ricercati. L'aveva pensato fin dall'inizio. Insieme, le due donne erano un portento e quella sera era ancora più dolce vedere la gioia sui loro visi, sapendo quante avversità avessero affrontato.

Quando Jackson attraversò la stanza diretto verso di lei, Nina non poté scostare lo sguardo. Lui aveva attirato l'attenzione della ragazza dal momento in cui si erano guardati negli occhi. Quell'uomo era indescrivibilmente bello e assolutamente perfetto. Il cuore di Nina martellava mentre Jackson si avvicinava e le tendeva la mano.

"Puoi venire con me un attimo? Ti ho lasciata sola fin troppo a lungo."

"Sì, andate a divertirvi." Alice le diede una piccola spinta. "Noi ce la caviamo da sole."

Nina rise. "Sissignora."

Poi si sentì la mano formicolare in quella di Jackson

mentre lui, con un sorriso sulla bocca, la guidava dall'altra parte della stanza e attraversavano l'apertura laterale del tendone magnificamente adornato. Con tutto quel cristallo, l'argento, la disposizione del pavimento e i bellissimi lampadari appesi al soffitto, sarebbe stato facile confondere il tendone con l'hotel più elegante del Paese. Camminarono verso i patio in pietra da lastricato, ornati da catene di luci e con i posti a sedere attorno al braciere. Jackson la presentò ad alcune persone, ma non si fermò mai davvero mentre la conduceva verso una delle sedute all'estremità del patio.

Una volta lì, la guardò in faccia. "Dovevo portarti qui per tenerti tutta per me."

"Ah sì? E come mai?" Nina si appoggiò a Jackson.

La musica si sentiva bene da quel punto e, con grande sorpresa di Nina, lui la avvolse col braccio e la strinse a sé, cominciando a ballare un lento. Era del tutto inaspettato, ma assolutamente meraviglioso.

"Pensavo che questa canzone fosse meglio ballarla sotto le stelle. Non si può fare dentro un tendone," disse lui all'orecchio di Nina.

Lei si rilassò. Era felice di essere dov'era. "Sì, me l'hai detto."

"Non sono uno che infrange le promesse. Inoltre, ho aspettato questo ballo tutta la serata. Sei pazzesca."

Jackson la guardò negli occhi. "Grazie, mi sono davvero divertita."

I visi dei due erano a pochi centimetri di distanza e Nina si stava immaginando di baciarlo. Si disse di non farsi trasportare, ma era più forte di lei.

I due si limitarono a ondeggiare con la musica. Nina appoggiò la guancia sul petto di Jackson e lasciò che fosse la bellezza di quel momento a sostenerla. Dopo tutti quegli errori terribili, gli uomini disdicevoli… Stare tra le braccia di Jackson le infondeva una dolce luce di speranza nel cuore.

"Molte persone hanno espresso pareri positivi sulla locanda di mia madre e parlano anche dei tuoi quadri. Sono entusiasti di vedere i dipinti. Spero che presto riuscirai a dire alla gente chi sei e che potrai ricominciare a firmarli."

Il respiro le si bloccò in gola. "No, ho le mie ragioni. Ho paura che Joe veda quel programma, anche se continuo a dirmi che lo trasmettono solo qui ed è improbabile che lui l'abbia visto."

Jackson interruppe il lento. "Anch'io ci ho pensato e hai ragione. Le possibilità che l'abbia visto sono minime. Non volevo dirtelo ora, ma sappi solo che stiamo seguendo delle piste."

Nina stava cercando di concentrarsi sulle parole di Jackson e non sul fatto che era tra le braccia del mandriano e aveva una mano appoggiata su quel petto. L'uomo la stringeva con un palmo grande sulla schiena, e nell'altro teneva la mano di Nina. Sarebbe stato facilissimo rilassarsi tra le braccia del cowboy e ignorare ciò che stava dicendo. "L'hanno trovato?"

La paura che l'aveva perseguitata come un'ombra negli ultimi tre anni le si depositò come lava bollente nella bocca dello stomaco. Nina aveva sempre temuto che Joe guardasse i giornali alla ricerca dei quadri e riuscisse a trovarla. Oppure in televisione, o sui social. L'aveva terrorizzata da morire e fino a quel momento nessuno era riuscito a trovare quell'uomo. Se l'avessero individuato, se avessero allertato Nina... lei sarebbe dovuta partire. Aveva cominciato ad amare la vita lì e non voleva che nulla la ostacolasse. Scappare di nuovo era l'ultimo dei desideri di Nina. Soprattutto dopo aver conosciuto Alice, Lisa e Jackson.

"Nina, vedo gli ingranaggi del tuo cervello muoversi. Ti stai allarmando. Ti prego, non farlo. È per questo che non volevo dirtelo stasera. Ma ora che lo sai, sappi che non ti succederà niente. Sei sorvegliata costantemente. Se lui si presentasse qui, lo acciufferemmo all'istante. Dai, guardami," disse lui dolcemente.

Lei alzò gli occhi angosciati verso di lui. Aveva bisogno di sentire la forza di quell'uomo.

Jackson sorrise. "Pensa a come sarà riprenderti la tua vita. Poter mostrare i lavori col tuo nome. Sono bellissimi, come te, del resto. Sono caratterizzati da una tranquillità, ma anche da una bellezza viva che attira la gente. Il mondo li deve vedere, non dovrebbero stare nascosti nel retrobottega."

Nina si dimenticò di tutto. In quel momento c'era solo Jackson. "Che belle parole."

"È la verità. Da quando ti ho conosciuta, sono rimasto ammaliato da te. Sei tranquilla e riservata, ma sono abbastanza sicuro che quella persona coraggiosa che di tanto in tanto intravedo brillare attraverso i tuoi occhi è la vera Nina e che sei stanca di nasconderti."

Le parole di Jackson la colpirono come una freccia sul bersaglio. "È questo che pensi di me?" Era come se l'avesse guardata negli occhi e avesse visto tutto ciò che lei stava cercando di nascondere.

"Sì, voglio trovare quell'uomo e renderti libera."

Mentre si guardavano negli occhi, il tempo passava. Quando cominciò una nuova canzone lenta, Jackson ricominciò a muoversi dolcemente al ritmo di musica. Ciò la aiutò a rilassarsi, mentre le braccia del mandriano la stringevano, robuste e sicure. Nina si sentiva protetta e ammaliata da lui; lo desiderava con tutto il cuore. "Voglio essere libera dal passato per poter guardare al futuro."

"Spero di esserci anch'io, quando succede" disse Jackson, poi abbassò le labbra e si avventò su quelle di Nina. Lei sentì il respiro bloccarsi al tocco di quelle labbra calde e la mano di Jackson la strinse più forte, al punto che Nina non ebbe scelta se non quella di rilassarsi in quell'abbraccio che l'avviluppava sempre di più. Il baciò fu più vigoroso di quello che si erano dati al laghetto. Era più profondo, la assorbiva e le toglieva il respiro.

In quel momento, Nina riuscì a pensare solo a Jackson e al bacio.

CAPITOLO VENTUNO

Appena baciò Nina, Jackson perse tutta la lucidità. Non aveva mai temuto di prendersi ciò che voleva, ma in quel momento, con quella ragazza tra le braccia, seppe di non aver mai provato quel desiderio. Quello al laghetto era stato un bacio dolce, di prova, e lei l'aveva ricambiato. Quella sera, però, la baciò con tutta l'emozione che Nina gli tirava fuori. Non era mai stato attratto da una donna in quel modo o comunque non ne aveva mai desiderata una più di quanto desiderava lei… con cuore, corpo e anima. Quando lei si era ammorbidita contro di lui, rispondendo con tanta dolcezza, tanta accoglienza, era stato come se il sole avesse ricominciato a splendere nel mondo di Jackson. Per la prima volta nella vita, seppe esattamente cosa gli avrebbe serbato il futuro.

Era un pensiero assurdo da parte sua. Nina aveva troppo a cui pensare e lui non le avrebbe messo pressione. Jackson avrebbe colto quell'istante e ne avrebbe fatto tesoro. Avrebbe trovato quel maniaco che le stava causando tutto quel dolore e solo dopo ci sarebbe stato spazio per essere più che amici. Per il momento, lei aveva bisogno che fossero "amici speciali": tasche profonde e un debito da saldare con quel tipo che l'aveva terrorizzata e fatta scappare.

Dopo essere rinsavito, Jackson si scostò e le guardò gli occhi meravigliati e le labbra gonfie. "Spero di non averti spaventata a morte con questo bacio. Senti, provo dei sentimenti profondi per te, ma tu non ne hai bisogno ora. Ciò di cui hai bisogno è un amico che possa aiutarti a lasciarti alle spalle il passato… e quell'amico sono io. Quindi, nonostante io abbia amato tutto di quel bacio, non credo tu abbia bisogno di ulteriori pressioni. Per questo, non succederà più. Non finché non ti avremo liberato da questa angoscia che grava su di te. Va bene?"

Nina si inumidì le labbra. "Sono un po' confusa."

"Tendo a prendermi ciò che voglio, quindi per me è stato naturale essere impulsivo. Mi dispiace averti messo fretta. Torniamo alla festa, così non mi comporterò più male e tu potrai tornare a sentirti a tuo agio."

Jackson le prese la mano e tornarono dentro.

Riley si avvicinò a loro nel momento in cui entrarono sotto l'enorme tendone. Era alto, magro e più alla mano di Jackson. La personalità di Riley attirava le donne. Loro gli davano la caccia e a lui piaceva. Era estroverso, appassionato quando si trattava di difendere una causa; inoltre, aveva una vita sociale intensa. Mentre camminava verso di loro, le donne si voltarono e seguirono ogni passo di quell'uomo.

Jackson sorrise mentre il fratello si avvicinava. Gli pareva che Nina non l'avesse conosciuto e probabilmente era quella la ragione per cui Riley stava andando loro incontro. Era curioso della donna nota per aver attirato l'attenzione di Jackson.

"Ciao, sono Riley," disse prima che il fratello potesse presentarlo, poi tese la mano verso Nina.

Jackson era contento che fosse lui a prendere le redini della conversazione, in modo da allentare la tensione del bacio. Jackson sarebbe andato più con i piedi di piombo, per non spaventarla.

"Lieta di conoscerti, Riley."

* * *

Nina strinse la mano di Riley. Si sentiva confusa dopo il bacio di Jackson. Non poteva certo negare di averlo desiderato, ma lui aveva ragione. Non era il momento.

Nina si colpevolizzò per essere passata tanto velocemente alla modalità romantica. Non aveva imparato niente da quel matrimonio orribile e dall'essere stata totalmente, completamente umiliata e raggirata da Joe in quella disastrosa relazione di ripiego? Non aveva imparato ad andarci piano? Certo, non usciva con qualcuno da tre anni, era stata piuttosto cauta, ma il bacio di Jackson l'aveva fatta sciogliere come un ghiacciolo. Quel bacio spettacolare che le aveva lasciato il cuore confuso ma speranzoso.

Cercando di dominare il tumulto che aveva dentro di sé, sorrise a Riley e sperò che lui non si accorgesse della raffica di emozioni nei propri occhi. Tuttavia, Riley McIntyre aveva un'espressione diabolica. C'erano delle somiglianze tra lui e Jackson, come pure tra i due e Dallas e Tucker, ma la versione più giovane dei McIntyre era una persona diverso rispetto al più riservato fratello maggiore. Riley era bellissimo e ne era fin troppo consapevole, ma quando le rivolse un sorriso sbilenco che esprimeva tutto l'entusiasmo nel divertirsi e godersi la vita, Nina non poté fare a meno di provare simpatia nei confronti del ragazzo. Non che Jackson non amasse la vita, ma aveva più responsabilità sulle spalle rispetto a Riley, e si vedeva.

"Jackson non mi aveva detto che la vicina di mamma era così bella. Se lo avessi saputo, sarei passato prima." Lui le rivolse un sorriso caloroso, poi spostò lo sguardo verso Jackson.

Era chiaro che li stesse stuzzicando entrambi. Stava cercando di far ingelosire il fratello maggiore. Era quella la tattica. Nina si sentiva in difficoltà, così cercò di restare calma mentre tirava via la mano. "Ti ho visto ballare. Mi meraviglio che non ti siano andati a fuoco gli stivali."

Riley nascose le dita nella tasca dei jeans. "Lo so. È terribile, vero? Quando sento la musica non riesco a trattenermi. Il ritmo ce l'ho nel sangue. Jackson invece… Be', ha ritmo, ma bisogna forzarlo a buttarsi. Quando io comincio a battere i piedi, in men che non si dica sono sulla pista. Se non avessi una ragazza con me, andrei a ballare anche da solo. A proposito, senti la musica? Sta ripartendo e ho bisogno di una partner." Riley tese la mano verso Nina.

Era molto tentata, ma guardò Jackson. Lui rise e Nina si rilassò un tantino. Per un momento si ricordò di quando l'ex si arrabbiava nel vedere che qualcuno le rivolgeva delle attenzioni. Era molto geloso e le faceva delle accuse terribili, quando alla fine era lui a compiere gesti inenarrabili.

"Vai," la incitò Jackson. "Balla con Riley, se vuoi. Mio fratello è un cascamorto e sa il fatto suo in pista. Ha ragione. A me piacciono i lenti, e la musica dance non fa per me."

"Va bene allora, ma ti avviso, non sono una grande ballerina."

"Mi piace insegnare a una donna a ballare." Così Riley le prese la mano e la fece volteggiare sulla pista da ballo.

Lei gli pestò subito un piede, ma lui si limitò a

ridacchiare e a farle fare una piroetta. Nina roteò talmente tanto che quasi le girò la testa. Non rideva in quel modo da un sacco di tempo. Riley era bravissimo nei balli country; la faceva volteggiare, la lanciava e la attirava a sé, per poi piroettare insieme a lei. Era il ballo più attivo che Nina avesse mai fatto. Non sapeva nemmeno se fosse un valzer, un ballo swing o un two step dinamico; era semplicemente divertente. A un certo punto, Riley le fece fare il casquè, tenendola parallela al pavimento per un lungo istante, poi abbassò lo sguardo e le fece l'occhiolino.

"A mio fratello sta per venire un infarto," disse Riley. Si fece una risata e la rimise in piedi prima di farla volteggiare ancora.

Nina doveva ammettere che l'idea che Jackson fosse geloso era intrigante, nonostante la terribile esperienza con la gelosia esasperata dell'ex. Con Jackson, invece, si sarebbe sentita in quel modo se fosse stato lui a ballare altrettanto intimamente con un'altra donna. Era una sensazione nuova per lei, ma era una situazione completamente diversa da ciò che aveva passato con Greg e ne era consapevole. Era solo una dichiarazione di interesse nei confronti di Jackson e non riusciva a sopportare il pensiero di lui con un'altra.

Alla fine della serata, Nina era esausta. I tacchi se li era tolti da tempo. Si era goduta un paio di lenti con Jackson dentro il tendone, senza baci. Non erano tornati sotto le stelle e non si erano baciati. Lui non stava scherzando quando le aveva detto che non l'avrebbe fatta scappare… ed era un bene. Nina aveva bisogno di concentrarsi sulla prudenza in ogni aspetto della propria vita. Verso le undici, tornò alla limousine insieme ad Alice e Lisa. Nina si sentiva come Cenerentola. Era stata una bella serata e stava tornando a casa molto prima che la carrozza si trasformasse in una zucca. Eppure si sentiva come se l'indomani sarebbe tornata alla realtà e sperava che, per allora, sarebbe stata di nuovo lucida e in grado di pensare chiaramente.

CAPITOLO VENTIDUE

Riley fissava i fratelli maggiori. Dallas sarebbe partito tra meno di trenta minuti, e il fratello aveva voluto esporre loro un'idea.

Doveva solo affrontare Dallas, Tucker e Jackson. Lo guardavano come se avesse perso la bussola. "Dico sul serio, va bene? Smettetela di guardarmi così. È un'ottima idea."

Jackson fece scattare le sopracciglia all'insù e gli rivolse uno sguardo scettico. Non c'era bisogno che parlasse. Riley capì subito cosa ne pensava di quell'idea; Jackson non lo stava prendendo molto seriamente. Lanciò uno sguardo truce a Tucker e poi sperò che Dallas lo sostenesse, ma temeva che anche lui la pensasse come gli altri.

Riley sentì un nodo di rabbia in gola. Si alzò sui tacchi e si avvicinò al camino con passo pesante, nel tentativo di calmarsi. Dovevano capirlo. Lui non si sarebbe tirato indietro e fare una scenata non avrebbe risolto la questione. "Sembra stupido, ma è una bella trovata."

"Allora fammi capire," disse Jackson. "Vuoi predisporre un'area campeggio sofisticata sulla fascia costiera del ranch. Glamping? È così che si chiama?"

"Sì, glamping. È molto in voga, oltre a essere una macchina da soldi." Non avrebbe fatto guadagnare loro milioni o chissà che, ma si sarebbe rivelato fruttuoso. Riley aveva fatto i conti. "Sono deciso a provarci, sto solo cercando di capire cosa ne pensate a riguardo… Tuttavia, ho tutto il diritto di predisporlo lì, quindi pensate pure che sia pazzo, ma credo che sarà un grande successo. Oltretutto, abbiamo abbastanza terreno, male non ci farà."

Dallas rise sotto i baffi. "Io sono curioso, in realtà. Ci vengono le donne in questi campeggi da glamping?"

"E si fanno i *massaggi*?" chiese Tucker.

Riley rise, sollevato dal fatto che non gli avessero riso in faccia. "Sì, le donne che amano le comodità, ma desiderano comunque stare all'aria aperta con le amiche."

Jackson sembrava confuso. "Quindi è come un centro benessere?"

"So che sembra un po' bizzarro, ma sì, se lo desiderano, è un soggiorno all'insegna del benessere. È solo una vacanza per stare più vicine alla natura in un ambiente sicuro con altre signore dalle menti affini.

Sentite, molte di queste donne hanno dei piccoli camper ricercati, alcuni vintage e verniciati in modo bizzarro e fico. Escono, si divertono e mangiano del cibo raffinato. Partecipano alle lezioni di cucina con chef famosi... Fanno un sacco di roba. Si mettono quelle porcherie in faccia come faceva mamma a volte... quella roba verde, avete presente? Si rilassano e si fanno le unghie delle mani e dei piedi. Si fanno fare anche i massaggi. I servizi da offrire sono infiniti. Non ci sono limiti, è piuttosto figo. Mi sento carico da quando ho cominciato a pensarci e a fare ricerche. Sapete, ve ne avevo già parlato prima, ma non mi avete preso sul serio. Ora sono assolutamente intenzionato ad andare avanti con l'idea."

Dallas sogghignò e si rilassò sulla sedia. "Al diavolo, fallo."

Jackson annuì in accordo. "Non ti dirò di no. Solo perché non lo capisco non significa che abbia il diritto di impedirti di farlo."

"E hai ragione," convenne Tucker, "abbiamo il terreno."

"Allora fallo," disse Jackson. "Fai ciò che vuoi. Sono curioso di vedere cosa ne verrà fuori, quando avrai finito. Ma non aprirlo per poi lasciarlo morire."

A Riley non piacquero quelle parole. "Jackson, mi hai mai visto cominciare qualcosa e non portarla a termine?"

"No... Ok, dimentica ciò che ho detto. Non so

nemmeno perché l'ho detto."

"Perché è ciò che avrebbe detto papà… e la verità è che, per quanto lui amasse esplorare nuove idee, questa l'avrebbe bocciata di sicuro. Avrei dovuto mettermi in gioco e insistere, per andare fino in fondo, ma credo che a mamma piacerà tanto."

Jackson gli lanciò un'occhiata che rifletteva i sentimenti di Riley. "È vero. Si adatta perfettamente alla locanda e a quel mostro rosa che ha comprato e messo in biblioteca."

I fratelli risero del mobile orripilante perché secondo loro era *davvero* orribile. Alice, tuttavia, lo amava.

"Forse sì, ma come la locanda, sarà un successo. Datemi retta, fratelloni." Riley pensò alla madre. "Stava bene ieri sera. Si sta divertendo da morire a lavorare alla pensione. Sembra più appagata."

Tutti i fratelli annuirono in accordo pensando alla madre.

Jackson sembrava pensieroso. "Sì, qualche giorno fa sono passato di lì ed era seduta in veranda a canticchiare mentre lavorava a delle previsioni per la locanda. Ha detto che l'impresario ha acconsentito a restare per costruirle un gazebo per i matrimoni e lei stava decidendo le tariffe. Il tipo ha già rifatto i bagni e ora sono molto eleganti. L'ha resa felice. Mamma sembra semplicemente più felice per tutto."

Riley sentì il cuore stringersi. Aveva odiato l'idea che la madre andasse via dal ranch e aprisse la locanda, infatti le aveva fatto visita solo qualche volta. Doveva rimediare. "Avevi ragione, dobbiamo sostenerla. Sono contento che stia meglio… Devo passare a trovarla più spesso, mi manca venire qui e darle un abbraccio tutte le mattine, ma ora lo capisco."

Dallas sospirò. "Andare avanti dopo la morte di papà è stato difficile per tutti. Ma per lei… Non riesco a immaginare di amare qualcuno come lei amava papà e credo che mi spezzerebbe il cuore, se perdessi la persona che amo. Ci penserei due volte prima di sposarmi. Non sono bravo a rinunciare alle cose, ma non sopporterei di perdere qualcuno a cui ho dato il mio cuore."

"Mamma ha preso la decisione giusta," disse Tucker.

Jackson si avvicinò alla finestra che dava sul giardino di fiori di cui si occupava sempre la madre. A quel punto se ne prendeva cura uno dei braccianti, ma non era la stessa cosa. "È tutto vero. È stata costretta a prendere in considerazione un futuro che funzioni per lei in questo momento, non quello che avevano immaginato lei e papà, e ora lo sta facendo. Io la ammiro tanto per aver scelto di buttarsi in un'esperienza inaspettata che a fine giornata la fa sentire appagata e la aiuta a riempire il vuoto. Lei ha conosciuto l'amore e l'ha perso, ma sarebbe stata la prima a dirci che non avrebbe barattato per nulla al mondo gli anni di amore con papà." Riley si voltò di nuovo verso i fratelli. "Guardarla mi rende ancora più sicuro che voglio conoscere quel tipo di amore. Non vorrei perderlo perché magari sono troppo fermo sulle mie idee o troppo pauroso del dolore che mi causerebbe seguire quella strada. Io non mi sono abituato a non vedere papà tutte le mattine e non mi ci abituerò mai. Lui che ci dettava il programma della giornata o si univa semplicemente a noi nel trasporto del bestiame o nella marchiatura. Abituarmi al fatto che non ci sia più né lui né mamma in questa grande casa, non mi sembra giusto. Eppure vedendola alla locanda… sembra come se combaciassero tutti i pezzi del puzzle."

"Lei era il cuore di questa casa mastodontica," disse Dallas.

"È vero." Tucker si alzò e cominciò a camminare avanti e indietro.

La casa era enorme. Il padre aveva cominciato a costruirla e poi si era fatto prendere la mano, ma crescendo, si erano abituati. A quel punto, erano rimasti Jackson e Rose, la governante.

Riley stava nella casa al campo per gran parte del tempo. Gli piaceva poter andare sulla veranda posteriore e guardare i cervi bere dal ruscello. Sostanzialmente, era Jackson a tenere la contabilità del ranch e a stare incatenato alla scrivania. Riley non ne voleva proprio sapere.

La cosa buffa era che nessuno aveva chiesto a Jackson se lo volesse. L'avevano dato per scontato. "Jack, hai mai pensato di andartene da qui? Magari costruirti una casa più piccola? A me piace vivere nella casa al campo e avere un po' di privacy da voi testoni, quando tornate tutti qui. È bello avere un posto tutto per me."

I fratelli risero. Essendo cresciuti insieme, a volte avevano bisogno di un po' di spazio. Tra fratelli non sempre si andava d'accordo. La casa al campo era sempre stato un rifugio; Riley vi si era sistemato e non la lasciava da due anni.

Jackson lo guardò con gli occhi a fessura. "Quando eravamo piccoli, non stavamo male in questa grande casa. Di sicuro c'è spazio in abbondanza. Molte persone si sentirebbero fortunate ad avere una casa labirintica come questa e io sto ancora cercando di capire cosa voglio. Un minuto mi sento intrappolato e quello dopo odio l'idea di andarmene… È casa nostra, c'è sempre un posto per tutti. Chi lo sa? Magari un giorno avremo tutti delle famiglie, come spera mamma, e ci riuniremo qui. A guardarci ora, è difficile immaginarlo. Nessuno di voi sembra minimamente pronto a sistemarsi. Dallas ha praticamente detto che non si sposerà mai. Tucker non ha detto molto… ed è palese che tu non sia pronto, Riley."

Lui fece spallucce; era innegabile. "Io so solo che trovare una moglie non è proprio il mio primo pensiero." Riley rivolse a Jackson uno sguardo curioso. "E tu e Nina? Avete passato molto tempo insieme. Ieri sera eri gelosissimo ogni volta che te la rubavo, non provare a negarlo."

Probabilmente Jackson non si era nemmeno reso conto del bagliore nei propri occhi alla menzione del nome della bella ragazza. Il fratello doveva sposarsi. Era il maggiore. Forse, se si fosse sposato e avesse avuto dei figli, sarebbe stato più felice. Da quando era scomparso il padre, Jackson non era stato dell'umore migliore. Ovviamente Riley era comprensivo… Tutti lo erano. Al momento dell'incidente, Jackson era troppo indietro per vedere la pessima mossa che aveva fatto il padre cavalcando nel fiume senza nessuno che fosse abbastanza vicino da aiutarlo nel caso in cui fosse caduto. Loro non avrebbero mai saputo perché l'aveva fatto. Jackson aveva visto tutto, ma non era riuscito a salvarlo. Aveva avuto una sola possibilità di salvarlo, la corda, ma era troppo corta. Riley non avrebbe mai dimenticato lo sguardo di Jackson quando l'avevano raggiunto. Avevano dovuto tirarlo via dal cavallo prima che si gettasse dietro al padre.

"Devi uscire con quella signorina. È perfetta per te."

"Concordo," commentò Dallas incontrando lo sguardo di Riley.

"Ascoltate, lei mi piace, ma non è facile come credi. Si tiene tutto dentro e ha delle buone ragioni per farlo. Ne ha passate tante, io la sto aiutando con dei problemi del passato."

Tucker inclinò la testa. "Quali?"

"Non sono autorizzato a divulgare certe informazioni al momento, ma credimi, non mi arrenderò. Ho pensato alla mia vita nell'ultimo periodo e ho capito che non voglio stare da solo. Sto pensando di sistemarmi… e lei è speciale."

Dallas si alzò in piedi. "Be', io non ci penso proprio. Tu vuoi il pacchetto completo."

Jackson rise sommessamente. "Sì, io non mi limiterò a resistere per otto secondi come da regolamento. Non sono mai stato bravo a cavalcare tori. Quello è il tuo campo, Dallas. In questo caso, io andrò fino in fondo."

"Buon per te," disse Tucker.

Riley sogghignò. "Questo sì che è il Jackson che conosco." Si incamminò verso la porta. "Tu tieni duro e sposa la tua donna. Io devo pensare ai progetti per il glamping." Con ciò, uscì fuori, poi si voltò. "Dallas, tu prenditi cura di te stesso. Tuck, ti avverto, rivincerò i miei soldi a biliardo, domani sera. E… Jackson, non voglio fare il ficcanaso e non so cosa stia succedendo a Nina con la questione del passato, ma se hai bisogno di qualsiasi cosa, fammi un fischio."

I fratelli erano dalla sua parte. L'avevano

supportato in quella decisione ed era bello sapere che lo sostenessero anche in quel rischio e nell'inizio di una nuova avventura. Ciò rendeva Riley ancora più determinato a non fallire.

Tucker era difficile da decifrare: era contento di stare al ranch, facendo ciò che tutti loro amavano.

Dallas era uno dei migliori cavalcatori di tori al mondo, ma non avrebbe potuto farlo per sempre. Riley sperava che rinunciasse prima di farsi male, ma non stava a lui decidere. Gli uomini sono uomini e solo Dallas poteva sapere quando mollare la presa.

Jackson stava facendo un buon lavoro e Riley ne era entusiasta. Era solo un po' preoccupato della serietà nel tono di Jackson quando aveva detto che dei problemi del passato di Nina li stavano frenando. Sperava che non fosse niente di pericoloso.

A volte, Riley vedeva la vita come una ciotola di ciliegie e forse se la godeva un po' troppo, anche se ciò non significava che fosse un incapace. Sperava che i fratelli sapessero che anche lui ci sarebbe stato, se loro avessero avuto bisogno.

* * *

Nina aveva una tazza di caffè in mano mentre il sole mattutino entrava dalle finestre e si posava sulla tela su cui stava lavorando. "Cosa ne pensi, Ranuncolo? È una cosina a cui sto lavorando."

Ranuncolo inclinò la testa di lato, contemplando il dipinto con gli occhi azzurri.

Nina quasi scoppiò a ridere. La cagnolina sembrava serissima e la padrona si aspettava che da un momento all'altro rispondesse. "Va bene, va bene. Ho capito, manca qualcosa." Nina doveva concentrarsi, ma non ci riusciva. Dopo la serata, si era sdraiata a letto a fissare le ombre sul soffitto, pensando al bacio. Poi a Joe, a come si era innamorata di lui e a quanto era stata ingenua sotto l'effetto del fascino di quell'uomo. Dopodiché era rinsavita. Jackson non era così, lui la stava proteggendo.

Nina non voleva pensare a niente di tutto ciò in quel momento. Non le faceva bene pensare alla relazione con Joe. A volte aveva dei flashback e scrutava le ombre, temendo che in qualche modo lui sarebbe ricomparso, ma non doveva pensarla così. Con l'aiuto di Jackson, stava imparando a voltare pagina e a non vivere nella paura.

La sera prima aveva guardato fuori dalla finestra e aveva visto una macchina in fondo alla strada. Jackson aveva detto che qualcuno la stava sorvegliando. Era inquietante e confortante allo stesso tempo. Qualcuno la stava tenendo d'occhio e Joe non sarebbe entrato a minacciarla, non avrebbe messo a soqquadro la casa, né l'avrebbe pedinata. Alla fine, Jackson l'avrebbe trovato e la polizia l'avrebbe arrestato. Nina ci sperava.

Quando sentì bussare alla porta, la ragazza sussultò e Ranuncolo balzò in piedi, abbaiando come se qualcuno stesse invadendo il loro spazio. Nina si affrettò alla porta sul retro, con la paura che la pervadeva e il caffè che le gocciolava sui piedi.

Jackson era alla porta di vetro, con un cipiglio sul volto.

Una fresca ondata di sollievo inondò Nina. Col respiro affannoso, lo salutò e gli rivolse un sorriso forzato, sperando di non sembrargli completamente terrorizzata. Mise giù la tazza di caffè, prese uno straccio e asciugò velocemente il pavimento. Poi si affrettò alla porta, pregando di aver riacquisito compostezza quando la aprì. "Jackson, che ci fai qui?" Quel tono accusatorio non era stato intenzionale. Era davvero felice di vederlo.

"Sono venuto a parlarti. Ti va di fare quattro passi in spiaggia?"

"Certo. Vuoi una tazza di caffè? L'ho appena fatto."

"Magari."

Nina si allungò verso la caraffa di caffè. Si sentiva agitata. *Di cosa doveva parlarle?* Nina tirò fuori una tazza grigia, la riempì di liquido marrone e gliela passò. Lei prese la propria tazza, che era rossa, e tornò da lui. Quando di colpo lo vide, alla luce del sole, che la guardava muoversi verso di lei, Nina sentì un brivido.

No, non si sarebbe abbandonata a quelle sensazioni. Voleva quasi credere che stesse camminando verso il futuro mentre si avvicinava a Jackson. Loro insieme, sposati. Casa di Nina come cottage al mare e casa di Jackson come base principale. Loro che si godevano il meglio dei due mondi.

Nina stava perdendo la testa.

Sorpassandolo, gli lanciò uno sorriso da sopra la spalla. "Pronto a camminare verso l'oceano?"

Jackson si tolse il cappello e lo appese all'angolo della sedia Adirondack, poi tirò fuori un paio di occhiali da sole dalla tasca e li indossò. Passeggiarono insieme sulla sabbia, mentre Ranuncolo trotterellava accanto a loro, entusiasta di fare un giro in spiaggia.

"Ranuncolo non ci ha messo molto a innamorarsi dell'acqua. Quando scendo i gradini della veranda, sa che stiamo per andare lì vicino e ne va pazza."

"Che bello, sembra si sia ambientata."

Nina cercò di fare due chiacchiere quando in realtà avrebbe voluto fermarsi e baciarlo. Lei però non sapeva perché Jackson fosse lì e qualcosa le diceva che forse non avrebbe voluto sentire ciò che lui aveva da dirle.

"Nina… L'hanno trovato."

Nina si fermò. "L'hanno trovato?"

Jackson annuì lentamente. "Ieri sera."

"Dove?" Il cuore di Nina stava per scoppiare. Non sapeva se essere sollevata o meno.

La serietà dell'espressione di Jackson la fece fermare.

"Era in un motel in fondo alla strada. Ti aveva trovata."

Le ginocchia di Nina cedettero e la tazza finì a terra.

Quella di Jackson la seguì a ruota e lui afferrò Nina. "Vieni, aggrappati a me. Va tutto bene. Ieri sapevo che avevano una pista, ma non credevo che fosse tanto vicina o che li avrebbe portati proprio qui, altrimenti non ti avrei mai fatta tornare a casa, ieri sera."

"Come mi ha trovata?"

"Be', contro ogni pronostico, il programma TV è parzialmente responsabile. Qualcuno l'ha visto online e conosceva i tuoi quadri. Questa persona ha detto che le ricordava di un tuo dipinto che aveva. Lui stava facendo delle ricerche su di te e ha ricevuto una segnalazione. È stato semplicissimo. È palesemente ossessionato e hai ragione: era venuto per te. Non voglio spaventarti, ma l'hanno preso e aveva un sacco di roba con sé. Roba che farà rimanere dietro le sbarre per un sacco di tempo."

Jackson la abbracciò e la strinse forte mentre lei si aggrappava a lui.

Nina tremava, sia per la paura che per il sollievo. "Non uscirà?"

"Non se ci ascolteranno, ma tu sarai al sicuro. Nina, ti amo e non lascerò che ti succeda niente. Se non ti dispiace, ti starò attaccato come una cozza. Vorrei farlo per il resto della tua vita, ma probabilmente è troppo presto per dirlo, quindi almeno finché non sapremo che non uscirà di prigione."

"Mi piacerebbe, Jackson, e intendo per sempre… se fai sul serio."

Nina l'aveva trovato e dopo quello che aveva passato, non l'avrebbe lasciato.

Jackson sorrise, guardandola negli occhi. "Quando tutto questo sarà finito, starà a te decidere. Io sono stato impulsivo."

Lei si aggrappò a lui e seppe che non avrebbe cambiato idea.

CAPITOLO VENTITRÉ

"Guarda, ci sono Jackson e Nina sulla spiaggia."
Lisa uscì sul bordo della veranda, sbirciando verso l'oceano.

Alice li aveva già avvistati. Sembrava una conversazione seria e lui la stringeva tra le braccia. Da quella distanza, Alice non riusciva a capire di che stessero parlando, ma a vederli insieme le si gonfiò il cuore. "Sì, sono loro." Erano carinissimi insieme. Non solo carini, ma *perfetti*.

"L'ha baciata?"

Alice fece una risatina e si voltò verso l'amica. "Non che io sappia, ma parlano così da un po'. Vorrei poter vedere meglio le loro espressioni. Credo si stiano innamorando."

"Sono d'accordo con te, se ne stanno proprio rendendo conto," disse Lisa. "E tu? Pensi che ti risposerai mai?"

Alice guardò l'amica, poi sprofondò nella sedia e

posò la tazza di caffè sul tavolino. "In questo momento, non riesco a pensare a niente di simile, ma sai, ci sono troppe variabili da prendere in considerazione. Per esempio, con William ho avuto un matrimonio meraviglioso. Certo, come tutti i matrimoni, non era perfetto. Avevamo i nostri problemi… Quale coppia non li ha? Ma in generale era splendido, io lo amavo da morire. E se mi risposassi con una persona orribile come il tuo ex? Qualcuno che mi calpesterà il cuore e mi lascerà per una donna più giovane, costringendomi a dover fare i conti con un bagaglio emotivo come il tuo? No, non lo so. Non credo di essere tanto coraggiosa. In questo momento, ho solo bisogno di aprire la locanda e guardare i miei ragazzi trovare l'amore, o almeno ci spero."

"Ti capisco, sorella. Ti sono vicina." Lisa sollevò la tazza di caffè. "A ritrovare noi stesse sull'isola di Star Gazer, in questa locanda. Ho un buon presentimento."

Con un sorriso stampato sul volto, Alice fece lo stesso e le tazze si scontrarono in un brindisi. "A ritrovare noi stesse sull'isola di Star Gazer. Alla Star Gazer Inn, che domina la baia di Corpus Christi."

Lisa si guardò intorno. "Alice, è di questo che sono fatti i nuovi inizi. Amicizia, sostegno e il coraggio di ricominciare e puntare alle stelle."

Alice sorrise. "Hai proprio ragione."

CAPITOLO VENTIQUATTRO

Dopo l'asta e la cena di beneficenza, il tempo era volato. Da quell'evento erano successe un sacco di cose. Alice e Lisa avevano scoperto che Nina si stava nascondendo da un genio della truffa che non solo l'aveva derubata e minacciata, ma che l'aveva poi trovata a causa del servizio televisivo sulla locanda e del piccolo spezzone in cui mostravano i lavori di Nina. Alice e Lisa erano sconvolte del fatto che lo stalker fosse venuto in città per tentare di rapirla dopo aver riconosciuto i quadri. Alice era rimasta inorridita dalla consapevolezza di essere responsabile del ritorno di quella persona nella vita di Nina, dopo che lei si era nascosta per tre anni da quell'uomo terribile. Eppure, Nina era stata dolcissima e le aveva assicurato che alla fine era stato un bene, perché non avrebbe potuto continuare a nascondersi per tutta la vita. Lei era consapevole dei rischi dal giorno in cui aveva deciso di vendere i quadri ad Alice, ma la donna si sentiva comunque male al pensiero.

Si era messa l'anima in pace solo quando Jackson le aveva ricordato che lei l'aveva fatto in buona fede, e che, grazie a quella vicenda, Jackson e Nina si erano trovati. Alice aveva creduto che quella ragazza fosse perfetta per il figlio maggiore dal primo momento in cui l'aveva conosciuta. A quel punto si erano messi insieme e Alice avrebbe scommesso che presto ci sarebbe stato l'annuncio di un matrimonio. Tuttavia, sapeva che Jackson non era un tipo impulsivo e dopo tutto ciò che Nina aveva passato, con il marito scomparso e lo stalker, Alice temeva che la ragazza avrebbe fatto fatica a impegnarsi in una relazione. Come biasimarla?

Lisa, però, aveva precisato che Nina non avrebbe mai preso in considerazione una relazione con Jackson se non fosse stata certa che lui fosse totalmente diverso dagli uomini riprovevoli con cui aveva avuto a che fare in passato. "Il tuo Jackson è un uomo straordinario," aveva detto Lisa in cucina con le mani sui fianchi. "Non è come il mio orribile ex, Mason, né come gli schifosi esemplari del genere maschile con cui ha avuto a che fare Nina. Mi rifiuto persino di chiamarli schifosi esemplari di *uomini*, perché non credo possano essere classificati come tali. Tuttavia, quando guardo Jackson, o uno qualsiasi dei tuoi figli, riconosco degli uomini di qualità… Hanno preso da William, che ha dato loro il buon esempio, ed è anche grazie al tuo amore e alla tua guida, se sono cresciuti bene."

Alice era molto toccata dalle parole dell'amica. "Grazie."

"Non c'è bisogno di ringraziarmi, è la verità. Stanno portando avanti il retaggio di William: amore, rispetto, gentilezza e come trattare bene una donna. Credo che Nina l'abbia riconosciuto e quando arriverà il momento in cui Jackson le chiederà la mano, lei avrà il sì sulla punta della lingua. Fidati." Lisa le aveva rivolto un grande sorriso e si era girata verso il bancone per cominciare a sperimentare un altro piatto per il menù della locanda.

Alice doveva sperare e credere che, considerando l'inferno che l'amica aveva passato, Lisa capisse come si sentiva una donna respinta, maltrattata. Pregava che lei avesse ragione, perché voleva bene a Nina e l'avrebbe accolta come prima nuora. Quindi si sentiva ottimista e credeva che Nina e suo figlio fossero destinati a stare insieme. Uno dei grandi vantaggi era che Jackson andava in città più spesso e ad Alice faceva piacere.

Seth aveva finito i bagni, che erano un sogno. Spettacolari, in stile spa, di un lusso top di gamma. Lei sapeva che gli ospiti ne sarebbero stati entusiasti quanto lei. Era contenta di aver assunto Seth per costruire il tendone. Lui avrebbe cominciato i lavori il lunedì successivo. A dir la verità, non era pronta per la partenza del costruttore, non voleva che lui non le stesse più intorno. Si era affezionata a lui e ormai si era abituata a vederlo lavorare alla locanda. Aveva scoperto che era un uomo di spessore che, dopo cinque anni, portava ancora i fiori sulla tomba della moglie. Un uomo dolce e gentile, che sembrava capire in che punto della propria vita si trovasse Alice: il punto in cui lei stava passando da una vita con William a una vita senza di lui, a una vita in cui cercava di voltare pagina; e lo stava facendo concentrandosi sulla locanda. Per tutto il resto, Alice non aveva fretta. Era difficile e non era ancora arrivata a pensare di uscire con qualcuno. Amare un'altra persona sembrava impensabile.

Alice ne aveva parlato a Lisa e l'amica aveva smesso di glassare una torta tartufata al cioccolato e aveva detto la sua, puntando la spatola verso Alice. "Non devi sposarlo, Alice. Dovresti solo considerare l'idea di fare quel giro in barca con lui. Mi hai detto che ti ha invitata settimane fa. Fai solo un giro, bevi un bicchiere di vino, un Mimosa o un semplice tè freddo, una limonata, qualsiasi cosa, ma vacci e divertiti. E prima di dirmi che non hai tempo, dimmi quand'è stata l'ultima volta che hai fatto qualcosa di non relativo al lavoro? Perché so che ami la locanda, ma anche quello ha a che fare col lavoro. Vai. Di' a Seth che andrai a fare un giro in barca con lui al tramonto. Sono fiduciosa, non ti farà delle avances, ti rispetta troppo. Lo vedo nei suoi occhi quando parla con te. Quell'uomo capisce esattamente cosa provi, perché ci è passato. Tu non sei come me, non sei stata rifiutata, il tuo cuore non ti è stato strappato dal petto e poi buttato via. No, Alice, hai visto il meglio di una relazione, ne hai assaporato la bellezza. Solo che ti è stata sottratta troppo presto. Devi rilassarti e divertirti un po'. Vai a fare quella gita in barca." Dopo la piccola invettiva, Lisa aveva rivolto un sorriso ad Alice ed era tornata a concentrarsi sulla torta.

In quel momento, Alice era da sola in cucina, di domenica mattina, a guardare le onde lambire la riva mentre pensava di prendere il telefono e chiamare Seth per chiedergli se volesse fare un giro in barca, più tardi quello stesso giorno. Tuttavia, non aveva bisogno di chiamarlo e chiederglielo, perché sapeva che lui avrebbe subito preso la barca. Sapeva che quando non lavorava, passava tanto tempo lì sopra. Alice si chiese se fosse per via della solitudine. Anche lei era sola… Be', aveva i ragazzi, Nina e Lisa, ma non era come avere William. Le mancava da morire, lui e il tempo passato insieme. Soffriva per quella perdita, per ciò che avevano avuto. Quando era vicina a Seth, provava… quasi la stessa sensazione che sentiva con William.

Certo, non si illudeva; non avrebbe mai provato ciò che provava col marito, eppure tutte le mattine si ritrovava ad aspettare con ansia che Seth andasse a lavorare. Le piaceva parlare con lui, ma non aveva ancora trovato il coraggio di prendere il telefono e chiamarlo. Non ci riusciva proprio.

Si sentiva inquieta, così decise di andare in città. Si avvicinò al mobile della cucina, prese la borsetta e se la mise a tracolla. Poi afferrò il cappello azzurro a tesa larga e se lo mise in testa. Infilò i grandi occhiali scuri sul naso e si incamminò verso la città. Le avrebbe fatto bene uscire. Il lunedì sarebbe stato impegnativo per via del trasloco dei letti nuovi e avrebbe dovuto prendere delle decisioni definitive sulle decorazioni delle camere. Avevano fissato la data di apertura e avevano già delle prenotazioni. Era entusiasmante.

Eppure, mentre camminava, pensò a Seth. Era inquietante. Si sentì in colpa poiché gran parte della giornata l'aveva passata a pensare al costruttore. William sarebbe stato il primo a dirle di andare avanti, di fare un giro in barca con quell'uomo. Riusciva quasi a sentirlo, come se le stesse parlando dalle paffute nuvole bianche nel cielo di un azzurro perfetto. "Per l'amor del cielo, Alice, non stare a casa in letargo. Vai in barca, volta pagina. Io non ci sono più, tesoro, e non tornerò." Alice sentì le lacrime montare.

Qualcuno la salutò dall'altra parte della strada, una delle signore che lavorava al negozio di alimentari. Alice ricambiò il saluto, respingendo le lacrime. Tirò su col naso, fece un respiro profondo, nel tentativo di recuperare la forza, e scacciò via il senso di colpa.

Almeno per il momento. William aveva ragione. In quel periodo il marito era sempre nei pensieri di Alice, a spingerla ad andare avanti. A volte era irritante. Forse lei non voleva andare avanti in quel senso.

Quando raggiunse la zona principale dei negozi, si sentì sollevata, perché poteva entrare e uscire dai negozi e impegnare la mente alla ricerca degli accessori perfetti per la pensione. In seguito avrebbe pranzato al molo e si sarebbe goduta l'atmosfera, guardando i pellicani volare sull'acqua. Adorava vedere come quegli uccelli buffi riuscissero a essere tanto aggraziati sulla superficie. Si sarebbe crogiolata al sole, felice e rilassata, perché Lisa aveva ragione: doveva prendersi del tempo per se stessa. Poteva essere quello il problema. Doveva ricominciare a ricontattare le amiche per organizzare dei pranzi. Lei e Lisa avevano pranzato insieme qualche volta, ma Alice era sempre stata troppo impegnata per spingersi oltre. Avrebbe posto rimedio.

Comprò un paio di oggettini, tra cui una targhetta che diceva: "Non c'è fretta, inspira la brezza" e un'altra con su scritto: "Tira fuori l'uccellino blu della gioia che è in te". L'uccellino blu della gioia. Il nonno le parlava sempre di quell'uccellino, e quando Alice vide quella targa si ricordò di lui. Sebbene fosse morto quando era piccola, si ricordava ancora quel sorriso felice e la risata esultante, gioiosa.

Alice rimase nel bel mezzo del negozio a fissare il

cartello e si sentì determinata a seguire quel principio. Lo prese in mano e sentì che stava superando quello stato malinconico. Era appena uscita da un negozio, quando una campana a vento con uno scintillante vetro azzurro chiaro catturò la sua attenzione. Invece di guardare dove andava, stava fissando il vetro splendente e andò a sbattere contro una persona. L'impatto fu talmente forte che le caddero gli occhiali che aveva appoggiato sulla testa mentre faceva shopping.

"Oh, mi scusi," sussultò lei mentre delle mani le avvolgevano le spalle, mantenendola salda. Poi alzò lo sguardo e vide i pallidi e spaventati occhi azzurri di Seth.

"Stai bene?" chiese lui. Abbassò la mano per prendere gli occhiali da terra e glieli passò. "Hai preso una bella botta. Non ti ho fatto male, vero?"

All'inizio Alice non parlò, perché aveva pensato a lui per tutta la mattinata ed eccolo lì. "No, no, sto bene. Scusa, ero distratta. Sto facendo shopping e stavo pensando a un oggetto in vetrina." In quel momento tutti i pensieri erano volati via, quindi non si ricordava nemmeno cosa stesse guardando prima dello scontro.

"Allora mi fa piacere che tu stia bene… e sono contento di averti incontrata."

Alice provava lo stesso, ma non lo disse.

Si spostarono dall'entrata per non intralciare la gente che entrava nel negozio. Seth indossava una t-shirt con su stampata un'ancora, dei pantaloncini cargo sportivi e delle scarpe da barca, niente jeans o stivali da lavoro. Sembrava diverso, vestito così. "Sembri rilassato oggi," disse Alice con un sorriso. Si sentiva più spensierata di quanto non lo fosse stata per tutto il giorno.

"È la mia tenuta da barca. Prendo da mangiare e poi vado lì."

La barca. Alice pensò al giro con lui. "È una bellissima giornata per uscire in mare. Starai sicuramente alla grande."

"Lo spero." Seth la fissò per un lungo istante. "So di avertelo chiesto tempo fa, ma c'è un tempo splendido e se volessi venire, mi farebbe piacere avere la tua compagnia. Posso prendere qualcos'altro da mangiare, così pranziamo sulla barca, guardiamo i delfini e peschiamo un po', se ti piace la pesca. Sennò puoi semplicemente metterti comoda e rilassarti, o leggere qualcosa sul telefono, se hai un'app di lettura."

Alice sorrise. Percepiva del nervosismo nella voce di Seth. Lui era esitante e preparato alla risposta negativa. Lei se ne rese conto e ne fu colpita, così d'impulso annuì.

Poi usò la voce. "Mi piacerebbe."

Seth alzò le sopracciglia e un sorriso gli si dipinse lentamente sul volto. "Sicura?"

"Sì. Sì, Seth, sono seria. Mi piacerebbe molto

venire in barca con te."

Così, aveva fatto un altro passo avanti.

* * *

Seth era rimasto colpito quando Alice aveva accettato l'invito. Da quella prima volta alla locanda, mentre guardavano il bagno al piano di sopra, non aveva più proposto ad Alice di fare un giro in barca. Aveva ricevuto il messaggio forte e chiaro: non era pronta, non solo a uscire con qualcuno, ma nemmeno a instaurare un'amicizia con un uomo. Allora, erano passati solo sedici mesi dalla scomparsa del marito; considerando il tempo da cui Seth la conosceva, si rese conto che a breve sarebbero stati diciotto mesi da quando il marito, William, era morto in un tragico incidente. Per Seth, invece, erano passati cinque lunghi anni. Cinque anni in cui aveva cercato di abituarsi alla vita senza la sua Jen e di trovare qualcuno di anche lontanamente interessante con cui uscire. Alice era stata la prima donna a catturare l'interesse di Seth in tutto quel tempo. Lui non le serbava rancore per aver rifiutato l'invito. La capiva perfettamente, ma ne era rimasto deluso. In quel momento, dopo aver ritirato il pranzo, stavano camminando lungo il molo verso il porticciolo dove c'era l'imbarcazione. Seth era determinato a non rovinare tutto. Alice aveva acconsentito al giro in barca, niente di più, e la posta in gioco era alta. Se lui avesse mandato tutto all'aria, sapeva che Alice non sarebbe mai più andata con lui né in mare né da nessuna parte, forse.

Quella era l'unica possibilità che Seth aveva e per questo si sentiva dilaniato. Lui, un uomo di cinquantanove anni. Era più nervoso di quanto lo fosse stato anni addietro, quando aveva chiesto a Jennifer di uscire per la prima volta.

"Allora, qual è la tua barca?" chiese Alice, alzando lo sguardo verso Seth. Il bellissimo viso della donna gli fece scattare quei fremiti di gioia ormai familiari. Una gioia che non provava da una vita. Era insolito anche solo provare felicità nel guardare una persona, ma era così che si sentiva, da quando aveva cominciato a lavorare per Alice. Il semplice fatto di andare a lavoro tutti i giorni lo faceva sentire appagato. Avevano lavorato insieme tranquillamente, imbattendosi l'uno nell'altra, nel corridoio. Lei gli portava il cibo da assaggiare. Anche essere la cavia di Lisa era un incentivo per continuare quel lavoro che adorava. Perché quella donna era una maga ai fornelli. Tuttavia, era Alice a dare a quel lavoro più significato di quanto ne avesse avuto qualsiasi altra ristrutturazione. Quando lei gli aveva chiesto di costruire un tendone sul retro della locanda, si era sentito assolutamente grato. Quel progetto avrebbe allungato la permanenza e il tempo passato con lei. Seth ringraziava il cielo tutte le mattine, al pensiero di tornare a lavorare alla locanda. Quella gita in barca era un viaggio premio e, di nuovo, lui non poteva incasinare tutto.

"Qual è la tua barca?" chiese di nuovo lei mentre attraversavano il molo.

"È quella azzurro chiaro sul lato destro. È una barca da pesca di otto metri, né troppo grande né troppo piccola. Ha due motori, quindi se uno si rompe possiamo comunque tornare, ed è inaffondabile, quindi se ci dovesse succedere qualcosa e cominciassimo a prendere acqua, non colerebbe a picco. Un'altra preoccupazione in meno. Oggi giriamo solo intorno all'isola, sperando di vedere dei delfini, giusto per svagarci un po'. Se ci viene voglia, magari possiamo fermarci a un rifugio per vedere degli uccelli. Oggi possiamo fare tutto ciò che vuoi. Eccoci arrivati." Seth si fermò davanti alla barca. "Aspetta, metto via il cibo." Mise un piede sul lato dell'imbarcazione e poi sul gradino interno. Seth la sentì ondeggiare, era talmente abituato a quella sensazione che a malapena ci fece caso quando mise il sacchetto sulla poltrona di comando.

Poi si voltò e le tese un braccio. Alice infilò la piccola mano in quella dell'uomo e il cuore di Seth cominciò a scalciare come se avesse appena fatto il giro del mondo. La donna mise un piede sul lato dell'imbarcazione e Seth, non volendo farla cadere, la prese per il fianco e la issò. Stringerla sembrava la cosa giusta da fare. Come quel giorno sulle scale, quando lei era quasi caduta e lui l'aveva afferrata, stringendola a sé per evitare che facesse un capitombolo dalle scale. Alice era minuta e completamente diversa da Jen, ma era bello averla tra le braccia. La donna si era ricomposta subito, scostandosi da lui, e non c'era stato un solo giorno in cui Seth non si fosse pentito di non averla tenuta stretta più a lungo. Quella volta la lasciò andare subito. Non voleva rovinare il momento. Quel giorno si sarebbe solo concentrato sul farla divertire e rilassare in sua presenza. Farle capire che aveva un amico.

Se quella era l'unica relazione che avrebbero potuto avere, sarebbe andata bene così.

Non proprio benissimo, ma si sarebbe accontentato. Alice alzò lo sguardo verso Seth. Non sorrideva, sembrava confusa, probabilmente su quale sarebbe stato il prossimo passo dell'uomo.

"Se vuoi sederti lì sulla sedia, io mi metterò su quell'altra a timonare," disse Seth, poi prese le buste di cibo e le mise nella borsa frigo dietro il sedile per tenere al fresco i panini.

Alice si sedette. "Che bella barca, è perfetta. Non è una di quelle in cui bisogna sedersi in alto, ingombranti, con una grande cabina sotto o altro. Per te deve essere bellissimo passare la giornata qui sopra."

"È vero. Avevo una barca più piccola, prima che Jen morisse. Non vedevo proprio il bisogno di averne una più grande perché nel mio mestiere, non questo, quello all'azienda, facevo tante ore di lavoro e non uscivamo in mare molto spesso. Tuttavia, appena ho saputo che non sarei tornato a lavorare lì e avrei aperto la mia attività di appaltatore, ho preso questa."

"Si intona bene ai tuoi occhi."

Seth rimase sorpreso da quel collegamento. "Sì, non ci ho pensato molto quando l'ho comprata, ma un mio amico me l'ha fatto notare. Semplicemente mi piace vedere queste barche azzurre sull'acqua. È un colore che mi rende felice."

Alice sostenne lo sguardo dell'uomo. "La barca azzurra della gioia e della felicità." Sorrise.

"Cosa?"

Il sorriso di Alice si allargò. "C'è un vecchio detto sull'uccellino azzurro della felicità. Mio nonno lo chiamava uccellino blu della gioia. Io l'ho semplicemente cambiato, perché questa barca lo rappresenta."

"È vero, ci sta."

"Azzurra. Come l'acqua e il cielo. Il cielo azzurro ha un nonsoché di inspiegabile. Anche quando arriva la tempesta, sai sempre che passerà e che il cielo tornerà a essere azzurro. Dà speranza." Alice scostò lo sguardo dalla volta celeste e Seth pensò di aver sentito della commozione in quelle parole.

Aveva ragione. "Esattamente. Mi sa che siamo

pronti, quindi siediti lì e io la faccio partire. Andremo dove il cielo incontra l'acqua. Siamo a caccia di delfini, be', di focene, meglio chiamarle col nome giusto. Però pescheremo delle lampughe, che fanno parte della stessa famiglia. Le focene e i delfini non sono la stessa cosa, ma alcune persone si allarmano quando dico che ho pescato dei delfini per cena."

Alice sorrise. "In realtà conosco la differenza tra delfino e focena. Se stessi pescando, anch'io mi butterei sulle lampughe. Ne vado pazza."

"Allora abbiamo una cosa in comune. So preparare un ottimo piatto a base di lampuga. Magari potrei passare la ricetta a Lisa. È talmente squisita…"

"Se è tanto buona," disse lei, "me la dovrai preparare, qualche volta."

"Sì, è speciale," disse lui, mentre slegava la barca dal molo. Dopo aver preso posto, le sorrise. Poi la guardò, rendendosi conto che quello che gli aveva appena fatto era una specie di invito. Sembrava spaventata quanto lui.

"Intendevo per me e Lisa," chiarì lei.

"Si può fare. Devo sdebitarmi con voi due per gli eccellenti piatti che mi avete fatto assaggiare."

Alice sorrise e si rilassò. Seth tirò un sospiro di sollievo. Non voleva che lei vedesse quell'espressione e pensasse che lui avrebbe insistito e le avrebbe chiesto un appuntamento, e magari lei avrebbe accettato.

"Sei pronta?"

"Prontissima."

Seth tirò l'acceleratore e l'imbarcazione partì verso la baia. Il vento salato gli soffiava in faccia e il sole brillava su di lui. Era la prima volta che, pilotando quella barca, si sentiva davvero in pace. Era ancora nervoso ma felice. Totalmente felice e speranzoso.

Trovarono una focena lucente, grigia, vivace e perfetta. Alice amava andare in barca e, mentre Seth rallentava, lei guardò lo spettacolo rappresentato dall'animale. Non rideva in quel modo da un'eternità, e ne era consapevole. Era una sensazione stupenda.

In quei momenti pensò a William. Guardava la focena mettere in mostra le proprie doti acrobatiche. Danzò sull'acqua, volteggiò, si girò a mezz'aria e si rituffò nell'acqua azzurra, lasciando delle increspature dove era sparita, solo per risalire e cominciare un'altra esibizione. Perché William aveva cavalcato il cavallo in quel fiume nonostante conoscesse i pericoli? Perché aveva corso quel rischio? Probabilmente Alice non l'avrebbe mai saputo. Voleva rievocarlo, rivedere la propria vita prima di quel momento, ma non poteva. Chiuse gli occhi e lasciò che la tensione si allentasse.

Alice si era vista costretta a investire tutta se stessa in un nuovo inizio e aprire la Star Gazer Inn. Era stata una decisione importante e sembrava la cosa giusta da fare. Il gioco valeva la candela anche solo per l'amicizia ritrovata con Lisa e quella nuova con Nina. Alice aspettava con ansia il giorno in cui avrebbero aperto la locanda e Nina e Jackson avrebbero cominciato la loro vita insieme. Sperava che quella relazione avanzasse rapidamente.

Seth, invece, era stato del tutto inaspettato. Non aveva previsto di conoscerlo. Eppure sapeva che avrebbe fatto parte del proprio futuro. In che misura ancora non lo sapeva, ma si sentiva felice e c'era la promessa di… qualcosa di più. Era emozionante, come la focena che nuotava nel mare e lasciava le increspature brillanti e poi riemergeva ancora una volta per ricominciare daccapo. Alice aveva fatto un passo avanti, sebbene si sentisse nervosa anche solo a prendere in considerazione l'amicizia con Seth. In quel periodo, si sentiva più forte e cominciava a provare sentimenti sempre più intensi, come se fosse tornata a essere la donna che era prima della tragedia che le aveva portato via William. Avrebbe mai potuto lasciare che il proprio cuore rischiasse quel dolore? Quello strappo profondo?

Alice fece un respiro esitante.

"Stai bene?" chiese Seth. Aveva la voce piena di preoccupazione.

Doveva essersi persa tra i pensieri a tal punto che l'espressione del proprio viso mostrava tutto il suo dolore. Guardò Seth e decise di essere onesta. "Mi sento confusa e il dolore di aver perso William mi ha appena colpita."

"Mi dispiace. Possiamo tornare indietro, se vuoi."

Lei gli rivolse un sorriso dolce. "No, non possiamo tornare. Ascolta, provo dolore perché so che è ora di andare avanti ed è per questo che sono qui con te. Voltare pagina non sarà facile. Anche tu ci sei passato?"

Seth annuì e rallentò la barca fino a farla fermare. Poi girò la sedia per guardarla in faccia.

"Certo, ma mi sono mosso a piccoli passi. Tu sei la prima donna per cui provo un forte desiderio. Non lo dico per spaventarti o farti scappare, sono solo onesto. Siamo adulti, grandi e vaccinati, e sinceramente penso sia l'unica maniera di affrontarla. Ci saranno dei giorni in cui te la sentirai di andare avanti e altri in cui vorrai tornare nella tua zona di comfort. Ti sto dicendo che ti capisco e ti sostengo, qualunque sia la tua scelta sulla nostra relazione. Sta a te decidere."

Be', era la risposta onesta di cui lei aveva bisogno. "Allora ti dirò cosa provo. Mi sento attratta da te. Sento una connessione che non avevo mai provato prima di incontrare William e non ho più provato dopo di lui. Ora lo sai, ma non credo di poter mai amare di nuovo, oppure *lasciare* che mi innamori ancora. Tu sai quanto è doloroso perdere qualcuno."

Seth sorrise, si piegò in avanti e le prese la mano con dolcezza. Il tocco di quell'uomo era caloroso, confortante e anche qualcosa di più... Quel semplice tocco le fece gonfiare il cuore.

"Alice, io pensavo che non avrei amato mai più, che non sarei mai più uscito con nessuna donna, che non avrei mai più messo a rischio il mio cuore. Ho capito che non avrei mai scelto una vita senza l'amore per Jen, anche se avessi saputo che sarebbe morta prima di me. La vita è migliore sapendo di averla conosciuta e amata. Tu provi lo stesso per William. Giusto?"

Alice annuì, sentendo le lacrime montare.

"Io ho avuto più tempo per rendermi conto che voglio provare quell'amore, quella connessione. Ho un cuore abbastanza grande per amare ancora. Non riesco a spiegarlo. Non ci avrei mai creduto, ma è così. Forse se fossi più vecchio, non la penserei in questo modo. Io voglio essere tuo amico, un tuo buon amico. Voglio vedere dove possiamo arrivare da qui, ma al tuo ritmo. Sarai solo tu a decidere se vorrai di più. Quindi, per ora, lascia che sia tuo amico. Lascia che sia la persona che ti porta in barca a guardare il tramonto quando hai voglia di condividere certe esperienze."

Lei fissò quegli occhi azzurri e la tensione che l'aveva assalita si allentò. Si fidava di Seth.

Alice sorrise. "Mi piacerebbe tanto."

Lei lo sapeva.

Seth sorrise e si alzò. Mentre la barca ondeggiava dolcemente, fece alzare Alice e la abbracciò. "Grazie. Volevo solo darti un abbraccio e dirti che per te io ci sono, Alice. Ma sai, te la stai cavando alla grande anche da sola. Solo che nel mentre, mi piace contemplarti."

Lei alzò lo sguardo verso di lui, godendosi l'abbraccio. "Credo che tutto ciò faccia parte di un nuovo inizio: il coraggio di uscire dalla mia zona di comfort, l'entusiasmo di sentirmi gratificata e soddisfatta nel sapere che, anche se a volte è difficile, sto andando avanti."

Il sorriso di Seth si allargò. "Credo tu abbia ragione." La lasciò andare e la fece voltare per spostare lo sguardo in lontananza, dove si vedeva la locanda, lungo la riva. "Hai riportato in vita la pensione e quel posto è resiliente come te. Andrà tutto bene, Alice."

La donna guardò la sua locanda e seppe che anche lei era resiliente e che sarebbe andato tutto bene.

"Sì, è vero," rispose guardando Seth. Poi sorrise, perché sapeva che era la verità.

Cari lettori,

grazie mille per aver letto questo libro! Spero che vi sia piaciuto e che seguirete il viaggio di Alice e Seth nel prossimo volume. Acquistate oggi **LA VERITÀ SUI SOGNI**.

LA VERITÀ SUI SOGNI
Secondo libro della serie Star Gazer Inn

I nuovi inizi richiedono determinazione…

Bentornati alla Star Gazer Inn. Il nuovo inizio di Alice McIntyre dopo l'acquisto della pensione le riempie le giornate; ora, grazie alle abilità culinarie e all'atteggiamento positivo dell'amica Lisa, è pronta ad aprire.

Al suo fianco ha anche la futura nuora, Nina, e la magia dell'attenzione verso i dettagli del nuovo amico appaltatore Seth Roark.

Seth e Alice hanno entrambi subito perdite, entrambi stanno ricominciando da capo, ed entrambi stanno trattando la nuova amicizia e l'attrazione che sentono l'uno verso l'altra con cautela.

Il figlio di Alice, Dallas, si sta rendendo conto che potrebbe non avere quello che serve per continuare a cavalcare nel circuito professionistico dei rodeo. È a casa al ranch McIntyre dopo essersi infortunato alla spalla e aver visto cosa succede nella locanda della madre. Quando incontra una bella donna sulla spiaggia, in circostanze insolite, non ha idea di come la sua vita stia per cambiare...

Nel frattempo, Riley McIntyre è impegnato ad avviare la nuova postazione per il "glamping" sulla proprietà costiera del ranch, e a corteggiare le signore che amano un po' di glamour e di lusso per la loro esperienza in campeggio.

Jackson e Nina organizzano il loro matrimonio.

Il passato di Lisa sta causando dei problemi e, con l'apertura della pensione, Alice ha bisogno che l'amica sia concentrata ed esprima al meglio le proprie abilità culinarie. Riuscirà Lisa a sopportare la pressione?

Tre donne trovano l'amicizia e il coraggio sulle rive della baia di Corpus Christi. Venite a visitare la Star Gazer Inn e a esplorare il Ranch McIntyre, mentre Alice troverà la propria strada tra quei due mondi.

Questa nuova serie seguirà Alice, i figli e gli amici (e i nuovi amori) sulla costa del Texas meridionale, dove l'acqua è cristallina e scintillante.

Vi conviene immergere le dita dei piedi e fermarvi un po'.

L'autrice

Scrittrice di best-seller, Debra Clopton ha venduto oltre due milioni e mezzo di copie. Scrive romanzi dolci, contemporanei e western, ambientati in Texas e sulle spiagge della Florida. Le sue serie sono pulite e adatte a tutti; inoltre, Debra scrive anche romanzi motivanti di ispirazione cristiana. Debra è nota per i suoi dialoghi vivaci, per i suoi eroici cowboy e le sue eroine esuberanti. Ha ottenuto riconoscimenti come il "The Book Sellers Best", il "Romantic Times Magazine's Book of the Year", il "Reader's Choice Awards" e molti altri. È stata inoltre finalista del premio "Golden Heart", organizzato dalla Romance Writers of America, e tre volte finalista del "Carol Award" dell'American Christian Fiction Writers. Texana di sesta generazione, Debra vive in un ranch in Texas con suo marito Chuck. Adora viaggiare e trascorrere del tempo con la sua famiglia. Ha scritto per la Harlequin e per Harper Collins Christian e ora pubblica con la DCP Publishing. È entusiasta di scrivere per la DCP Publishing e di vedere i suoi libri venduti in tutto il mondo.

Debra adora aiutare le persone a sorridere con le sue storie divertenti e dal ritmo concitato.

Visitate il sito di Debra: www.debraclopton.com
Date un'occhiata alla sua pagina Facebook: www.facebook.com/debra.clopton.5
Seguitela su Twitter: www.twitter.com/debraclopton
Contattatela all'indirizzo Debraclopton@yamil.com
Iscrivetevi alla newsletter di Debra e partecipate ai contest a www.debraclopton.com/contest